小學研究5

國際中文教育常用含V語素複合詞句法語義研究

——內外互動與類例配合

曹保平著

蘭臺出版社

本書受到了重慶市教委社科規劃項目（21SKGH145）、四川外國語大學科研項目（sisu201704）、四川外國語大學中國語言文學重點學科經費支援。

前言

　　《國際漢語教學通用課程大綱》（以下簡稱《大綱》）第一版及其修訂版，在世界各地推廣使用，對國外大中小學的各類漢語教學工作起重要的指導作用。《國際中文教育中文水準等級標準》（以下簡稱《標準》）於 2021 年 7 月 1 日實施，對外國中文學習者的中文技能和水準等級作了新的表述，是學習、教學最新的規範性參考依據，也為研發 HSK（漢語水準考試）3.0 版提供了最直接的參照。兩本指導性的《大綱》、《標準》所列詞彙表，是教學、教材編寫、測試選用詞彙的重要參考標準。

　　本書擬對兩種指導性《大綱》、《標準》詞彙表中含 V 語素的複合詞的句法語義功能作探討，對照《現代漢語詞典》所列詞目詞條的標注及例句進行分析，幫助教師及學習者比較深入地瞭解它們的用法，為中文教學提供參考。

　　本書分上篇和下篇兩部分，共 6 章。上篇為〈複合詞研究的內部語義與外語功能互動〉，包括三個章節，下篇為〈漢語學習詞典複合詞詞類標注與例證配合研究〉，包括三個章節。

第一章 關於複合詞的論元結構

第二章 含動語素屬性詞作定語狀語的句法語義制約

第三章 複合動詞中的論元結構及其直接作定語的語義制約

第四章 關於詞類標準與例證配合的研究

第五章 複合動詞詞性標準與例證配合情況

第六章 含動語素複合詞與例證的配合情況

　　本書得到了重慶市教委社科規劃項目「面向國際漢語教學的複合詞內部論元結構與外部句法語義功能互動研究」（21SKGH145）和四川外國語大學科研項目「漢語學習詞典中含 VP 語素合成詞內部句法語義結構及其對所飾詞語的制約」（sisu201704）、四川外國語大學中國語言文學重點學科的經費支持，特表感謝。

目　次

上篇　複合詞研究的內部語義與外部功能 互動

本書上篇以《國際中文教育中文水準等級標準》、《國際通用漢語教學通用課程大綱》的詞彙表、《現代漢語詞典》（第 7 版）等學習詞典中所收常用的含動詞性成分（V）和論元關係成分（N）複合詞作為考察對象，描寫並比較其內部論元結構關係，並以 CCL 語料庫、BCC 語料庫、國家語委現代漢語語料庫的豐富語料作為印證，研究含動語素複合詞與前後組合直接成分之間的句法語義關係。

其中包含：NV 式、VN 式及其他含 V 成分的複合詞，V 成分的論元指派能力，N 成分的論元角色；以及複合詞前後組合直接成分的性質，前後組合直接成分與複合詞 V 成分語義關聯，與複合詞中 N 成分的語義關聯。

即探討的是諸如「自製」這樣的複合詞，它的內部論元結構是什麼樣的面貌，為什麼「自製1（指自己製造的）」後接名詞只能是「製」這個動語素的受事論元；而「自製 de」，後接名詞時，可以是「自製1」也可以是「自制2（指抑制自己）」，且兩者論元面貌呈現不同；而修飾謂詞性成分時一定是「自制2」，等等。

　　梳理含動語素複合詞的論元結構及對語料庫中複合詞句法語義功能的調查，上篇的主要目標有二個：

　　一是調查含動語素複合詞的論元結構面貌，並與相類動詞論元結構比較。

　　二是研究這類複合詞對其組合功能（句法語義）的制約情況以及制約情況的強弱。

第一章　關於複合詞內外互動研究

　　漢語的複合詞，如「貼身」組成的句法結構，既可以是定中結構「貼身衛士」，又可以是狀中結構「貼身保衛」；這兩種句法跟複合詞「貼身」的內部論元構造的差異密切相關。而「自製（製作）de」後只能接名詞性成分，而「自制（抑制）de」後既可接名詞性成分又可以接謂詞性成分，它們的論元結構關係呈現著不同的面貌。這樣的問題涉及句法與詞法的互動研究，在人工語言處理、詞典編撰、語言教學等方面都有深入討論的必要。

一、國內外相關研究的現狀和趨勢

　　複合詞的內部結構，屬於詞法研究的範圍；詞與另外的詞組合形成的句法關係是句法要關注的問題。在相當長的時間內，詞法研究與句法研究分段而立，大多數現代漢語或教材，詞法放在詞彙中去討論，句法則成為了語法介紹的部分；直到 21 世紀複合詞的詞法與句法關係探討才有了新的突破。不過詞的內部結構語義關係與其與外部的句法語義功能之間的關聯卻一直少有專門探討。

　　最早用結構關係來審視合成詞內部結構的是趙元任（1948）的《國語入門》，提出用「成素跟成素之間的造句關係」來給複合詞分類，提出了主謂複合詞、動詞賓語複合詞、動詞補語複合詞等五種類型，更多地關注複合詞結構與句法結構在形式上的一致之處，用句法分析的眼光來分析複合詞結構，這一作法對後世產生了深遠影響。繼承趙元任分析詞內部結構思想的是陸志韋（1957）的《漢語的構詞法》，複合詞結構與句法結構的相似性得到了國內學界的一致認同，朱德熙（1982）更是將詞、詞組、句子的內部結構看成一致的，並構建了「詞組本位」的漢語語法體系，形成了學界的主流觀點。不過受結構主義思想影響，對複合詞結構的分析偏重於形式，關注成分的語法屬性，不注重詞內的語義問題；導致漢語詞語內部豐富多彩的語義關係被掩蓋在了幾種「結構關係」之下。

　　反對比附句法形式而重視複合詞內部語義關係的研究因應而生。劉叔新（1990）認為複合詞結構沒有句法性，而只是詞彙性質的，「複合詞乃至各種詞的結構方法，都是詞彙學的研究對象」，試圖用詞根之間的意義結合來重構複合詞的結構類型系統。黎良軍（1995）也同意劉叔新的主張。徐通鏘（1997）認為「漢語的辭的構造最重要的是語義問題，需要重點弄清楚辭內字與字之間的語義關係」。

　　不過，不管是重形式還是注重意義，都是複合詞這個語言單位的內部構造探討，不涉及外部句法功能。

　　進入 21 世紀，國外學者 Packard（2000）從構詞法與句法的介面關係來研究漢語構詞問題，主張複合詞的形成屬於廣義的形態變化過程，同句法發生介面聯繫，但不是嚴格意義上的句法過程。顧陽、沈陽（2001）用「論元結構理論」

討論漢語合成複合詞的過程，指出「放牛娃」這樣的「合成複合詞（synthetic compound）」，除了有定中關係的修飾與被修飾外，還存在著「娃」與「放」內在的「施事與動作」、「放」與「牛」內在的「動作與客體」的關係；他們認為，建立詞庫和句法之間的「論元結構」層面是非常有意義的。石定栩（2003）也討論過動名定中複合詞的構詞規律，周韌（2006）從共性與個性角度討論這一類複合詞的成因。何元建（2004、2013）則進一步指出漢語合成複合詞「中心語素右向原則」，「人造絲、人造鑽石」等 SOV 型構造不是句法結構而是詞結構。這些學者都從動詞性成分的論元關係來觀察複合詞，並力求尋找詞法與句法的介面。雖然這些研究中的動詞性成分及複合詞與本課題並不相同（如詞典不會收錄「人造鑽石」等等詞條，但收錄「人造」這個詞，本課題研究的則是詞典收錄的「人造」這類複合詞的論元結構），這些學者也並未對外部的句法功能制約進行深入探討，但這些學術思想與觀點對本課題的研究有重要的啟示作用。

朱彥（2003）甚至認為所有的複合詞結構都存在格關係或論元結構關係，有的顯性，有的則是隱含，所有的複合詞都可以用「述謂結構」來分析。但是複合詞的語義關係分析難以完全客觀，其「述謂結構」過於寬泛，實際操作比較困難。

漢語複合詞對句法功能的制約作用，學界探討的不太多。最主要的有對動賓複合式動詞帶賓語的討論，上世紀80 年代興起，到上世紀90 年代形成探討的熱潮，邢公畹（1997）、劉大為（1998）、刁晏斌（1998）、李晉霞（1998）、張博（1999）等一批學者參與探討，一直到新世紀仍有學者在研究。

複合詞對句法功能產生制約的研究，還有馮勝利（1997，2000，2001）的韻律制約說成果豐碩，影響深遠。韻律理論的這種制約主要涉及的語言的音系與句法介面關係，不太關注語義關係。

此外，李晉霞（2004）從功能和認知的角度出發考察動詞的內部構造對動詞直接作定語的制約。不過李文的內部構造指的是主謂、動賓等語法關係。戴昭銘（1988）雖然以〈現代漢語合成詞的內部結構與外部功能的關係〉為題進行研究，但其外部功能指的詞類，即從合成詞的幾種語法關聯式結構觀察能否詞性（詞類）存在對應關係，這與本課題要討論的問題非常不同。

當前，複合式動詞對句法制約作用探討的仍占主要部分，其他複合詞與句法關係的互動研究非常少。越來越多的研究表明，漢語複合詞中確實有不少存在顯性的「論元結構關係」，不過，學者並沒有繼續深入探討這樣的論元結構關係對外部的句法語義功能產生的影響。

上篇針對當前複合詞研究的現狀和趨勢，提出下列研究目標和研究內容，並將在幾個重點和難點方面有所突破。

二、複合詞內外互動研究的目標和內容

1. 研究目標

借鑑當代語言學的論及論元結構（argument structure）、空語類（empty-category）或句法空位（syntactic gaps）、成分提取（extraction）、配價（verb valence）等理論方法，考察含論元結構的複合詞以及制約其後接詞語的句法語義特點。包括漢語複合詞的內部論元結構，以及對其句

法語義功能產生的制約作用；句法語義功能對複合詞論元結構面貌呈現的影響。

梳理《現代漢語詞典》中含動語素複合詞的論元結構，並對語料庫中此類複合詞句法語義功能作細緻調查，達成以下目標：

一是調查含動語素複合詞的論元結構面貌，並與相類動詞論元結構比較異同。

二是研究這類複合詞對其組合功能（句法語義）的制約情況以及制約情況的強弱。

2. 研究內容

上篇以《現代漢語詞典》（第 7 版）等學習詞典中所收常用的含動詞性成分（V）和論元關係成分（N）複合詞作為考察對象，描寫並比較其內部論元結構關係，並以 CCL 語料庫、BCC 語料庫、國家語委現代漢語語料庫的豐富語料作為印證，研究含動語素複合詞與前後組合直接成分之間的句法語義關係。

其中包含：NV 式、VN 式及其他含 V 成分的複合詞，V 成分的論元指派能力，N 成分的論元角色；以及複合詞前後組合直接成分的性質，前後組合直接成分與複合詞 V 成分語義關聯，與複合詞中 N 成分的語義關聯。

3. 重點難點

上篇研究的重點在於複合詞中動語素論元結構對後接體詞性成分及謂詞性成分的制約，句法語義功能對複合詞論元面貌呈現的影響。詞類中又以複合動詞與複合屬性詞為主，

它們的論元面貌對句法功能的制約模式是大同小異還是小同大異。

研究的難點有二，一是複合詞動語素語義的判斷及論元指派能力的區分，二是複合詞論元結構對組合成分句法語義功能制約的強弱。

三、複合詞內外互動研究的方法

（1）理論探討法，考察比較當代語言學理論中能切合本類詞的研究的理論方法，如論元理論、空語類理論、移位理論在動語素複合詞研究的運用，比較動語素與動詞的在理論運用中的異同。

（2）統計與描寫相結合的方法。對漢語學習詞典所有本類複合詞詞類標注以及相應的例證進行窮盡性統計分析，描寫例證配合的面貌及特點。並結合個案法，對某些個體詞作重點描寫。

（3）相關比較的方法，對不同詞類標注與例證進行比較梳理，確定句法能力的強與弱。

（4）歸納與演繹相結合的方法。用歸納方法來收集描寫複合詞的內部論元結構以及對組合功能（句法語義）的制約；用演繹來推出相同論元結構複合詞對組合功能制約的一致性。

本書所有語料均來自《現代漢語詞典》（第7版）、CCL語料庫、BCC語料庫、國家語委現代漢語語料庫。詞的語義解釋主要參照《現代漢語詞典》（下文都用《詞典》來指稱）

本書的研究希望借鑑包括描寫語言學理論、轉換生成語

法理論、配價理論、格語法理論、空語類理論等當代語言學中成熟的基本理論方法，以形式結構和意義功能相互滲透相互印證的方法來開展漢語複合詞的研究工作，力求對含動語素複合詞有更深入的認識和把握，重新勾勒這些複合詞的基本面貌，重點描寫其成員的個性特徵。描述漢語複合詞中反映了人類語言的某些普遍規則，更合理地區分屬性詞與其他主要實詞——名詞、動詞、形容詞、副詞等，為漢語其他詞類研究提供可資借鑑的思路。

四、涉及的語言學理論

（一）轉換生成語法理論

轉換生成語法理論是喬姆斯基提出的，它不同於結構主義理論，他認為語法主要包括基礎和轉換兩個部分，基礎部分生成深層結構，深層結構通過轉換得到表層結構，語義部分屬於深層結構，它為深層結構作出語義解釋。喬姆斯基覺得掌握語法主要是掌握一些抽象的原則，用有限的原則可以解釋各種語言中千變萬化的現象。

屬性詞的結構分析可以借鑑轉換生成語法理論的一些思想，如「題元準則」。

「題元準則」源自喬姆斯基的「支配與約束理論」，「題元準則」是「關於題元角色分配結果的規定，目的是讓題元角色和相關的名詞短語對應起來，從而控制句子中主要成分的數量和品質」。「題元角色」則指施事角色、受事角色、與事角色等，施事表示動作的執行者（或發出者、主動者），受事表示動作的接受者（或承受者），與事表示動作中得到好處或壞處者。而相關的作主語賓語的名詞短語則用「論元」來表述。「題元準則」的內容是：

每個論元都必須獲得一個題元角色，而且只能獲得一個題元角色；每個題元角色都必須分配給一個論元，而且只能分配給一個論元。[1]

為論元分配題元角色的是動詞，無賓動詞（不能帶賓語的動詞）只有一個題元角色（施事）可以分配給論元，這時論元名詞充當主語。如「休息」分配給論元是一定是施事主語。例：

①小王休息。

單賓動詞（能帶一個賓語的動詞），有兩個題元角色，常見的組合是一個施事一個受事。如「關心」分配給論元的前一個一定是施事主語，後一個常是受事賓語。例：

②小王關心國家大事。

雙賓動詞（能帶兩個賓語的動詞），有三個題元角色，通常是施事、受事和與事。如「告訴」分配給論元的前一個一定是施事主語，後二個分別是與事與受事賓語。例：

③小王告訴我一個消息。

只要是某一個句法結構中存在動詞，就一定隱含著其題元。如「休息的」一定是指「休息」的施事題元，「關心他的」一定指「關心」的施事題元；「他關心的」一定指「關心」的受事題元，「關心的」有歧義，既可指施事又可指受事；「他告訴我的」一定指「告訴」的受事，「告訴我一件事的」一定指「告訴」的施事；等等。

題元準則反映了語言中動詞作為核心謂詞跟名詞進行結構組合所需要遵循的最基本的句法規則，體現了人類語言的

1　石定栩，《喬姆斯基的形式句法》，北京：北京語言文化大學出版社，2002：191–196。

共性。

複合詞中含有動詞性成分的一類，也需要遵循題元準則。並且通過題元準則可以掌握屬性詞修飾名詞或動詞的一些規律。

如分析屬性詞「草食」和「貼身」的內部結構，可以發現它們和名詞的組合中，「草食動物」中的「動物」一定是「食」的施事題元；「貼身保鏢」中的「保鏢」一定是「貼」的施事題元。不同的是「食」的受事題元在前，施事題元在後；而「貼」受事題元在後，施事題元在前。

（二）配價理論

「配價」借自化學，最早由法國語言學家特思尼耶爾（1893–1954）在上世紀上半葉提出來的，指一個動詞能支配多少個屬於不同語義角色的名詞性詞語，如同分子結構中各元素原子數目間有比例關係，「價」就是動詞能支配不同性質名詞語的數目。配價分析是主要指利用動詞與不同性質名詞之間的配價關係來研究、解釋某些語法現象的分析手段。由此形成的語法理論稱為「配價理論」。中國最早運用配價理論研究漢語語法的是朱德熙先生，他 1978 年發表的論文〈「的」字結構和判斷句〉，首先用配價理論解決漢語中「動詞語＋的」結構的種種問題。上世紀 90 年代出現了漢語配價分析的熱潮。語言學家通過研究發現，不僅動詞有配價，名詞、形容詞也可以進行配價分析（陸儉明、沈陽，2004）。

而我們進一步發現，某類屬性詞也能進行配分析。

近年來考察分析屬性詞的文章較多，都認為屬性詞能修飾名詞語，能不能修飾謂詞有爭議（呂叔湘、饒長溶，

1981；朱德熙，1982；李宇明，1996；繆小放，1998；郭銳，2002；周剛、葉秋生，2007；齊滬揚、張素玲，2008；等）。但是修飾什麼樣的名詞語，什麼樣情況下能修飾謂詞，少有人探討。我們考查《現代漢語詞典（第 5 版）》中所標注的屬性詞時發現，類動型屬性詞跟所修飾的詞語有很強的規律性。

屬性詞中「小型」一類跟形容詞相似，「軍用」一類跟動詞相似，「星際」一類跟名詞相似。能進行配價分析的是「軍用」這一類屬性詞，該類屬性詞有一個特點：都包含了一個動詞性成分，我們把它稱為動語素。

（三）格語法理論

格語法（Case Grammar）是菲爾墨（C. J. Fillmore）於 1968 年在〈格辨〉（The case for case）一文中提出來的。他所說的「格」不是傳統語法中通過名詞詞形式變化表現出來的語法範疇「主格、賓格、與格、屬格」等意義的「格」，而是指深層結構中句法語義關係的「格」。菲爾墨認為，喬姆斯基轉換生成語法的標準理論（standard theory）中存在於深層結構的語法關係，如主語、直接賓語、間接賓語等，實際上都是屬於表層結構的概念；深層結構中，動詞與名詞的關係只是格的關係——即深層的句法語義關係，如動作與施事、受事、工具、處所等格的關係。「句子在基礎結構中包含一個動詞和一個或幾個名詞短語，每一個名詞短語以一定的格的關係和動詞發生聯繫。」（菲爾墨，2002）

格語法理論認為，不同語言中有不同的「格形式」（case-form），但一切語言中都存在普遍的「格關係」（case-relation）。菲爾墨提出的「格」有幾種：

　　施事格（A ＝ Agentive），表示由動詞所確定的動作能察覺到的典型的有生命的動作發生者。

　　工具格（I ＝ Instrumental），表示對由動作詞確定的動作或狀態而言作為某種因素而牽涉到的無生命的力量或客體。

　　與格（D ＝ Dative），表示由動詞確定的動作或狀態所影響的有生物。

　　處所格（L ＝ Locative），表示由名詞所表示的動作或狀態的處所或空間方向。

　　客體格（O ＝ Objective），表示由名詞所表示的任何事物，在由動詞確定的動作或狀態中，其作用由動詞本身的詞義來確定。

　　時間格（T ＝ Time），表示由名詞所表示的動作或狀態的時間。

　　動詞可用「格框架」來確定特定的「格」。如「跑」類動詞可插入格框架〔＿A〕，「憂傷」類可插入框架〔＿D〕，「打開」類可插入框架〔＿O ＋ A〕，「謀殺」類可插入框架〔＿D ＋ A〕，「給」類可插入框架〔＿O ＋ D ＋ A〕。（菲爾墨，2002）這些框架表示某類動詞必須使用的格，其他的格則可有可無。

　　表層結構中的主語、賓語，來自不同的深層格，由深層結構中的深層格轉化為表層結構中的主語的過程，叫做「主語化」（subjectivisation）；轉化為表層結構中賓語的過程，叫做「賓語化」（objectivisation）。世界上的語言有各種結構類型，主要分為：主謂賓，主賓謂，謂主賓。但這只是表層結構，其深層結構都是一樣的。（劉潤清，1995）格

語法規定，在主語化時，如有 A，則 A 為主語；如無 A 而
有 I 則 I 為主語；如無 A 又無 I，則 O 為主語。（馮志偉，
1999）

因為格關係是人類語言的普遍句法語義關係，漢語的動
詞結構也可以用這個理論來分析。不僅如此，漢語含有動語
素的複合詞也可以用格語法來分析，並且能很好地解釋此類
屬性詞功能——作修飾語的規律。

（四）空語類理論

「空語類」主要指句法結構中沒有出現的名詞成分，以
及沒有出現名詞成分的位置，是具有強制性和系統性的特殊
句法成分（陸儉明、沈陽，2004）。空語類是建立在漢語動
詞的基本結構形式（深層語義結構）上的名詞出現的位置。
漢語抽象動詞結構形式表述為：

①NP ＋ V1（無賓語結構）

NP1 ＋ V2 ＋ NP2（單賓語結構）

NP1 ＋ V3 ＋ NP2 ＋ NP3（雙賓語結構）

V 指動詞，V1 指只能聯繫一個名詞成分（NP）的動詞，
V2 指能聯繫二個名詞成分的動詞，V3 指能聯繫三個名詞成
分動詞。

漢語的空語類即是上述動詞抽象結構中規定的名詞成分
位置沒有出現詞語的情況。只要看到動詞抽象結構形式就可
以認定該動詞結構存在相應的 NP 位置，如果在這些位置上
沒有出現符合上述 V 前 NP 或 V 後 NP 條件的詞語，就表現
為空語類。（陸儉明、沈陽，2004）特別需要說明的是上述
「賓語」（V 後 NP）不是平時語法中所說的「動賓結構」

之「賓語」，它主要指受事或客體名詞成分，V 前 NP 也不是平時語法中所說的「主謂結構」之「主語」而是主要指施事名詞成分或主體名詞成分。這樣的處理是為了跟人類語言的「普遍性原則」——動詞核心論元是施事名詞、受事名詞相一致。

②a：後面來了一個人。

　b：人來了一個。

　c：他遺失了錢包。

上例 a 是漢語的表層結構形式，看起來是「NP1 ＋ V2 ＋ NP2」的結構，其深層結構應該是顧陽、賀陽曾用「論元結構理論」討論漢語合成複合詞的過程，指出「節目主持人」這樣的「合成複合詞（synthetic compound）」，除了有定中關係的修飾與被修飾外，還存在著「人」與「主持」內在的「施事與動作」、「主持」與「節目」內在的「動作與客體」的關係[2]。石定栩也討論過動名定中複合詞的構詞規律[3]，周韌從共性與個性角度討論這一類複合詞的成因[4]。何元建則進一步指出漢語合成複合詞「中心語素右向原則」，「人造絲、人造鑽石」等 SOV 型構造不是句法結構而是詞結構[5]。

「人造」在《現代漢語詞典》中標注為屬性詞，這類屬性詞及所飾詞語還探討得不夠深入。本書在前賢學者論及論

2　顧陽、沈陽，〈漢語合成複合詞的構造過程〉，《中國語文》，2001（2）：122–133。

3　石定栩，〈漢語的定中關係動－名複合詞〉，《中國語文》，2003（6）：483–495。

4　周韌，〈共性與個性下的漢語動賓飾名複合詞研究〉，《中國語文》，2006（4）：15–26。

5　何元建，〈漢語合成複合詞的構詞原則、類型學特徵及其對語言習得的啟示〉，《外語教學與研究》，2013（4）：483–494。

元結構（argument structure）、空語類（empty-category）或句法空位（syntactic gaps）、成分提取（extraction）、配價（verb valence）等理論方法下考察含動語素屬性詞後飾詞語的性質，並進一步討論這類屬性詞的詞類歸屬。

（五）本書上篇重要術語

本書中的複合詞，限於《現代漢語詞典》中收錄的以雙音節為主的複合詞形式，不是顧陽、何元建等討論的更複雜的合成複合詞。動語素論元結構，主要參考袁毓林論元一般用 NP1、NP2 表示，再細分為施事、主事、受事、與事等。動語素則用 V1、V2 等表示[6]。

袁毓林〈論元角色的層級關係和語義特徵〉（2002）一文中的術語名稱。

五、複合詞詞內論元結構的形態

（一）複合詞內論元結構表現

動語素論元結構因為複合詞內部結構的限制，它跟句法結構略有不同。複合詞動語素論元結構常有論元空位存在。

其一是動語素論元結構指是詞的內部結構，跟句法結構往往不同，何元建指出跟句法結構正常順序不一樣的論元結構都是詞結構。如「草食動物」中的「草食」，「草」是受事名語素，「食」是二元動語素，其結構為「NP2 ＋ V2」。「草食」、「雜食」都是這樣的動語素論元結構。

其二是動語素論元結構中，論元的出現跟動詞結構有所

6　袁毓林，〈論元結構和句式結構互動的動因、機制和條件〉，《語言研究》，2004（4）：1–10。

不同，有時要身兼二職。試比較：

例1　動詞結構　　　　動語素結構

自己相信　　　　自信

「相信」是二價動詞，其抽象形式為「NP1 ＋ V2 ＋ NP2」，「自己相信」中「自己」是 NP1，「相信」是動詞，NP2 為空位。而「自信」這個複合詞中，「信」為二價動語素，而「自」兼 NP1 和 NP2 兩種名詞性論元身分，即「自信」就是「自己相信自己」，它不存在空法。動詞結構中只有「自我批評」、「戰勝自我」等含「自我」這一人稱代詞，才身兼二職。

「對面交談」的「對面」，詞典釋義為「面對面（地）」，這裡「對面」中的「面」也可以理解為身兼二職。

其三是複合詞中嚴格意義的主謂式較少，動語素論元結構中的 NP1 判定不如動詞論元結構那麼嚴格。如「國營、面對、民用」等，王銘宇根據「非賓格動詞假設」認為是狀中關係，因為名語素「具無生命、無自主意願控制」的語義特徵；把「自＋V」式複合詞認為「賓動」結構[7]。本文的分析略有不同，把「國營，自V」看成是主謂式。理由是如果按王銘宇分析，「國營」理解為「由國家來經營」，「經營」的真正的施事主語也不好理解。倒不如把這些名語素的語義理解「擬人化」，升格為施事（或叫廣義施事），更有助於簡要明白地理解複合詞內部的結構關係。因為動語素結構比動詞結構有太多的限制，有些施事性的論元不需要指出來，有時也指不出來。（如按顧陽、沈陽、何元建等所用的「S、V、O」則更加方便，「國營」就是「SV」結構，空

7　王銘宇，〈漢語主謂式複合詞與非賓格動詞假設〉，《語言研究》，2011（3）：37–42。

位是「O」。）比較：

語例	國營	國營
結構	狀中	主謂
空位	NP1、NP2	NP2
提取	NP2（企業）	NP2（企業）

把「國營」看成狀中，卻無法再提取出另一個施事 NP1。看成主謂，只有受事空位，只提取受事。

動語素結構中的名語素「擬人化」後，「言情－小說」，可分析為「V＋NP2」修飾 NP1，不分析為「言」的施事為「作家」且把「小說」看成工具論元（語義結構為「作家通過小說言情」），現實語料中沒有「言情作家」，只有「言情小說作家」。看起來「言情小說」這個完整二元結構之後沒有空位能提取出「作家」，這是因為「小說」是一價名詞，與「作家」有語義上的強制關聯，我們可以把「言情小說作家」的 NP1 理解為為「作家的小說」，完整的二元結構為「作家的小說言情」。

「自 V」類複合詞，如果 V 是一元「非賓格動語素」，如「自動」修飾跟人相關的詞語，「自已主動（或：不用人力而機械電氣等裝置直接操作）」，「自」當然理解為主語。如果是二元「賓格動語素」，如「自殺、自制」，也只能理解為施事主語兼賓語，不能只理解為賓語。詞典解釋「自殺」為「自已殺死自已」，「自制 2」雖然解釋為「克制自已」，施事仍是「自已」。「自製 1」只能是「自已製造」。「自動」、「自發」修飾的不是跟人相關的詞語（名詞或動詞性詞語），從詞典解釋看，似乎是狀中結構。如「自動」的第二個義項為「不憑藉人為的力量」，第三個義項為「不用人力而用機

械裝置直接操作的」。這些是動語素結構複合詞與相關詞語具體結合後產生的變化，即便這樣，因為客觀世界中的動作並非全部都由人來參與，我們還是按「擬人化」把它看成是主語。這樣理解的原因還有一個，「自（指「自己」義）」本來就是用於人相關，它本身就是擬人化才用在人之外的事物上，如「自動洗衣機」，語義結構是「洗衣機自動」（「洗衣機自己直接操作」）。

我們把「常任、新任」等不出現「名語素」的複合詞，看成狀中結構。因為有兩個空位，所以「常任、新任」可以修飾施事名詞「人員」等，也可以修飾其受事名詞「理事」等。如果是表時間、方式等的名語素，也只能看成狀中結構，如「二年生、後進」，「生、進」為一元動語素，前面有NP1 空位，所以「二年生」可以修飾論元名詞「植物」等，「後進」可以修飾論元名詞「學生」等。

其四是動語素論元結構大多只有一元動語素結構形式和二元動語素結構形式，三元動語素結構形式非常少，如「自封」，「封」這個動語素可以有施事，受事，與事。「自封（的皇帝）」即「自己封自己（的皇帝）」。

此外，語素義不同於詞義，理解它需要仔細推敲。如「原裝」是含動語素的屬性詞，「原」字面義「原來」，「裝」字面義為「包裝」。實際義為「原廠生產（的）」，「原裝進口手機」是「原廠生產的進口手機（未經改裝，不是組裝的）」。

（二）複合詞內動語素的位置

動語素有的出現在詞首，有的出現在詞尾。

1.出現在詞首

類似於述賓式，由動詞性語素和名詞性語素構成，如：安身、礙眼、擺手、鼻塞、操心、吹牛、叩頭、便民、超一流、導向、定期、翻皮、翻毛、仿真、加工、見面、結婚、爛尾、冒牌、面對、面訪、面臨、面洽、面簽、面商、面試、面授、面談、面晤、面謝、面敘、面議、目測、目睹、目擊、目見、目送、目驗、適婚、貼身、無形、言情、應稅、應季、有償、裝甲，等等。

2.出現在詞尾

有類似於主謂式，由名詞語素和動詞性語素構成，如：法定、腹瀉、公立、國立、國營、家養、家用、警用、肩負、軍用、口授、目睹、面談、民營、民辦、親生、人為、人造、手寫、天賦、針對、自動、自律、自信、自覺、自治、自願、地震，等等。

有的類似於狀中式，後一個語素為動詞性；前一個語素較為複雜，有名詞性、形容詞性、副詞性。如：布告、程控、二年生、粉刷、光控、客居、固有、口譯、後悔、後備、後進、歷任、目測、面訪、面談、實生、聲控、數控、體驗、特需、聽裝、新任、原裝，等等。

3.出現在中間的只有一個：不成文。

（三）複合詞內動語素的核心論元

1.能指派一個核心論元

這樣的複合詞有：變相、實生、後進、自動、卵生、孿生、雙生，等等。

其中在複合詞中未出現核心論元的有：實生、後進、卵生、孿生、雙生。

複合詞中已出現核心論元的有：變相、自動、自發、不成文。

2. 能指派二個核心論元

這樣的複合詞有：草食、原裝、親生、聲控、新任、適婚、有償、聽裝，等等。

其中，在複合詞中未出現核心論元的有：程控、常任、固有、後進、新任、聽裝、原裝、主打，等等。

複合詞已出現核心論元的有：草食、國營、民營、私立、農用、言情、親生、適婚、人造，等等。其中，「草食、言情、適婚」等出現受事論元，「國營、私立、農用、人造」等出現施事論元，「親生」的「親」身兼施事和受事。

以「生」為動語素的：實生、卵生、孿生、雙生，其中的「生」是「出生」之意，能指派一個核心論元；而「親生」的「生」是「生育」之意，能指派二個核心論元，「親」有二種可能，一是施事論元（～子女），一是受事論元（～父母）。

「歷任」看起來和「歷時」一樣，都是兼動詞和屬性詞。其實作屬性詞時，「歷任」含動語素，「以往各任的」之意，能指派二個論元，如「歷任（～當政者，～職務）」；「歷時」不含動語素，「歷史發展中不同時代的」之意，如「歷時（～研究）」。

（四）動語素的其他核心論元位置

如果含動素複合詞所修飾的名詞語，一定是複合詞動語素的某個核心論元或核心論元的一部分，即動語素的某一個核心論元一定在該區別詞後面。如：實生（～苗）、國營（～企業）、原裝（～電腦）、程控（～電話）、草食（～動物）、涉外（～工作）、有償（～服務）。

這個規則也可以表述為含有動語素的屬性詞如果沒有包含盡核心論元，只能修飾它的某個核心論元。其中：

A. 能指派一個核心論元的動語素區別詞，一定是修飾其施事論元；

B. 能指派二個核心論元的動語素區別詞，又有三種情況：

B1. 如果包含了其施事論元，那麼區別詞修飾受事論元；

B2. 如果包含了其受事論元，那麼區別詞修飾施事論元。

B3. 如果二個核心論元都不包含。那麼該區別詞可能修飾施事論元，也可能修飾受事論元。從調查的情況看，修飾受事論元的情況居多。

C. 特殊情況情況：也有所修飾的論元名詞與屬性詞中出現的某個論元，屬於同一類論元，兩者構成領屬關係或同位關係。這同一類論元都是受事論元。

略舉幾例：

「實生」的「生」是「生長」之意，能指派一個核心論元，而「實」不是其論元；所以它所修飾的「苗」是一定是其施事論元。（A）

「國營」的「營」能指派二個核心論元，「國」是其施

事論元；所修飾的「企業」一定是其受事論元。（B1）

　　「草食」的「食」能指派二個核心論元，「草」是其受事論元；所修飾的「動物」一定是其施事論元。（B2）

　　「原裝」的「裝」能指派二個核心論元，「原」不是其核心論元；「電腦」是受事論元。（B3）

　　「程控」的「控」能指派二個核心論元，「程」不是其核心論元（是表方式的非核心論元）；「電話」是受事論元。（B3）

　　「涉」能指派二個核心論元，「外」是其受事論元，「工作」與「外」合起來是整體受事論元，是受事論元的一部分，「工作」不是其施事論元，即「涉及外事的工作」。（C）

　　另外，「有」能指派二個核心論元，「償」可以算是「有」的受事論元，「服務」可以算是其施事論元（「有」、「無」類動語素的施受名詞論元，略與一般動語素不同）。

　　反過來，也可以說：如果一個包含動語素的詞所修飾的不是其核心論元，那麼它就不能定性為屬性詞。在所有被標注屬性詞中，只有這幾個與眾不同，顯得可疑：

　　多發（～病｜事故～地段）、高發（胃癌～地區｜交通事故～地段）、人居（～環境｜～條件）。

　　看起來「多發」、「高發」都是作定語，如果是屬性詞，那意味著「高發」、「多發」修飾的是「病」、「地段」。可是「地段」並不是「高發」、「多發」的核心論元，「病」、「事故」倒真是其受事論元。

　　如果考察「高發」、「多發」與其論元的分布，「多發」、「高發」具有一般動詞的特點。如：

（1）事故多發（高發）。

（2）多發（高發）事故地段。

（3）該地段多發交通事故。

（4）交通事故多發該地段。

　　從上述例句可以看出，「多發」在「疾病、事故、問題」等受事論元前作定語或作述語。有理由認為「多發」、「高發」不是屬性詞，而是動詞。

　　從語言形式上的層次性，也可以印證，「事故多發（高發）地段」的切分，第一次只能是「事故多發（高發）」和「地段」，第二次才是「事故」與「多發（高發）」。並不是「高發」、「多發」修飾「地段」，而是「事故多發（高發）」修飾它。這樣語言的形式和意義才能一致。

第二章 含動語素屬性詞作定語狀語的 句法語義制約

一、含動語素屬性詞作定語對修飾語的選擇

　　漢語屬性詞的動語素出現的位置有三種情況。最多的出現在詞尾，如：「草食、公立，程控、聽裝，新任」等，其次是出現在詞首，如「冒牌、仿真、貼身、裝甲」等，也有極少數出現在詞中間的，如「不成文」。名語素根據動語素出現的前後而處於或後或前的位置；也有的未出現名語素的情況，如「新任、實生、後進」等由其他性質語素出現其中。而根據名語素的性質又分三種情況。有的是施事性成分，如「公立、民辦、私營」中的「公、民、私」等等；有的是受事性成分，如「草食、冒牌、裝甲」中的「草、牌、甲」等等；有的則是外圍論元成分，如「程控、多年生、聽裝」中的「程、多年、聽」等等。

　　根據動語素結構的空位情況，以及出現的名語素的性質，可以看出屬性詞所修飾名詞的性質。如果 NP1 出現空位，則屬性詞修飾限制 NP1，如果 NP2 出現空位則修飾限制 NP2，如果 NP1 和 NP2 都出現空位，則可以修飾 NP1 和

NP2。

（一）修飾語強制選擇為動語素的 NP1 名詞

屬性詞強制選擇修飾動語素的 NP1 名詞，即是動語素表示動作的發出者或施事。主要有四種情況。

A.「草食、肉食、雜食」這幾個詞，「草、肉、雜」作為名語素，是二元動語素「食」的受事，因為存在空位 NP1 施事論元，所以這些詞強制要求所飾的必須是表「動物」語義的名詞，除了有「草食家畜」外，其餘都只能後接「動物」一個詞。屬性詞與所飾名詞之間結構緊密，中間不可以插入「的」，體現了屬性詞粘著性特點。

B.「適婚、貼身、超一流」等，「婚、身、一流」是名語素，分別是「適、貼、超（此類動語素的及物性不明顯，施受性不明顯）」的 NP2，空位是 NP1，要求所飾詞語為表人或跟人相關的 NP1。「適婚」強制修飾「人群、男女、青年」等；「貼身」可以修飾「保鏢、侍衛」，也可修飾「衣物」類（「擬人化」NP1）；「超一流」只限於體育比賽中的「選手、棋士」等。屬性詞與所飾詞語之間可以插入「的」。

C.「仿真、言情、裝甲」等，這種情況如前所述，NP1 有空位，但屬性詞所飾名詞都是有「具無生命、無自主意願控制」的語義特徵，如「仿真機器人、言情小說、裝甲坦克」等，這裡修飾的「擬人化」的 NP1。如果「科學家、作家、軍人」是動語素「仿、言、裝」的真正的施事，那麼「仿真（的）、言情（的）、裝甲（的）」，應該能提取出空位施事論元，即「仿真科學家、言情作家、裝甲軍人」，但是，現實中不存在這樣的語言事實。

D.「二年生、多年生、實生、卵生、孿生、雙生、後進」，

其中的動語素「生」為「生長、生育、出生」之意，「進」為「進步」之意。「生、進」都是一元動語素（非賓格動語素），動語素前出現的表時間空間方式的名語素或其他語素「二年、多年，實、卵，孿、雙，後」，不能看成「擬人化」的 NP1 語素。因此，動素語前有 NP1 空位，所以分別修飾「（二年生、多年生）植物，（實生）樹、苗，（卵生）動物，（孿生、雙生）兄弟、姐妹，（後進）學生、民族、國家」等論元名詞。

（二）修飾語強制選擇為動語素的受事名詞

這樣的屬性詞，一定含二元動語素，並出現了 NP1 語素，根據複合詞中出現名語素，可分為以下三種情況。

E.「人造」，「造」為二元動語素（賓格動語素），「人」為施事論元名語素，後面有 NP2 論元空位，所以強制修飾受事論元名詞「衛星、太陽、月亮」等。同時「造衛星（太陽、月亮）的」還可以提取施事「人」，修飾施事名詞人，所以「人造」更接近普通的動詞結構，「人」、「造」都可以獨立成詞。

「人為」這個複合屬性詞中，「人」是 NP1，是施事論元名語素；「為」是「V2」，是二元動語素，有二元動語素，構成的深層語義關係是「NP1 ＋ V2 ＋ NP2」，這個複合詞內部存在受事空語素，其後接名詞是受事中心語。兩者之間也可以加「的」。如：

例 1－1　水土流失的原因有自然因素和人為活動兩個
　　　　　方面。

例 1－2　人為的活動加劇了災害的發生，加速了生態
　　　　　的退化。

例１－３　從人為因素分析，不適當的人為活動主要有：一是濫採亂挖。……

例２－１　把各項防範措施落到實處，杜絕人為事故。

F.「公立、國立，公辦、民辦，國營、民營，家用、警用、軍用，原裝」，其中的「立、營、辦、用、裝」都是二元動語素（賓格動語素），而其前的「公、國、家、警、軍、原」等名語素，如前所述，「擬人化」升格為施事 NP1，該結構有 NP2 空位，所以強制要求所飾名詞分別為「大學，學校，企業，汽車，動物，進口商品」等 NP2 受事名詞。值得注意的是，這裡「擬人化」施事是動詞所表示動作的實施主體，且不能提取其他所謂真正的施事 NP1。如，不可能有「公立（軍用）的人」之類；「公立大學」雖然可以修飾「人」之類，但「人」卻不是「立」的施事（如「小王是公立大學的人」）。

「對～的政策」有歧義，條件是「對」的後面應該是施事性強表人的名詞。如「對市長的政策」，可以理解為「針對市長的政策」也可以是「對市長制訂的政策」。這個歧義格式同樣可以出現「國家」類的名詞，如「對美國的政策」，同樣有歧義。可見「國家」這一類名詞具有動詞所表示動作的行為主體性，它們的施事性特徵比較突出。

G.「法定、家養」，「定、養」都是二元動語素（賓格動語素），詞中出現的名語素「法、家」，其施事特徵比「公、國、民」更弱，可以理解為表方式義，「法定假日、家養動物」可以理解為「按法律規定的假日、以關在家養殖的動物」等。不過，如果理解為狀中結構，NP 和 NP2 都存在空位，仍不能提取一個施事論元 NP1，只能提取 NP2 且「家養」跟「家用」都含有相同的名語素。遵循簡潔方便的原則，我

們仍把這裡的「法、家」擬人化升格為施事 NP1。這樣，屬性詞的動語素結構中只存在 NP2 空位，所以強制要求修飾詞為受事名詞。

（三）修飾語可選擇動語素的施事或受事名詞

這類屬性詞，動語素都是二元動語素，NP1 和 NP2 都存在空位。也有以下三種情況。

H.「程控、光控、聲控、數控，罐裝、聽裝」，這類屬性詞，「控、裝」都是二元動語素，出現的名語素「程、光、聲、數、罐、聽」都是表工具方式義，「程控」義為「用程控」，「罐裝」義為「用罐子裝」。「控、裝」的施事應為「人」，存在空位，動語素後 NP2 也存在空位。「程控」可修飾「電話」類，但同時可以有「程控電話技術員」。「電話」是「控」的「受事」，「技術員」是「控」的施事。「罐裝」後可修飾「食品」，這是修飾受事，也可以修飾「技術人員」這是「裝」的施事。這一類動語素的語義結構跟有 NP1 名語素出現的屬性詞結構類似。工具方式類的名語素，能提取出來。如「程控電話」，動語素與名詞 NP2 加「的」，「控（制）電話」的「程（序）」，加上施事主語仍成立，如「技術員控制電話的程序」。「罐裝食品」也同樣可以，有「裝食品」之「罐」，「技術員裝食品的罐子」。

格語法理論中，工具是僅次於施事能充當主語的語義格。

如按管轄理論，則 NP2 是管轄域內論元，而 NP1 為域外論元，所以這類屬性詞，優先修飾 NP2。

I.「常任、新任」，在第一部分已經分析過了。它跟「程控」類不同，不可以把出現的語素「常、新」提取出來，因

為它們都不是名語素。

J.「親生」，比較特殊，有兩個意思，一個是「生育自己（的）」，這時有 NP1 空位，所以有「親生父母」；另一個義為「自己生育（的）」，所以有「親生兒女」之類。「親」是名語素，形式位置雖然都是在前，語義位置上卻是一個在動語素「生」之後，為受事；另一個在動語素「生」之前，為施事；不同的語義結構留下的空位正好相反，一個施事空位，另一個則受事空位。

（四）修飾語可選擇動語素的施事、受事以及名語素的關涉名詞

這樣複雜的情況，只有一種。

K.「冒牌」，詞典對其的釋義為「冒用別的品牌（多為名牌）的」，配例只有一個「～貨」。「貨」本身是語素不是一個詞，本配例不能很好地體現「冒牌」的語法功能。換上一個類義的名詞就可以了。如「冒牌商品」，按詞典釋義，為「冒用別的品牌的商品」。但是語料庫中卻有其他更多的搭配。如修飾的名詞還有「醫生、自行車、香菸」等。「冒牌醫生」似乎不好說「冒用別的品牌的醫生」，即便把跟物相關的「品牌」換成跟人相關的「名號（名家）」，說成「冒用別的名號（名家）的醫生」，也有問題。因為「冒牌醫生」不是「醫生」。

原來這兒的「冒牌」語義完整的應為「a 冒充名家、正品 b 的牌子」。「冒」是二元動語素，該動語素結構的空位有三個，一是施事或擬人化施事（a），二是受事（b），三是一價名語素「牌」的關聯成分（c），「牌」為一價名語素，強制要求與其關涉的名詞出現。語料中有三類情況。

（3）冒牌前門菸　　　冒牌飛鴿自行車

　　　冒牌香菸　　　　冒牌自行車

　　　冒牌「前門」　　冒牌「飛鴿」

　　「冒牌前門菸」語義結構為「菸（a）冒充前門（c）菸（b）的牌子」。而「冒牌飛鴿自行車」的語義結構為「自行車（a）冒充飛鴿（c）自行車（b）的牌子」，「菸、自行車（a）」為「擬人化」NP1，同時又身兼受事的NP2，「前門、飛鴿（c）」為「牌」這個名語素的關涉名詞。

　　「冒牌香菸、自行車」中，「香菸、自行車」身兼二職，施事（a）和受事（b）同，意思是「冒用別的品牌的香菸、自行車」，其深層語義結構為「香菸（a）冒充香菸（b）的牌子」，仍有「品名（c）」類未出現。

　　「冒牌前門」並不是「冒用別的品牌的前門」，而是「冒用前門牌子的香菸」。其中的「前門」則只是名語素「牌」的關涉名詞（c），「香菸」則由「前門」抽取出來，修辭學上有「借代」的概念，語言學上則有「轉喻」之說，「前門」與「香菸」之間的關係同此。

　　「冒牌醫生」看起來跟「冒牌香菸」是同類結構，實際上它的語義不是「醫生a冒充醫生b的牌子」，而是「冒用醫生（c）名號的人」，「人」由醫生抽取出來。

　　「冒牌前門」仍可以提取施事「香菸（A）」，又可提取受事「香菸（bB）」，是因為「香菸（a）冒牌香菸（b）的『前門』牌子」這個語義結構中，有兩個空位。而「冒牌香菸」則不可以提取「前門」，因為「香菸」身兼二者，施事受事都沒有空位。

二、含動語素屬性詞修飾動詞作狀語的制約條件

屬性詞動語素結構所修飾的名詞與動語素及出現的名語素有密切的關聯,是動語素的某個論元。在《現代漢語詞典》中標注為屬性詞且能作狀語的有:不成文、變相,自發、自動,隨身、貼身。分析發現它們也有共同的特點,即這些屬性詞在其出現的動語素結構中不存在空位。

「不成文、變相,自動、自發」中的動語素「成、變、動、發」都是一元動語素,「成」義為「形成、變成」,「變」意為「和原來不同、變化」,「發」義為「發生」,「動」義為「行動」,而「文、相,自」是已經出現的名語素。一元動語素結構中,出現了動語素和名語素,就存在空位了。

L.「不成文」,詞典解釋為「沒有用文字固定下來的」,論元結構為「文不成」(「書面語文字形式沒有形成」),詞典的狀語配例為「多年的老傳統~地沿襲下來。」這個屬性詞動語素結構中,NP1和V1都出現了,沒有空位。所以可以修飾動詞結構作狀語。又因為「文」是一價名語素,所表示的意義需要與另一個名詞性的成分強制地關聯,所以還可以作定語,修飾「文」與關涉的名詞,如詞典中修飾名詞「規矩」,語義結構形式為「規矩之文不成」。所修飾的關涉名詞與動語素結構出現的名語素,構成領屬關係;「多年的老傳統~地沿襲下來。」配例中,「文」與「老傳統」也有領屬關係。句子可以變換如下:多年的不成文的老傳統沿襲下來。

M.「變相」,詞典解釋為「內容不變,形式與原來不同的」,「相」即「(外在)形式」,「變」是一元動語素,結構中沒有空位。所以它可以修飾「剝削、貪汙,侵略、體罰、漲價、行賄」,其中「剝削、貪汙」是詞典的配

例，其後是語料庫中的配例。詞典中沒有修飾名詞的配例。但「相」也是一元名語素，強制要求另一個名詞性成分與之關聯，所以還可以修飾名詞。語料庫中有修飾「個體戶、工資」作定語的語例，「變相個體戶」語義結構為「個體戶之相變」，意思是「（這個）個體戶的外在形式改變了（與原來不同）」，「變相工資」意思是「（這種）工資的外在形式改變了（與原來不同）」。

N.「自動、自發」，這兩個屬性詞的「自」都是「自己」的意思，除了可以自在表人的詞語中，也常用於表「擬人化」詞語中。「自動」在詞典中有三個義項，前兩個都副詞，後一個是屬性詞。實際這三個義項，其中的名語素與動語素的聯繫是相同的，即「自」是名語素，「動」是一價動語素。因為沒有空位，所以三個義項都能作狀語。屬性詞義項主要跟機械裝置相關，詞典配例，修飾動詞作狀語的是「～控制」，「自」是一價名語素，強制另一個名詞成分與之關聯，構成同位結構。詞典也修飾名詞作定語的配例「～裝置」，語義結構為「裝置自己操作」，「裝置」為擬人化施事的一部分。

「自發」跟「自動」的語義結構相同。詞典翻譯為「由自己產生，不受外力影響的」，詞典配例修飾動詞性詞作狀語的是「這個科研小組是他們幾個人～地組織起來的」。釋義似乎是狀中結構，「自己」之前出現了介詞「由」，但從配例中，明顯是「自己產生」，「自」指向「他們幾個人」，在語義結構上，它們組成同位結構，而不需要「由」出現。事實上，再典型不過的主謂式結構，在主語上也要以加上「由」，如「我們操作」這個主謂結構，仍可以說成「由我們操作」。

與「自動」一樣，它仍可以修飾名詞性成分作定語。詞典及語料庫中有「勢力，資本主義傾向、個人的復仇情緒、經商熱」等。語義上，這些不是表示人的名詞，與「自」一起構成同位結構，成為「發」這是一元動語素的「擬人化」的 NP1。

O.「隨身、貼身」，這兩個屬性詞，語義基本相同，都是「緊跟在身邊的」，出現的名語素都是「身」，而「隨、貼」都是二元動語素。由於只出現了一個名語素，顯然存在空位 NP1，這種情況我們在前文已經論述過了。問題是為什麼它們仍可以作狀語修飾謂詞性成分。

「隨身」在詞典中的作狀語的配例是「～攜帶」，語料庫上有「攜帶（的）武器（衣物、錢財、行李）」，「攜帶」後都有其涉及的支配性名詞成分。「貼身」在詞典中沒有作狀語修飾謂語性成分的配例，語料庫中是「～保護」，「保護」前後也出現相關支配性表人的名詞成分。

實際上，當它們修飾謂語性成分性，只能理解為「身隨身（地）」、「身貼身（地）」，「身」在這裡兼 NP1 和 NP2 兩職。「隨身攜帶物品」中，「隨身」是「物品之身（a）緊隨人之身（b）」，「保鏢貼身保護主人」中，「貼身」是「保鏢之身（a）緊隨主人之身（b）」。

因為受長度的限制，詞中的語素必須身邊二職。二元語素，至少要三個語素才能實現無空位的條件，這樣的屬性詞（或動詞）都是少見的。以動語素「對」為例，「一對一」是無空位，所以可以修飾謂詞性成分。如：

點對點一對一貼身服務民企（《廣州日報》，2013.04.01）

籃球我一對一貼身防守就完了。（語料庫）

「點對點」、「一對一」都是無空位的結構，與「貼身」並列，可見「貼身」與前面論元結構的相似性。

不僅如此，詞典中的「對面」有三個義項，作名詞的義項，可以作定語，如「對面的女孩看過來」，這時「對面」有空位 NP1，所有可以修飾 NP1（女孩）。詞典還有第三個義項是標注為副詞，釋義為「面對面」，配例為「這事兒得他們本人～兒談」。「對面」的「面」在作狀語時，語義上身兼 NP1 和 NP2 兩職。「對臉」在詞典中，同樣把作狀語標注為副詞的義項釋義為「面對面」。

這種情況，跟朱德熙先生提出的「主謂結構作轉化為副詞作狀語限於主語和賓語同形的格式」[1]論斷頗為相似。

含動語素的屬性詞作定語還是作狀語，關鍵在於該動語素結構是否存在句法空位。沒有空位，就可以作狀語；如果存在空位，就不能修飾謂詞性成分，只能修飾空位所提取的 NP1 或 NP2 等。

三、複合屬性詞作修飾語的特點

含動語素屬性詞與其後所飾名詞即構成了顧陽、沈陽、何元建等學者所說的「合成複合詞」。後飾名詞都是動語素的施事或受事論元。其特點如下：

（一）如能修飾除上述名詞外的其他名詞，屬性詞的身分或用法可疑

詞典把「人居」標注為屬性詞，國家語委語料庫中未收

1　朱德熙，《語法講義》，北京：商務印書館，1982：153。

錄這個詞，CCL 語料庫和 BCC 語料庫中都有語料，但是它所修飾的名詞是「大會、面積、條件、問題、系統、議程、中心、狀況」等名詞。儘管它修飾的都是名詞，但根據屬性詞粘著性較強的特點，它應該修飾的是「房屋、住所」之類的 NP2 論元名詞，語料庫中並沒有出現這樣的名詞，所以「人居」標為屬性詞，有可疑之處。語料庫還有其他搭配的情況，如「和諧人居」、「人居與健康」，出現在定中結構中心語和並列結構中，而屬性詞只在定語位置上出現，或以「屬性詞＋的」情況出現。這樣進一步證明「人居」不是屬性詞，標注為名詞更符合實際，名詞同樣作定語修飾名詞。

「公辦、民辦」修飾「學校」是屬性詞的正常用法，而「公（民）辦教師」在意義及結構上都與前者有差別。因為「學校」之類的名詞是動語素「辦」的受事，「教師」不是「辦」的受事，也不是其施事。「公辦教師」原本是「公辦學校中的有國家正式編制的教師」，實際上「公辦教師」的「公辦」缺省了「學校」等語義要素。

（二）含動語素的名詞，修飾名詞時句法語義結構與屬性詞不同

顧陽、賀陽提到「話劇演員」是合成複合詞，這裡「演員」是中心語，符合何元建所論「中心語素右向原則」。「話劇演員」的論元結構關係正如顧陽所分析的「員演話劇」。

我們發現顧陽所舉的合成複合詞中「嫖客、伴郎」，它們兩者還有細微的差別。「演員、嫖客」等是一種，而「伴郎、司機、管家」則是另一種論元結構關係。它們都還能修飾表人的名詞作同位性定語。試比較：

（6）演員（嫖客，……）小丁

伴郎（司機，管家……）小丁

可以發現，小丁是「演」、「嫖」的施事，「員」、「客」與「小丁」還是同位關係；而「小丁」是「伴」、「司」、「管」的施事，「郎」、「機」、「家」則分別是前面動語素的受事。

儘管這類名詞也有前述屬性詞相同的修飾語部分，但名詞跟屬性詞不同。一是從整體看上，與表人修飾語構成同位關係的，不是屬性詞，因為屬性詞沒有這種語例；又因為是同位關係，根據對等關係原則，後面一部分的性質是表人名詞，前面的自然是名詞。二是名詞還能修飾其他語義名詞，如「演員的時間（修養、理想、爹媽，……）」，屬性詞不能修飾其他語義名詞。

（三）含動語素的複合動詞，作修飾語時與屬性詞情況有同有異

以詞典收錄的兩個動詞「自製」、「自制」為例，「自製 de（的，地）」後接名詞還是動詞的情況是：

（7）詞條　　　自製　　　　　自制

　　　詞義　　　自己製造　　　（自己）克制自己

　　　自製 de　　糕點、玩具

　　　自制 de　　　　　　　　力量，時候；小王
　　　　　　　　　　　　　　　說、問、憋著、
　　　　　　　　　　　　　　　壓低聲音

「自製」屬於「NP1 ＋ V2 ＋ NP2（二元動詞結構）」，只出現了 NP1，「自」是施事論元，句法空位是 NP2。「自製的」可以「成分提取」出「NP2」，這時候作定語所飾名

詞一定是動語素「製」的受事論元，不能是其他外圍論元。這時候，「自製的」可以轉指受事論元。

（8）這個蛋糕是自製的。

「自制」是也屬於「NP1 ＋ V2 ＋ NP2（二元動詞結構）」，它作定語只能選擇修飾限制如「力量」，「時候」這些方式工具時間等外圍論元名詞，不能修飾受事論元名詞；原因是結構中不存在空位，所以還可以作狀語。它也可以有：

（9）一向自制的小王

這裡的「小王」不是跟「自製」一樣修飾限制的受事論元。因為「自」這個名詞性成分本身是一價名詞，要求有其他名詞性成分與其聯繫，「小王」與「自」構成同名詞性施事論元。

再如動詞「隨軍」，作定語，也修飾「隨」的論元「記者（家屬，服務隊……）」等，當然，還可以修飾其他如「生活（名義，……）」非論元名詞。

屬性詞不能像動詞那樣自由地修飾動語素的時間、方式、處所等外圍論元名詞。有的屬性詞的粘著性強，還不能自由加「的」。如：

（10）國營企業　　　　　　草食

　　（農場、單位）　　　（動物、家畜）

　　＊國營時間　　　　　＊草食的動物

　　（方式、處所……）

　　這個企業是國營的　　＊這種家畜是草食的

但是，CCL 語料庫中，「國營」等屬性詞也有大量非定語的用法，它們也和動詞的某些用法相近。如：

（11）當然民間主張開放，政府主張國營。

建國後的很長一段時間裡，印刷業是被作為特種行業的，企業多為國營。

有一部分國有企業則要繼續國營。

成立全業性增產節約委員會，籌備全業的公私合營，將來再過渡到國營。

除了「草食（肉食、雜食）」等粘著性極強的屬性詞（即不能加「的」作定語），含動語素屬性詞大部分都可以在一定條件下用作動詞，或者說是產生「功能的遊移」。可以說在作定語、狀語的功能上，含動語素屬性詞與動詞之間的界限並不太清晰。

（四）含動語素屬性詞可以歸為惟定動詞

呂叔湘、饒長溶提出的「非謂形容詞」在本質上是「缺項說」[2]，即形容詞功能中缺少了充當「謂語」功能的項，所以歸為形容詞的一個小類，詞典也遵行呂叔湘的思路是把屬性詞歸為形容詞的小類。

石定栩則認為屬性詞是名詞、動詞和形容詞中部分成員在分布上的缺項。充當定語不是屬性詞獨有功能，而是所有實詞都具有的普遍功能，以充當定語作句法功能依據，並不值得單獨立一個「屬性詞」的類，屬性詞本質上是「惟定名詞、惟定動詞和惟定形容詞的總合」。

2　呂叔湘、饒長溶，〈試論非謂形容詞〉，《中國語文》，1981（2）：81–85。

從上面考察的結果看，含動語素的屬性詞跟動詞非常接近，可以說它是唯定動詞。

四、屬性詞與「缺項說」

朱德熙提出的「主謂結構作轉化為副詞作狀語限於主語和賓語同形的格式」論斷[3]，在動語素屬性詞中也有體現。按動語素屬性詞作狀語的情況來看，還有無空位論元的其他主謂結構。

呂叔湘、饒長溶提出的「非謂形容詞」（即屬性詞）在本質上是「缺項說」，即形容詞功能中缺少了充當「謂語」功能的項，所以歸為形容詞的一個小類，《現代漢語詞典》也遵行呂叔湘的思路是把屬性詞歸為形容詞的小類。朱德熙反對這種因為作定語就歸入形容詞的做法，他把這類詞單列一類叫「區別詞」，其後一般學者都不太贊同這類詞歸類為形容詞了。

石定栩則認為屬性詞是名詞、動詞和形容詞中部分成員在分布上的缺項[4]。充當定語不是屬性詞獨有功能，而是所有實詞都具有的普遍功能，以充當定語作句法功能依據，並不值得單獨立一個「屬性詞」的類，屬性詞本質上是「惟定名詞、惟定動詞和惟定形容詞的總合」。關於惟定動詞，尹世超也曾有論述，不過有意思的是，他認為「有些專定動詞已向非謂形容詞靠攏，或逐漸變為非謂形容詞」[5]。這裡的「非謂形容詞」也即屬性詞。

3　朱德熙，《語法講義》，北京：商務印書館，1982：153。

4　石定栩，〈屬性詞與實詞的分類〉，《文化學刊》，2017（9）：30–37。

5　尹世超，〈動詞直接作定語與動詞的類〉，《語法研究和探索》，商務印書館，2002：52–67。

（一）與其他屬性詞作定語對比

不含動語素的其他屬性詞分三類。

第一類是全部由名語素構成的，除單音節「男、女（同學），棉（大衣）、金（手鐲）」等單音節外，複合詞的屬性詞有「草本、木本（植物），中式、西式（糕點），民事、刑事（案件），客座（教授）、口頭（文學）、人工（湖）」等。此類屬性詞的內部結構難以看出跟所修飾名詞有什麼語義上的聯繫，且理解這類屬性詞，跟理解名詞的機制相同，如「草本」即「草質莖」，「中式」即「中國樣式」等。

全部由名語素（包括單音節）構成的屬性詞，充當定語修飾語時，更接近名詞，語法意義都是限定所飾名詞的屬性、材料、質地等；有的本身就是名詞脫落了作主賓語功能深化而來，如「男、棉」等；在一定場合，它仍有名詞特徵，如「生男生女，種棉還是種稻」。有的是由名詞義分化出另一個暫時只作定語的義項，如「口頭」，它有名詞的義項，意義為「嘴（指說話時的）」，如「不要停留在口頭上」，分化出的義項是用來區別於「書面」，意義是「用說話方式來表達的」。這類屬性詞大都在一定環境中具有名詞的語法功能，如：

> 菊花是菊科植物。雖為草木，但類似灌木，算作亞灌木型。

> 由於這些西洋鐘主要供皇家貴族使用，製造時不惜工本，外形風格也逐漸由純西洋轉向中式。

> 刑事案件之所以能夠「逢凶化吉」轉為民事，究其根源不外乎如下幾點。

> （北京大學中國語言學研究中心 CCL 語料庫）

第二類是由形語素和名語素構成，如「大型、小型（水庫），低端（產品）、黃色（小說），急性（闌尾炎）、良性（腫瘤）、劣質（菸酒）、巨額（財產）」。這類屬性詞所飾的名詞跟屬性詞的形語素有一定的聯繫，但沒有像含動語素屬性詞一樣的制約關係。這類屬性詞，有時人們應用它會加上副詞修飾，如「很劣質」，還可以說「這本黃色小說真黃」，「這座小型水庫真的很小」等等。語料庫中出現「真低端、很低端」等用法；它跟形容詞的界限不太清晰，以前是屬性詞的「高級、低級」現在人們都直接看成形容詞了。

第三類是全部由形語素構成的，如「老大難（問題）、名優（產品）、高寒（地帶）、偽劣（產品）、高精尖（設備）」。這一類同第二類，所飾名詞與形語素有語義上的聯繫，但沒有像含動語素屬性詞一樣的制約關係。

（二）與其他屬性詞作狀語對比

不含動語素屬性詞作狀語的情況，有詞典中標為屬性詞有全部為名語素組合的，也有其他組合的。

全部為名語素組合的屬性詞，如「單向（聯繫）、橫向（比較）、口頭（彙報）、平行（發展）、人工（降雨）、雙邊（會談）、雙向（選擇）、書面（答覆）、正面（提出）、正式（訪問）、專門（研究）」，這類屬性詞跟名詞作狀語的意義相同，都是表示「按照……方式」、「從……方面（方向）」、「在……方面」等。「單向聯繫」表示按單向的方式聯繫；比較「電話聯繫」，名詞「電話」表示「聯繫」的方式，即「用電話聯繫」；「橫向比較」表示從橫向角度來比較，「口頭彙報」表示以口頭方式進行彙報……等等。相較於含動素屬性詞作狀語要求在動語素及名語素存在

論元制約的情況，這些全由名語素構成的屬性詞則看不出制約關係。

其他組合的屬性詞，如「初步（解決）、惡性（循環）、高度（評價）、高速（發展）、良性（循環）、慢性（中毒）、少量（進食）、深度（調查）、遠端（運輸）」等，是由形語素加名語素構成。表示動作的程度、性質，名語素形語素都同後面的動詞語有某種語義關係，如「惡性循環」，「循環」與「性」可以有修飾關係，構成「循環之性（質）」，「性」與「惡」可以構成陳述與被陳述「性惡」，或者修飾限定關係「惡性」。但是這些都跟含動語素屬性詞修飾謂詞語時呈現出來有制約的語義關係不同。

（三）與動詞作修飾語對比

先以「自製」為例比較。

詞典中有兩個「自製」，都是動詞，都含有名語素「自」和動語素「製」，它們的意義和作修飾語的情況如下表：

詞條	自製 1	自制 2
詞義	自己製造	（自己）克制自己
加「的」作定語	糕點、玩具 力量，	力量；時候；小王
加「地」作狀語		說、問、憋著、壓低聲音

「自製 1」的「製」是二元動語素，複合詞中只出現了 NP1，「自」是施事論元，存在空位是 NP2。「自製 1」加「的」可以修飾「NP2」。「自製的」也可以轉指受事論元。如「這個蛋糕是自製的」。

「自制 2」中的「制」也是二元動語素，它作定語只能

選擇修飾限制如「力量」，「時候」這些方式工具時間等外圍論元名詞，不能修飾受事論元名詞；它不存在空位，還可以作狀語修飾謂詞。BCC 語料庫中有「自制地」直接作狀語的例句，而 CCL 語料庫中「自制2」沒有看到它單獨作狀語的語例，它都是以否定的形式來作狀語，如「難以自制地痛哭」、「無法自制地抖著」，等等，但不管怎麼「自制地」中的「制」只能是「抑制、控制」，而不會是「製作」的意義。

另外它也可以有：「一向自制的小王」的例句。這裡的「小王」不是跟「自製1」一樣修飾限制的受事論元。因為「自」這個名詞性成分本身是一價名詞，要求有其他名詞性成分與其聯繫，「小王」與「自」合起來構成同位性名詞性施事論元 NP1。

以上兩個「自製」跟前面分析的屬性詞作定語作狀語時內部語義關係呈現的面貌基本一致。

再與動詞作定語對比。

單音節動詞，有一元動詞，如「跑、失」等，也有二元動詞「吃、打」，還有三元動詞「給」。

一元動詞修飾名詞，如「跑」加「的」可以修飾「同學」等動作主體名詞（廣義施事），還可以修飾「時間、地方」等，其中動作主體名詞論元是核心論元，其他是外圍論元。二元動詞修飾的名詞也都是所飾動詞的論元，如「吃」，加「的」可以修飾「同學、食物、工具、時間、地方」，有的核心論元（施事、受事），有的是外圍論元（時間、處所、工具）等。三元動詞「給」加「的」可以修飾「人、東西、時間、地方」等，其中「人」可以是施事和與事，「東西」是「受事」，這三者都是核心認元，其他的名詞如「時間、

地方」等都是外圍論元。

雙音節動詞，也有一元動詞、二元動詞、三元動詞之分。

一元動詞，如「工作」，內部語義結構含有一個名語素「工」，「作」是二元動語素，複合後構成一元動詞，加「的」後存在 NP1 空位，可以修飾「人們」等動作主體名詞，是核心論元。其中「人們」與動語素「作」是施事與動作語義關係，「作」與「工」是動作與受事關係。「午休」也有名語素，但「午」是一元動語素「休」表「時間」的外圍論元，複合後構成一元動詞，修飾名詞論元跟「工作」類似。二元動詞，如「學習」，「學」與「習」都是二元動語素，複合後構成二元動詞，加「的」後存在 NP1 和 NP2 兩個空位，可以修飾「同學」，有歧義，既可以是施事與動詞的關係（理解為「同學學習」），也可以是動作與受事的關係（「學習同學」）。三元動詞，如「告訴」，「告」與「訴」都是三元動語素，複合後構成三元動詞，加「的」後存在 NP1、NP2、NP3 三個空位，修飾「同學、事情」等核心名詞論元。其中「同學」既可以是施事論元也可以是與事論元，「事情」是受事論元。這些動詞作定語都可以修飾外圍論元名詞「時間、地點、方式」等等。

不論是單音節還是雙音節的一元、二元、三元動詞所修飾的名詞，在動語素與所飾名詞、與複合詞含有名語素之間的語義關係，與含動語素的屬性詞作定語修飾名詞情況基本相同；略有不同的是屬性詞不修飾其動語素的外圍論元名詞，如沒有出現「自動時間、貼身地點」等說法。

（四）與動詞性結構作狀語對比

朱德熙認為除副詞外，其他詞語作狀語都是轉化為副

詞。整個動詞結構轉化為副詞作修飾語的情況都比較少，單個動詞轉化副詞作狀語極為罕見。而含動語素屬性詞作狀語的情況也僅有 10 例，這跟動詞作狀語的情況相同。

　　包含動詞的句法結構轉化為副詞作狀語的有兩類，一類是「有、無」類短語，如「有條件地服從、有組織地撤退、無條件地說明、無規則地運動」等等，這類句法結構比較特殊，其後的謂詞大部分是動名詞，且這些詞與「有、無」後的賓語存在語義關聯，如「服從的條件、撤退的組織、說明的條件、運動的規則」。而包含「有、無」動語素被標注為屬性詞也能作狀語，如「有償 de 服務、有形 de 表現、無償 de 幫助、無形 de 支持」等，也有動詞結構作狀語一致。「有、無」的語法性質，目前還有爭議；此處的「有、無」都是表示某種條件。修飾的名詞大多是抽象名詞，而修飾的動詞又可以是動名詞；且所飾謂詞與「有、無」後的名語素存在語義關係，如「服務、說明」之「償（代價）」，「表現、支持」之「形（形式）」。

　　另一類是主謂短語轉化為副詞作狀語，朱德熙認為這類短語轉化狀語，是在主賓同形的情況下才能成立，如「手把手地走」。這跟屬性詞「貼身、隨身」作狀語的情形相同，也跟詞典中的「對面」作狀語時情形相同。帶賓的主謂結構如果存在空位，如「手拉」，後面只能修飾動詞的空位論元「風琴」等，不可能修飾謂詞作狀語。上述能修飾謂詞作狀語的含動素的屬性詞「不成文、變相、自動、自發、隨身、貼身」等都不存在動語素的論元空位，這一點跟動詞也基本相同。

　　含動語素的屬性詞在組合時呈現的語義聯繫跟動詞作修飾語時非常接近，而與其他屬性詞表現出來的語義聯繫不太

相同。把它歸入動詞類更能讓人理解和掌握這一類詞的功能和語義，更符合其原本面貌。

　　有的屬性詞義項，只是從動詞義項引申出來的。如「兼任」，作動詞時，意義為「同時擔任幾個職務」，可是詞典第5版卻引申為一個「不是專任的」屬性詞義項，例證為「兼任教員」。這種把作了定語就不能是動詞的觀點跟現代漢語語法的一般規律相違背。詞典中從動詞義項引申出來的屬性詞義項還有：「加料（酒）、看家（本領）、空心（麵）、歷任（所長）、人為（的困難）、私立（學校）」等。而有些標注為屬性詞的是從名詞義項引申出來的義項，如「機關（槍）、客座（教授）、空頭（政治家）、空中（信箱）、口頭（文學）、老牌（足球勁旅）、老爺（車）、綠色（食品）、人工（湖）、首席（代表）、水準（方向）、桃色（新聞）、衛星（城市）、夕陽（產生）、陽光（少年）、野雞（大學）、異性（朋友）、英雄（的中國人民）、朝陽（產生）、正面（人物）、職業（運動員）、專業（文藝工作者）」等等，這類屬性詞更接近名詞，這類屬性詞與動語素屬性詞存在很大的不同（上文已經分析）。

　　還有兩個例證能說明問題。2002年的《現代漢語詞典（增訂本）》，附錄中收了新詞「主打」，舉例是「主打歌」，因為只作定語，可以認定為屬性詞，2005年第5版第一次標注詞性，「主打」標為屬性詞。隨著「主打」功能的完善，出現了「春季主打輕酷裝」（帶賓語）之類的用法，隨後的第6版、第7版《現代漢語詞典》都把「主打」標注為動詞了。有種說法叫「屬性詞功能的遊移」，其實不是其功能發生了遊移，含動語素的屬性詞都潛存著動詞的，只是暫時展示出其作定語功能的一面，作謂語功能不過是存在暫時的缺項而已。動詞最主要的功能是作謂語中心語，但它作定語也

很常見。從第5版一直到第7版都標注為屬性詞的「國營」，查找CCL語料庫，也會發現有如下例句：

> 「現在都國營，公私合營了，上哪兒都得查證件。」他說。

> 當然民間主張開放，國家主張國營。

> 有一部分國有企業則要繼續國營。

「國營」和「公私合營」並列，前受「都」修飾，後接時態助詞「了」，明顯是動詞的功能。「國營」和「開放」都成為「主張」的賓語，也有動詞的功能（名動詞）；「國營」作「繼續」的賓語，「繼續」帶就是動詞賓語，比如「繼續吃、繼續睡、繼續工作」等，可見「繼續國營」中，「國營」是動詞的功能。

調查語料庫發現，在一定語境下，標注為屬性詞有典型動詞功能的還有「適婚」類、「言情」類、「公立」類、「新任」類、「冒牌」類等等。

（不過，「肉食」類是類外，可能跟「食」在現代漢語中常作名詞語素有關，失去了古代漢語動詞的用法，如果從詞典的意義出發「以肉類為食物」，那麼，「食」就不是動語素而是名語素了。「肉食」在詞典中的第一個義項就是名詞。）

基於以上分析，本文把含動語素屬性詞歸入動詞詞類更接近現代漢語組合結構事實，也更便於學習者認識掌握現代漢語的組合和語義配合規律。

調查《現代漢語詞典》中所有122個含動語素屬性詞，分析了其作定語狀語時，與其所修飾名詞、謂詞時呈現出來的內部語義面貌，發現了動語素屬性詞作修飾語有較強的規

律，這類屬性詞修飾名詞都是動語素的論元名詞，這樣的特點跟動詞修飾名詞呈現的內部語義面貌基本相同，這跟其他屬性詞作定語時不太相同；而含一般動語素屬性詞作狀語時，動語素的論元不存在空位，而還能修飾動語素論元名詞的一定是與出現的某一論元構成一個同位論元；所有含動語素屬性詞修飾謂詞也跟動詞修飾謂詞表現出來的特點基本相同，而與其他屬性詞有較大的不同。所以把含動語素屬性詞歸入動詞詞類更符合現代漢語組合規律和語義配合規律，方便學習者理解和掌握。

五、複合詞「自發」在句法結構中的內部語義考察

作為一個實詞，「自發」的詞義是「由自己產生，不受外力影響的；不自覺的」。從內部結構看，它由「自」與「發」兩個實義語素組成複合詞，其結構關係是「主謂」關係。從內部語義看，「自」是「自己」之意，「發」是「發生、產生」之意，這兩者構成的語義關係是「施事—動作」。從組成句法結構的功能看，它只能作定語和狀語，被歸入屬性詞。在句法結構中，即「自發」作定語和作狀語時，其內部語義會有一些細微的變化。這些變化反映了語義變化規律。

屬性詞在《現代漢語詞典》都是形容詞下屬的一個詞類。「屬性詞」詞條中給出了定義：「屬性詞只表示人、事物的屬性或特徵，具有區別或分類的作用。屬性詞一般只能做定語，如『男學生、大型歌劇、野生動詞、首要的任務』中的『男、大型、野生、首要』，少數還能做狀語，如『自動控制、定期檢查』中的『自動、定期』」。

（一）「自發」作定語的內部語義考察

《現代漢語詞典》在詞條中的舉例是「自發勢力」。可以再從語料庫中再舉一些：

① 他們生產的產品雖對防治汙染起了一定的作用，但總的說來，處於自發狀態，絕大多數產品的品種重複、品質低、售價高，……

② 這是最原始的意志形態，也是自發的好奇心的表現。

③ 天安門廣場那個群眾運動看成為與黨的領導無關的像五四運動那樣純粹自發的運動。

④ 這種對情境刺激物的自發的情感反應包括從驚慌失措到麻木不仁的所有方面。

⑤ 自發群體的無意識、非理性的破壞自然的行為也應予以制止。

⑥ 這個自發的儀式結束後，廣場上氣氛更趨熱烈。

（北京大學中國語言學研究中心 CCL 語料庫）

上述「自發勢力（狀態，好奇心，運動，情感反應，群體的無意識、非理性的破壞自然的行為，儀式）」等，「自發」所修飾的有的是單個名詞，有的是名詞詞組（如「情感反應，群體的無意識、非理性的破壞自然的行為」）；有的是普通名詞，有的是動名詞（如「運動」）。

「自」這個語素的意義，是「自己（自身）」，但與詞「自己」的意義有所不同。第 6 版「自己」是人稱代詞，意義為「複指前頭的名詞或代詞（多強調不由於外力）：～動手，豐衣足食｜鞋我～去買吧｜瓶子不會～倒下來，准是有

人碰了它｜這種新型客機是我國～製造的」。而語素的「自」只能複指所修飾的名詞或代詞（位置在後），其深層語義結構模式為：

自發勢力＝勢力自己產生（自然而然產生）。

自發狀態＝狀態自己產生（自然而然產生）。

自發的好奇心＝好奇心自己產生（自然而然產生）。

自發的運動＝運動自己產生（自然而然產生）。

自發的情感反應＝情感反應自己產生（自然而然產生）。

自發群體的無意識、非理性的破壞自然的行為＝群體的無意識、非理性的破壞自然的行為自己產生（自然而然產生）。

如果用語義指向理論來分析，「自」指向的都是後面所修飾的名詞語。再進一步觀察，在深層語義結構中，「自」的語義作用不如「發」的作用重要或凸顯。

（二）「自發」作狀語的內部語義考察

「自發」詞條的舉例為「這個科研小組是他們幾個人～地組織起來的」。觀察語料庫的用例，發現「自發」作狀語的情況遠比其作定語的情況多。也補充一些語句用例：

⑦群眾自發捐贈的食品等折合人民幣 13 萬元。

⑧濟南軍區某師官兵從 1991 年開始自發地開展了「為失學兒童獻愛心」的活動。

⑨馬哈南達橋竣工通車這一天，成千上萬當地居民自發趕到橋頭熱烈慶祝。

⑩ 這是江蘇省首家棉農自發成立的棉花集團公司。

⑪ 價值規律在私有制社會中的作用是自發地調節生產，刺激生產技術的改進，加速商品生產者的分化。

（北京大學中國語言學研究中心 CCL 語料庫）

上述「自發地組織起來（捐贈、開展……活動、趕到橋頭、成立、調節生產）」等，有的在「自發」後加「地」再修飾動詞，有的則修飾動詞詞組。

這時的語素「自」，仍是「自己」之意；跟詞「自己」的複指對象相同，都是前頭的名詞或代詞。其深層語義結構如下：

他們幾個人自發地組織起來＝他們幾個人自己組織起來。

群眾自發捐贈＝群眾自己捐贈。

當地居民自發趕到橋頭＝當地居民自己趕到橋頭。

棉農自發成立＝棉農自己成立。

價值規律自發地調節生產＝價值規律自己調節生產。

可以發現，不管「自發」後面帶不帶「地」，「發」的語義處於虛化狀態。也就是說「自」的語義比「發」的語義要凸顯一些。

如果用語義指向理論來分析，「自發」的「自」指向由「自發」和後面修飾的動詞組成狀中結構之外的名詞或代詞。這個名詞或代詞，在語義上也是「發」的施事或動作主體。

（三）「自發」的內部語義差別反映的規律

從外部語義上，「自發」作定語修飾名詞時，與第 6 版給出的定義相同，「只表示人、事物的屬性或特徵，具有區別或分類的作用」。

而作狀語修飾謂詞時，卻與作定語時的語義不太相同。「自發」在狀語的位置上都只表示動作的方式。

調查發現，現代漢語中的修飾謂詞的屬性詞的語義是「表方式、範圍、程度」等，而修飾名詞時是「表屬性、質料、等級」等；這些表現出較大的差異。屬性詞飾謂與副詞飾詞的語義相同；而屬性詞飾名與其他名詞、動詞修飾名詞有一定的差異。

「自發」是屬性詞，且是既可以修飾名詞又同時可以修飾謂詞的一部分屬性詞。它反映了這一部分屬性詞作定語修飾名詞和作狀語修飾謂詞的共同規律。

這類屬性詞，差異表現非常明顯。主要是屬性詞除動語素之外的構成語素的語義有變化，它還有語義指向的差異。

如屬性詞「自動」修飾名詞「取款機」時，「自動」的「自」語義指向「取款機」，即「取款機自（己）動」；而「自動」修飾動詞「控制」時，「自動」的「自」指向詞組之外的「控制」的主體或施事成分。「自動」與「自發」一樣，「自」的語義在修飾動詞時要比修飾名詞時凸顯一些。而「動」在修飾名詞時，語義凸顯；在修飾動詞時，語義虛化。

屬性詞「貼身」修飾的「保鏢、衣物」是「貼」的施事或主體，「身」是「貼」的客體角色，所飾名詞與屬性詞內的原有名詞性成分形成角色互補關係。而「貼身」修飾動詞

「保護」時，「貼身」的「身」只能是兼施事和受事，即「身貼（「緊跟」之意）身」。即「身」的語義指向不一致，當修飾名詞時，「身」指向客體一方；當修飾動詞時，「身」同時指向主體和客體。猶如「當面交談」、「對面兒交談」中的「當面」、「對面」只能是「面對面」一樣；而第 5 版把「當面、對面」飾謂時標注為副詞。

屬性詞「不成文」修飾名詞，如「～（的）規矩」時；「文」與「規矩」有密切聯繫，即「文」語義指向「規矩」，可以理解為「規矩之文不成」，也就是說「規矩」可以寫成「文」；「規矩」與「文」之間是事物與變化結果的關係。「不成文」修飾謂詞，如「～（地）規定」時，「文」與「規定」之間是方式與動作的關係。

在 6 版中，標注為屬性詞同時可以修飾名詞和謂詞的含動語素的，只有：自發、自動、貼身、隨身、不成文，等。它們在飾名和飾謂的差別是一致的。

而含形容詞語素的屬性詞修飾謂詞時，也有內部語義結構的變化，語義指向也有差異。

如「大量」修飾名詞時，「大量商品」的「量」指向「商品」，意即「商品之量大」。當「大量」修飾謂詞時，「大量生產」中的「量」不是指向謂詞「生產」，而是指向「生產」後面未出現的支配成分。如「大量生產商品」中的「商品」，這個詞組的語義為「生產商品之量大」。「小量（產品，進食）」也一樣，「小量」修飾名詞時，「量」指向名詞本身；修飾動詞時，指向跟動詞有支配關係的名詞性成分。「大量進食」中的「量」指向「食」。

「高度」可以修飾名詞、形容詞、動詞。修飾名詞時，「高」指向名詞，「度」意義虛化相當於詞綴，所以「高度

藝術水準」可以說成「高藝術水準」或「藝術水準高」。而「高度」修飾謂詞時，「高」語義指向「度」；「度」指向形容詞，所以「高度一致」可說成「（意見）一致之程度高」；而不能說成「高一致」或「一致高」。修飾動詞時，「高度」的「高」和「度」語義都不指向動詞；所以「高度讚揚」既不能說成「高讚揚」或「讚揚高」，也不能說成「讚揚之程度高」。但動名詞可以有名詞一樣的語義搭配。如「評價」是名動詞，所以可以說成「很高評價」或「評價高」。同樣，形名詞具有名詞和形容詞的特點，所以「高度熱情」的「高」可以指向「熱情」，能說成「很高熱情」或「熱情高」；「高」也可以指向「度」，而「度」這時指向「熱情」，能說成「熱情程度高」。

這一類屬性詞在飾名和飾謂時的差別也是一致的。

六、複合詞「主打」的句法功能及語義變化

（一）「主打」的功能及用法

1.屬性詞用法

自 2002 年《愛的主打歌》流行開始，「主打」就散發著新潮氣息向我們走近了，她迅速溶入了我們生活的方方面面。

① 主打歌曲《容易受傷的女人》更是傾注了她全部的心血和情感。

② 雅鹿的主打產品休閒西裝，款式多，更新快，沒有庫存。

（北京大學漢語語言學研究中心語料庫，為行文方便下文略稱「語料庫」）

①和②則是新詞「主打」最初的用法，用作屬性詞，《現代漢語詞典（2002 年增補本）》收進附錄的「新詞新義」對她的解釋是：（文藝作品、商品等）在吸引受眾、顧客，打開市場上起主要作用的。上面兩例就是這樣的意義和用法。不過屬性詞的「主打」在使用時，意義也有差別，如：餐廳有「主打菜」（最主要的）、網路裡發貼有「主打貼」（最重要的）、人也有「主打星」（最突出的，或最特別的）、手機有「主打機型」（最流行的）、顏色也有「主打色」（最主要的）……。

「非主打」也是此類用法。屬性詞的語法特點之一，就是否定時加「非」。如①中的「非主打」，此外還有「非主打的友情歌」、「周杰倫專輯中的非主打歌曲」等待。目前，「非主打」還只局限於歌曲類。

2. 動詞用法

先看用例，這似乎是從「主打」字面意義來理解並運用的。

③3Windows7 現身：主打人性化功能（http://www.enet.com.cn/article/2009/0122/A20090122419301.shtml）

④社區商業今年主打餐飲牌餐飲商鋪主題走向細分（http://house.focus.cn/news/2007-03-15/291314.html）

③和④兩例的「主打」，用作動詞，核心意思都是「重點放在……上」或「主要定位」。各句具體的意義可以有細微的差別：③是「重點研發」之意，④是「重點推出」的意思。

此外，航空公司有「主打二線城市」（重點開闢……航

線），名家名段演唱會「主打紅色經典」（重點演唱），天津樓市週末「主打優惠」（以提供……為主），手機實用為先「主打低端機市場」（主要面向），旅遊業裡三月「主打三八遊」（重點推出），汽車行業也有今年「主打什麼車」（重點研發或主要流行），商家「主打性價比」（重點突出）等。比較遊行的格式則是「主打……牌」，因為「主打」畢竟是新詞，而「打……牌」的比擬用法大家都已熟知。像：蘇北體育工作主打「民」牌，MySpace 主打原創獨立音樂牌，秋季房交會主打濱海牌，多曼稱四國賽繼續主打進攻牌，德系車走高 09 年車市主打性能牌，李宇春「Why Me」T 恤現身廣州限量上市主打公益牌……。

　　作動詞的「主打」用法，都可以改成「主打……牌」。如（1）可以說「主打人性化功能牌」等，天津樓市週末「主打優惠牌」等。

3. 名詞用法

　　⑤什麼是我們的主打？這是專業雜誌不得不考慮的問題。（http://bbs.a9vg.com/read.php?tid=467103）

　　⑥主打百分百（書＋盤）今年最流行金曲，偶像巨星連袂傾情奉獻。（http://www.amazon.cn/mn/detailApp?prodid=zhgm701040）

　　⑦我在這樣一個地方服務的這樣一個基礎上，我的主打是什麼？（語料庫）

　　⑤、⑥、⑦又成了名詞的「主打」，意義是「特色」、「特別之處」。在不同的句子裡她又有細微的差別，⑤是「主要特色，或強勢欄目」的意思，⑥則是「最流行金曲」的意思，⑦是「特色」之意。此外，音樂界有「最新主打，今天

最後一首主打」（流行歌曲），媒體有「今日主打、本周主打、本期主打」（重點人物，或重點新聞），保健也有「主打項目」（主要項目），連說貓咪都有「本周主打來了」（最靚角色、最出色主角）……等。

作名詞的「主打」，都可以看作是「主打」所修飾中心語的省略。如⑤就可以理解為「主打（欄目）」，⑥可以理解為「主打（歌曲）」，⑦可以理解為「主打項目」。至於「非主打的主打」也可以理解為「未主打（歌曲）中的主打（歌曲）」。

在這種語境中，「非主打」也帶有名詞性質了，常作主語、賓語和定語的中心語。如：「非主打流行」、「流行非主打」、「我愛非主打」、「說說你每盤專輯裡的非主打」、「一人一首非主打」、「有一種文化叫非主打」。

4. 作狀語

⑧有些事情不能拖延〔主打推薦〕（http://www.qufu123.com/blog/user1/350/archives/2008/10873.html）

⑨絕對主打選擇 男為T恤狂 尤其在即將到來的夏季，T恤更是男人絕對的主打選擇。（http://www.china-ef.com/article/2009-02-01/154794.shtml）

⑧、⑨是「主打」的狀語用法，她修飾動詞，意思是「重點、首要、重要」。另外有：「2007春季本版主打推出的女鞋品牌」、「深圳市小百花藝術中心特色課程（主打介紹）」、「柏雪的BLOG〈最近正在主打宣傳，柏雪公主網希望大家多去看看〉」……等。

5. 形容詞用法

⑩ 從去年到今年合肥新開的浴場就像雨後春筍般鮮花都含苞欲放，每家都有很主打的特色服務（bbs.hefei.cc/viewthread.php?tid=2929479 71K 2009-3-23 - 百度快照）

⑪ 很主打很強大（http://msrrrrr.ycool.com/post.2786981.html）

⑩、⑪兩例是「主打」受副詞修飾的用法，形容詞性，意思是「經典」、「特別」。像這樣的例子還有「現在什麼網路遊戲比較主打。」不過，這樣的用例還不多見。

（二）「主打」的內部結構

「主打」在 2002 年前未收錄進詞典，說明她還未取得詞的資格。但是早就有「主」和「打」連用的用例。北京大學漢語語言學研究的現代漢語語料庫中，我們發現唯一的不是以上所有用法的「主打」：

⑫ ╳ 營主打 01、02 批，XX 營主打 03、04 批……堅決消滅「敵機」！（語料庫）

而在影視界，「主打」也有與眾不同的用法：

⑬ 英、法、美、香港四地合拍 李連傑主打巨片（6.cn/watch/5552270.html）

如果把⑫中「主打」看作是複合詞，那麼她由兩個語素複合而成，這兩個語素，好像是偏正式，似乎可以理解為「主要攻打」；其實「主」是動語素，「打」也是動語素。不過也不能理解為並列式複合，這是動賓式合成詞，「主」是「負主要責任，主持」之意，與「主講」、「主編」等結構一樣。

⑫中的兩個「主打」都是「負責攻打」之意。⑬中的「主打」似乎是「主演」之意。

而收錄進《現代漢語詞典（2002 增補本）》的「主打」，來源於臺灣演藝界。是「主要起作用的」的意思，那麼它的結構應是偏正式，即「主」語素是偏，義為「主要」，這個是區別語素；「打」語素是正，義為「做、從事，起作用」，是動語素。

因為「主打」的結構有兩種可能，為她在廣泛運用後產生功能的遊移打下了結構上的基礎。

（三）「主打」功能的變化

2002 年以後的《現代漢語詞典》都收錄了「主打」，第 5 版第一次詞類標注時指出她是屬性詞，即放在名詞性詞語前面作定語。

我們在前面對「主打」功能的展示說明「主打」不僅放在名詞前作定語，而且還可以帶賓語，作主語，作賓語，作定語的中心語，也可以修飾其他動詞，甚至還出現了受程度副詞修飾的用法。這就說明「主打」的功能出現了遊移。

因為屬性詞「主打」後一個語素，是動詞性的語素，原先就有存在一個動詞性的「主打」語言形式，所以她轉變為動詞的用法，是最有可能的，並且運用起來沒有什麼彆扭。「春季主打輕酷裝」這個結構有歧義，當「主打」是屬性詞時，表達的是「春季主要吸引顧客的輕酷裝」；當「主打」是動詞時，表達的則是「春季重點推出輕酷裝」。可見「主打」由屬性詞遊移為動詞是最方便的。

「主打」的屬性詞功能遊移為名詞性功能，也比較方

便。屬性詞修飾名詞的定中結構，有時屬性詞可以代替它們所修飾的那個名詞，如「急性病好治，慢性不好治」，可以說成「急性好治，慢性不好治」，這是現代漢語中存在較多的飾詞的句法化轉指現象。當「主打」與「起主要作用的」意義固定下來時，「的」字結構也可以轉指事物（名詞），比如，「那個起主要作用的是什麼」換說為「那個主打是什麼」，也不顯得太突兀。於是就逐漸轉化成名詞了。

　　「主打」的定語功能遊移到作狀語，這可以看作是屬性詞功能的擴展，有些屬性詞既可以修飾名詞，同時也可以修飾謂詞。如：「獨資」，既可以說「獨資經營」（狀中結構），做狀語；又可以說「獨資企業」（定中結構），做定語。定語與狀語都是修飾語，有相通之處。當「主打」也被人用到動詞前做飾語時，並不是沒有先例。所以「主打介紹」、「主打推薦」，理解起來也不費勁。

　　「主打」的屬性詞功能遊移到形容詞功能，也是可能的。以前就有把屬性詞當作「非謂形容詞」，屬性詞是形容詞中的一個小類的看法。當「主打」被凸顯她的程度義時，人們便可以用程度副詞去修飾了。最早「主打」是和「歌曲」連在一起用的，而「主打歌」是突出的，能吸引人的。「突出的、吸引人的」在人們理解中往往有程度的差別，所以「主打」遊移到形容詞性功能是不難理解的。

　　「主打」功能遊移的根本原因在於她是出現時間不長的新詞，人們運用「主打」時特別活躍，她的語法性質處於不穩定的狀態。

　　一個屬性詞可能會向名詞或動詞或形容詞的功能遊移，如「活期」開始出現時只是「活期儲蓄」，後來有了「存活期」的說法，「活期」遊移有了名詞的功能。「便民」開始

出現時只是「便民商店」，後來有了「想想如何便民」等，「便民」遊移有了動詞的功能。「封建」開始出現時總和「制度、主義、思想」等連用，是屬性詞，後來凸顯了其程度差別，就有了「很封建」、「特別封建」、「比較封建」的說法，「封建」就成了形容詞。

不過，像「主打」這樣，一個屬性詞同時向名詞、動詞、形容詞的情況實在不多見。

（四）「主打」意義的演變

「主打」剛在大陸流行時，意義為「（文藝作品、商品等）在吸引受眾、顧客，打開市場上起主要作用的」；不久就有了「主要定位、重點放在」的意義，還有了「起主要作用的事物」含義；再不久多了「重點、主要」等含義，同時又衍生出了「經典、特別」等含義。

意義的演變是和功能的遊移緊密結合在一起的。屬性詞的語義都比較虛，是用以區別同類而等級或特性不同的人、事物或現象的。基本上是特定行業或學科的專用詞語。而當該行業跟人們日常生活相關度大時，行業詞便常常會轉化為通用詞。其意義也隨之擴大。

「主打」正是由於音樂跟人們生活密切相關，使用效率高，才轉化為通用詞語，不再是音樂專門術語。「主打」的意義便在通用時，產生了更多的含義。

七、漢語動詞原型結構與區別詞分析

漢語動詞原型結構，也叫漢語動詞抽象基本結構，是指根據動詞及其前後可能同時出現最大數量的語義類名詞，並

經過位置限制條件組成的最小抽象結構形式。「最大數量」，是指凡是能出現同時在動詞前後出現的名詞，有多少算多少；「位置限制條件」則指名詞必須是無標記出現，即不能有也不能加上介詞引導；「最小」，則指抽象結構的形式是最簡潔的[6]。漢語動詞原型結構有三種：

SP1（無賓語結構）：NP1 ＋ V1

SP2（單賓語結構）：NP1 ＋ V2 ＋ NP2

SP3（雙賓語結構）：NP1 ＋ V3 ＋ NP2 ＋ NP3

一般來說，NP1 常是施事名詞，NP2、NP3 常是受事名詞。

區別詞是指不能作主語、賓語、謂語、補語，能直接修飾名詞作定語的黏著詞（呂叔湘、饒長溶[7]，朱德熙[8]，李宇明[9]，郭銳[10]等）。其中包括了動詞性語素的區別詞，可以根據動詞原型結構的規律來分析。所謂包含了動詞性語素的區別詞，是指像「自動、民營、肉食」等一類的區別詞。

（一）區別詞中的動詞性語素

1. 位置分布

區別詞中的動詞性語素從位置來看，有的出現在詞首，有的出現在詞尾，也有極少數出現在詞中間。如：

6　陸儉明、沈陽，《漢語和漢語研究十五講》，北京：北京大學出版社，2004：109–117。

7　呂叔湘、饒長溶，〈試論非謂形容詞〉，《中國語文》，1981（2）：81–85。

8　朱德熙，《語法講義》，北京：商務印書館，1982：52–53。

9　李宇明，〈非謂形容詞的詞類地位〉，《中國語文》，1996（1）：1–9。

10　郭銳，《現代漢語詞類研究》，北京：商務印書館，2002：226–229。

出現在詞首的，類似於述賓式，由動詞性語素和名詞性語素構成，如：超一流、定期、翻皮、翻毛、仿真、爛尾、冒牌、適婚、貼身、無形、言情、有償、裝甲，等等。

出現在詞尾的，有兩種情況：

（1）有類似於主謂式，由名詞語素和動詞性語素構成，如：草食、法定、公立、國立、國營、家養、家用、警用、軍用、民營、民辦、親生、人造、自動，等等。

（2）有的類似於狀中式，後一個語素為動詞性；前一個語素較為複雜，有名詞性、形容詞性、副詞性。如：程控、二年生、光控、固有、後備、後進、歷任、實生、聲控、數控、特需、聽裝、新任、原裝、主打，等等。

出現在中間的，只有「不成文」一個。

2. 原型結構的類別

屬於無賓結構型的動詞性語素有：「變相、實生、後進、自動、卵生、孿生、雙生」等中的「變、生、進、動」。「變相」的「相」是主語後移到動詞後的成分（這涉及到移位理論[11]，另文討論）。

屬於單賓結構型的動詞性語素有：「程控、常任、固有、新任、聽裝、原裝、主打，草食、國營、民營、私立、農用、言情、親生、適婚、人造」等等中的「控、任、有、任、裝、打、食、營、立、用、言、生、適、造」等。

區別詞中沒有雙賓結構型的動詞性語素。

11　陸儉明、沈陽，《漢語和漢語研究十五講》，北京：北京大學出版社，2002：162–165。

（二）區別詞中的名詞性成分

1.未出現名詞性成分的有：「實生，常任、固有、新任、原裝、主打」等。「實、常、固、新、原、主」不是名詞性成分，是形容詞性成分。

2.出現名詞性成分，但不符合「位置限制條件」的有：「後進、卵生、孿生、雙生，程控（數控、光控、磁控）、聽裝、線裝」等，在語義上，這些名詞性成分，都可以加上介詞引導進入動詞結構。如「後進」是「在後面次序上前進」，「程控」是「用程控」之意。雖然放出現在動語素前，並不是動語素的施事成分。

3.出現施事性名詞成分的有：「變相、自動、自發、不成文，國營（民營、私營）、私立（國立）、公辦（民辦）、農用（軍用、警用）、人造」等。施事性名詞成分一般都現出現在動語素前，也有移位造成出現在動語素後面的，「變相、不成文」就是。

4.出現受事性名詞成分的有：「草食、貼身、言情、適婚」等。受事性名詞成分一般出現在動語素後面，但也有通地移位造成出現在動語素前面的，如「草食（肉食、雜食）」等。

5.兼施事與受事名詞性成分的有：「親生」。這個「生」是「生育」之意，「親」是自己之意。「親生」既有「生育自己的」之意，又有「自己生育的」之意。

（三）區別詞與修飾詞語之間的關係

此類區別詞與修飾詞語結合會構成類似於動詞原型結構的關係。

1. 類似於 NP1 ＋ V1

區別詞修飾名詞語構成的詞組類似這種結構的有：變相（～廣告）、實生（～苗木）、後進（～學生）、自動（～取款機）、卵生（～動物）、孿生（～兄弟）、雙生（～兄弟）。

此類結構，都存在施事名詞後移的情況，即語義上應該理解為「名詞之義＋動語素之義」，如「苗木生、學生進、取款機動、動物（出）生、兄弟（出）生」。區別詞原本已出現施事成分的，應該是與施事名詞結合起來形成一個整體施事成分。如「廣告之相變」、「取款機自己動」。

① 實 生 苗 木　　→　　苗 木 實 生

（移位模式）　　　　　（原型結構模式）

V1 ＋ NP1　　→　　NP1 ＋ V1

② 變 相 廣 告　　→　　廣 告 相 變

（移位模式）　　　　　（原型結構模式）

V1 ＋部分 NP1 ＋部分 NP1　　→　　NP1 ＋ V1

在真正的動詞原型結構中，移位現象也比較多。如：

③ 站 著 一 個 人　　→　　一 個 人 站 著

（整體移位現象）　　（原型結構）

V1 ＋ NP1　　→　　NP1 ＋ V1

④ 羊 跑 了 一 隻　　→　　一 隻 羊 跑 了

（分裂移位現象）　　（原型結構）

部分 NP1 ＋ V1 ＋部分 NP1　　→　　NP1 ＋ V1

2.**類似於** NP1 ＋ V2 ＋ NP2

　　區別詞中已經有施事成分出現的「國營（民營、私營）、私立（國立）、公辦（民辦）、農用（軍用、警用）、人造」，後面的修飾語一定是受事名詞語。如：

　　⑤國　　營　　企業

　　　NP1 ＋ V2 ＋ NP2

只不過「國」營在這裡不是詞，而是語素。這種情況正好跟動詞原型結構一致，即沒有移位現象。

　　區別詞中憶出現受事性名詞成分的：「草食、貼身、言情、適婚」，後面的修飾語一定是施事名詞語。如：

　　⑥草 食 動 物　　→　　動 物 食 草

　　（移位模式）　　　　（原型結構）

　　　NP2 ＋ V2 ＋ NP1　　→　　NP1 ＋ V2 ＋ NP2

　　⑦貼 身 保 鏢　　→　　保 鏢 貼 身

　　（移位模式）　　　　（原型結構）

　　　V2 ＋ NP2 ＋ NP1　　→　　NP1 ＋ V2 ＋ NP2

此類情況，也都存在施事名詞後移。真正的動詞原型結構中，也有移位現象，如：

　　⑧一 間 房 住 十 個 人　　→　　十 個 人 住 一 間 房

　　（移位模式）　　　　　　（原型結構）

　　　NP2 ＋ V2 ＋ NP1　→　　NP1 ＋ V2 ＋ NP2

　　⑨守 門 口 倆 哨 兵　　→　　倆 哨 兵 守 門 口

　　　V2 ＋ NP2 ＋ NP1　→　　NP1 ＋ V2 ＋ NP2

（四）區別詞修飾動詞現象

部分區別詞能修飾謂詞，含動語素區別詞也有一類能修飾動詞。如：變相（～貪汙｜～剝削）、不成文（～地規定｜地沿襲）、自動（～控制｜產生）、自發（形成｜～地組織）。

可以發現，凡是能修飾動詞的這類區別詞，一定都是無賓結構動語素，且區別詞中已出現了施事成分。如：

⑩ 自　　　　動

　　NP1 ＋ V1

無賓結構動語素，且區別詞中未出現施事成分的，都不能修飾動詞。

還可以發現，單賓結構動語素的區別詞，也不能修飾。唯有一個例外，需要仔細分析：「貼身保護」。上文已分析「貼身保鏢」，「貼」是單賓結構動語素。按理說，「貼身」只能修飾施事名詞，不能修飾動詞，可是我們發現：「貼身保護」中的「身」可以兼為受事和施事成分，即「貼身保護」的意思可以是「身貼身地保護」。一個成分兼受事和施事的，不是唯一的例外，上文我們已舉出一例「親生」的「親」是兼受事和施事的，但它還有些不同，「親」作為施事和受事不能同現，也就是說，「親」是在某種意義下是施事，另一種意義下是受事成分。

當無賓結構動語素的施事和受事成分都已出現的區別詞，也可以修飾動詞。

這兩種情況，其實都是一個規律，即原型結構中的所有成分（NP、V）都已出現時，就可以修飾動詞。

（五）區別詞作修飾語的規律及原因

1. 區別詞修飾名詞或動詞的規律

區別詞類似於動詞原型結構中，無賓結構（SP1：NP1 + V1）模式沒有包含 NP1，所修飾的名詞語一定是 NP1。單賓結構（SP2：NP1 + V2 + NP2）模式中，區別詞中已出現 NP1 或 NP2，那麼即其所修飾的名詞語一定是 NP2 或 NP1。如果區別詞中已不缺少該動語素的 NP，後面所修飾的名詞語則可以跟區別詞的 NP 一起構成整體。區別詞中不缺少動語素的 NP，該區別詞可以修飾動詞。

2. 原因

區別詞後面所修飾的名詞，跟區別詞中的動語素及另一個組成成分有密切的聯繫。名詞與動語素的聯繫是強制性的「施—動」或「動—受」關係；名詞與區別詞另一組成成分在語義角色論元中處於互相補充的關係中。這種規律性反映了人類語言的普遍原則。20 世紀 80 年代美國轉換生成語言學家喬姆斯基提出「原則與參數理論」，認為人類的語言存在著共性，各個語言之間所存在的差異只是「參數」不同而已。

人類語言的共性中，動詞的共性最突出。即任何動詞都會有跟它所聯繫的語義角色名詞 NP（即施事、受事等）。任何動詞都要指派其所聯繫的語義角色到一定的位置上去。指派語義角色名詞的原則是：一個位置必須指派給一定的語義角色，而且只能指派一個語義角色；一個語義角色需要被指派到一個位置上，而且只能被指派到一個位置上 [12]。

12　陸儉明、沈陽，《漢語和漢語研究十五講》，北京：北京大學出版社，2004：3。

　　漢語區別詞中包含的動詞性成分，也遵循這個基本原則。即區別詞中的動語素也需要指派一定的語義角色名詞性成分。且每個位置只能指派一個語義角色 NP，每一個語義角色 NP 只能占據一個位置。

　　這樣，我們就可以根據語義角色 NP 的位置的關係，推斷出這類區別詞後面是名詞還是別的詞，名詞又是什麼樣角色的名詞。

　　（本小節的內容，原載於《寧夏大學學報（哲社版）》2010 年第 4 期）

第三章　複合動詞中的論元結構及其作定語的語義制約

　　以《國際漢語教學通用課程大綱》（修訂版）中的《常用漢語詞語表》的含動語素名語素複合動詞（本章中以下都簡稱「複合動詞」）和其他典型複合動詞為封閉式考察對象，對複合動詞直接作定語的情況進行一個數量上的統計，看動詞作定語是否是一種「特殊現象」。「詞語表」中的 319 個複合動詞中有 270 個複合動詞可以直接作定語，占所有複合動詞的 84.63%，所有動詞加「的」都能修飾不同角色的名詞。

一、複合動詞直接作定語的類別

　　含動語素名語素複合動詞作定語，主要有三種類別，一是陳述式（相當於句法結構的主謂），二是述賓式（相當於句法結構的動賓），三是偏正式。

（一）陳述式

　　陳述式，也稱主謂式。此類動詞由「N 語素＋V 語素」

組合而成，二者一般形成陳述式。嚴格意義上的陳述式動詞並不多，像「面訪」、「面議」、「面談」都不算陳述式，一共搜集到 22 個，其中有 11 個能夠直接作定語，比例達 50%。

陳述式中能夠直接作定語的複合動詞有：腹瀉、人為、天賦、心儀、自律、自覺、自信、自營、自願、自治、自主。

語料庫中例句如：

例 1-1 正在由天賦資源的競爭、物力資本的競爭轉換為綜合了資訊、知識、智慧的技術競爭。

例 2-1 在腹瀉後的家庭餵養方面，只有 6.4% 的腹瀉兒童能得到正確的餵養。

例 2-2 大連市某私立中學發生了一起水汙染引起的暴發性腹瀉事件。

例 3-1 無論國內外都有一系列發生在高層建築中的人為事故。

例 3-2 雖然事故本身有不可預測的偶然性，但畢竟還有很大的人為因素。

例 4-1 眾多貿易通忠實使用者也借助自己的方式表達了對其心儀產品獲獎後的欣喜。

例 4-2 對這個心儀「戀人」的感激、悔疚和愛慕的複雜情感展示得淋漓盡致。

例 5-1 教育中要遵循學生身心發展規律，培養他們的自律意識。

例 5-2 見義勇為就往往只能成為少數俠士的悲壯義舉，而難以成為多數公民的自律義務。

例 6 - 1　廉潔自律也才能夠成為每一個領導幹部的自覺習慣。

例 6 - 2　這才是遵守交通法規的自覺行為。

例 7 - 1　萬隆會議所產生的最重要的成果，是各個參與國所取得的新的自信精神。

例 7 - 2　她想到他的自信勁兒和熱情勁兒。

例 8 - 1　我們開辦了商城「自營」形式。

例 8 - 2　許多自營專業戶逐步走向聯合是必然趨勢。

例 8 - 3　去年漳州市又有 8 家國有生產企業獲准自營產品出口。

例 9 - 1　123 名人質和「自願」人員 20 日晚上全部獲釋。

例 10 - 1　現在村級村民委員會成為「自治」單位。

例 11 - 1　不當懲罰的最大問題是孩子自主意識特別是自我管理能力的喪失。

（二）述賓式

此類動詞由「動語素＋名語素」組合而成，二者一般形成述賓式。述賓式比陳述式數量要多得多。搜集到的述賓結構動詞一共有 267 個，其中有 237 個可以直接作定語，占所有述賓結構複合動詞的 88.76%。

述賓式複合動詞中能夠直接作定語的例如以下這些：采風、打仗、導向、曠課、離婚、排隊、放心、剪綵、啟蒙、簽證、惹禍、上網、上癮、攝影、生銹、生病、失業、示範、

失蹤、失眠、失事、受罪、跳舞、投機、投資、投票、退步、同情、同意、調劑、挑戰、提議、歎氣、問世、握手、洗澡、消氣、消毒、循環、宣誓、酗酒、延期、約會、營業、移民、作文、想像、填空、結帳、招標、沾光、造型、注意、值班、著火。

語料庫中的例句如：

例 1－1　采風人員除了部分作家，多為喜好寫作的老領導。

例 1－2　圓滿完成采風任務。

例 2－1　盼秋卻向法院遞交了一份離婚申請書。

例 2－2　說是離婚人士、喪偶人士壽命偏短，這個有科學依據。

例 3－1　……寫下了〈「史」和「戲」〉這篇惹禍文章。

例 4－1　上網人員身分繁雜。

例 4－2　減少上網時間。

例 5－1　俄國人是這裡政府買進那批坦克時作為示範人員派來的。

例 6－1　失事 CA129 航班的黑匣子已經找到。

例 7－1　兵變軍人昨天已逮捕了一些投機商人。

例 8－1　我那次多少給了他點幫助，僅僅出於人的同情心理。

例 9－1　那個地方居住的人演化極慢，甚至還有退步現象。

例10-1 當時國家的軟弱還表現在低效的移民政策上。

例10-2 1916年的愛國主義演出：異國服裝和原國名標語的移民工人。

例11-1 她讓你和你的朋友們站成一行，你站在第一個，然後開始一個握手活動。

例11-2 握手人與對方關係的「親密度」包括可能發展的關係，是與握手的時長、力度成正比的。

例12-1 預計「視窗97」問世日期也可能比計畫時間推遲。

例13-1 處理從另一家隸屬於伊拉克軍事工業委員會的工廠運來的生鏽鋁管。

例13-2 附近有許多斷裂的生鏽鐵練。

例14-1 有些企業貪圖蠅頭小利，哄抬藥品、消毒用品的價格。

例15-1 他就是在本性上有較強的攻擊性（好找事兒），並且生長在一個沒有母親、酗酒父親的家庭。

例15-2 有酗酒習慣和正在戒酒的人應格外注意加強營養。

（三）偏正式

複合詞由「名語素＋動語素」組合而成，前面的名語素修飾限制後面的動語素。搜集到的偏正結構的複合動詞並不

多，只有 27 個，其中能夠直接作定語有 19 個，占所有偏正結構動詞的 74.07%。

偏正結構中能夠直接作定語的複合動詞有：粉刷、集中、後悔、籠罩、蔓延、面訪、面談、目測、客居、口譯、篩選、體驗、瓦解、武裝、油漆、中立、中斷、主持、資助。

語料庫中的例句如：

例 1－1 分布很廣，用來作粉刷材料等。通稱白土子，有的地區叫大白。

例 2－1 表明它是一個有組織的集中交易市場，是證券交易的樞紐。

例 3－1 廣告效應也就沒有預期的好，這是大榮吃後悔藥的原因。

例 3－2 我才不吐呢，我這個人哪，不喜歡走回頭路，不願幹後悔事。

例 4－1 這次降雨過程中降雨量 100 毫米以上的籠罩面積達 992 萬平方公里。

例 5－1 病毒的蔓延速度比去年同期要快。

例 6－1 部門經理要先用 1：3 的黃金比例來確定最後的面談人數。

例 7－1 飛行員的目測飛行高度常比實際高度低。

例 8－1 又從南方（主要是上海）引來了一些新舊客居人。

例 9－1 僅僅在法國斯特拉斯堡一地，就有 460 名口譯人員常駐。

例 10 - 1　這個推薦欄可輔助庫巴網用戶決策，減少
用戶的篩選成本。

例 11 - 1　審時度勢地推出新的體驗產品。

例 12 - 1　這些文藝流派散布悲觀厭世的思想情緒，
對革命力量起著瓦解作用。

例 13 - 1　這次襲擊行動是在午夜時分當地武裝分子
用迫擊炮和輕武器襲擊摩加迪休舊機場之
後進行的。

例 14 - 1　受到專業訓練的油漆工人將用 50 公里長的
繩子懸掛在 324 米高的塔身上⋯⋯。

例 15 - 1　3 國均為中立國家，加入歐共體將意味著
在某種程度上放棄這一傳統政策，接受歐
共體的政治聯盟目標。

例 16 - 1　因張本人係先進生產者，沒有後一項浪費
的中斷時間。

例 17 - 1　今年國家外國專家局給新疆用於引進人才
培訓和資助經費達 300 萬元。

　　通過以上資料我們可以發現，大多數複合動詞都可以直
接作定語，不同結構所占比例不均衡，詞彙表中的含動語素
結構複合動詞來看，述賓結構能直接作定語的動詞所占比例
最大，主謂結構比例最小。

二、複合動詞作定語與中心語的語義制約關係

　　含動語素的複合動詞與其後飾名詞存在動語素的論元語
義制約，具體來看有以下一些類型：被飾名詞中心語表示複

合動詞中動語素所表示動作的施事、受事、原因、結果、工具、方式、處所、時間、數量或動量或度量以及動作的類屬。

（一）所飾中心語名詞是動語素的施事論元

修飾的中心語名詞既是動詞的施事成分，也是複合動詞中動語素的施事成分。在複合詞結構中動語素是二元動語素，複合詞中含有名語素，是該動語素的受事論元。所飾的中心語名詞是動語素所表示動作行為的發出者，一般是由表人名詞或企業、單位名詞充當。

如複合動詞「把關」修飾「部隊」形成偏正結構「把關部隊」。「把關部隊」的深層語義結構「部隊把關」（NP ＋ VP），「收貨人員」的深層語義結構為「人員收貨」。此類組合形式在定中式「V ＋ N」中占比很高，例如：熬夜（學生）、把關（部隊）、拜年（客人）、保密（人員）、報警（單位）、吃虧（群眾）、成功（人士）、出口（企業）、出席（代表）、出差（幹部）、辭職（幹部）、創業（青年）、創業（團隊）、負責（同志）、革命（群眾）、加班（人員）、理髮（師傅）、命名（用戶）、考古（隊員）、收貨（公司）。

其中表示事物（不是表人的「單位」、「企業」、「公司」）的名詞可將其作動語素及動詞的擬人化廣義施事，例如：「單位 – 報警」、「企業 – 出口」、「公司 – 收貨」。將此類詞語也看作是施事成分，廣義上的施事。

複合動詞結構中出現的名語素是動語素的受事，所以這類動詞很少再修飾受事名詞；這類動詞也基本上是不及物動詞，後接名詞一般不是賓語。如果能修飾受事，如「負責工作」，那麼「工作」與「責」構成偏正關係，合成構成受事論元，即「負工作之責」。這裡的動詞後加「的」，能轉指

所修飾的名詞。

語料庫例句有：

例1-1　市場上有一些針對熬夜人士的提神口服液，很多人把它視為法寶。

例2-1　夜九時歸家途中遇一迷路老人，狀極可憐，生惻隱之心，……。

例3-1　單位預借給出差人員必須隨身攜帶的差旅費。

例4-1　地鐵上都是拜年大軍大包小包的我也是其中之一哈哈。

例5-1　許多吃虧企業怕得罪業主，明知不合法也只得忍氣吞聲。

例6-1　辭職人員達到規定養老年齡時，還可按有關規定領取養老金。

例7-1　「追求體驗者」在旅行中的消費額比一般觀光人士高一倍。

例8-1　梨園建築遺址最近在西安市臨潼縣華清池內被考古人員發現。

（二）所飾中心語名詞是複合動詞動語素的受事論元

修飾的中心語名詞既是動詞的受事成分，也是複合動詞中動語素的受事成分。在複合詞結構中，有二元動語素或三元動語素，複合詞中含有名語素，名語素與動語素的關係比較複雜。有的是受事論元，如「罰款」、「負責」；有的是處所論元，如「進口」、「出口」、「操心」。例如：進口

設備、出口設備、跟蹤目標、進口汽車、評價對象、投資對象、備份文件、罰款對象、負責對象、革命對象、操心對象、命名實體、同情對象、授權項目、操心事情。

這類複合動詞所修飾的中心語名詞受事論元，也往往是複合動詞中動語素的受事論元（廣義受事，含與事論元）。如「設備」是「進」、「出」的受事，「文件」是「備」的受事論元，「對象」是「罰」的受事。而如果複合動詞中的名語素也是受事論元，那麼中心語名詞的受事論元與之也有一定關聯。如「授權項目」中，「授」是三元動語素，「項目」是與事論元，「權」是受事論元。「罰款對象」中，「罰」是三元動語素，「對象」是與事論元，「款」是受事論元。在「評價對象」中「對象」與「價」構成偏正關係，即「評」的動語素，其受事論元是「對象之價」。「跟蹤目標」中的「目標」與「蹤」、「備份文件」中的「文件」與「份」、「命名實體」中「實體」與「名」、「革命對象」中的「對象」與「命」之間也是這樣的關係。這裡的動詞後加「的」，能轉指所修飾的名詞。

語料庫中例句有：

例１－１ 對複雜的對象抓住其主線作簡明的表示，目的在於更容易認清對象，分析評價對象。

例２－１ 警察局把他列為跟蹤目標，稅務局說他拖欠稅款。

例３－１ 系統中命名使用者對命名實體的訪問得到定義和控制。

例４－１ （祕書）負責對象：勞動報酬和勞動力資源。

例５－１ 根據會上提供的不真實的情況，確定太子村

女村民彭滿秀為罰款對象，罰她交教育費
100 元。

（三）所飾抽象名詞是動語素的因果條件工具材料等外圍論元

　　修飾的中心語名詞既是動詞的外圍論元成分，也是複合
動詞中動語素的外圍論元成分。在複合詞結構中，動詞的動
語素都是二元動語素，動語素後有表受事的名語素。動詞修
飾的中心語名詞都是抽象名詞，常見的有「辦法、規則、結
果、計畫、條件、方式、手續、技巧、心得、原因」它們是
所表示動作行為動詞的原因、結果、條件、目的、動機、辦
法、方式等等外圍論元：報警手段、報名辦法、報仇計畫、
出口機制、創業政策、貸款策略、動員模式、發財手段、罰
款理由、罰款條例、分手理由、結婚計畫、觀光規則、見面
目的、健身心得、健身技巧、命名原則、退步原因、失蹤原
因、生氣原因、離婚原因、就職條件、移民條件、約會結果、
上班目的、招標條件、占線原因、簽證手續、報仇計畫、報
警方法、報名材料、報名規則、辭職報告、出口機制、出差
費用、處分標準、貸款政策、動員報告、動員模式、掛號指
南、加工裝置、發財手段、罰款條例、耕地工具、觀光規則、
健身技巧、健身器材、結婚計畫、結婚用品、就業機制、考
古材料、睡覺用品、打工證明、離婚材料、聊天軟體、錄音
程序、錄音設備、命名原則、啟蒙資料、潛水設備、簽證手
續、煞車裝置、說話方式、司法程序、挑戰指南、消毒設備、
循環裝置、造型費用、招標資料、招標規則。

　　這個結構中「（V 素＋N 素）＋N」，N 素是 V 素的受事，
而 N 這個名詞則是 V 素和整個動詞的外圍論元。可以轉換
為「用（按）這個＋N ＋（V 素＋N 素）」。這裡的動詞

後加「的」，不能轉指所修飾的名詞。

語料庫中的例句：

例 1－1 ……並使原有的報警手段得到發展。

例 2－1 普通高等學校招生全國統一考試報名時間和
報名辦法已經確定。

例 3－1 ……摸清不同消費信貸品種的市場需求量，
制訂相應的貸款策略。

例 4－1 他們查驗車況及各種證件後，找不到罰款理
由……。

例 5－1 原來說的移民條件根本就沒有達到，當初的
領導們說到這邊來給多少多少地，……。

例 6－1 ……簡化中國公民前往義大利的簽證手續等
等。

（四）所飾中心語名詞是動語素的時間處所度量等外圍論元

修飾的中心語名詞既是動詞的外圍論元成分，也是複合
動詞中動語素的外圍論元成分。在複合詞結構中，動語素都
是二元動語素，動語素後有表受事的名語素。動詞修飾的中
心語名詞都是抽象名詞，它們是所表示動作行為動詞的處
所、方位、空間、範圍、時間、度量等等外圍論元，例如：
報名時間、報名網址、播種時節、創業中心、出版週期、出
差城市、登陸地段、開會地點、觀光地點、著火範圍、發炎
部位、犯罪地點、負責範圍、革命中心、跟蹤區域、免費區
域、見面地點、進口總額、考古基地、潛水地點、失事地點、
投資金額、消毒區域、循環週期。

這個結構中「（V素＋N素）＋N」，N素是V素的受事，而N這個名詞則是V素和整個動詞的外圍論元。可以轉換為「在（按）這個＋N＋（V素＋N素）」。這裡的動詞後加「的」，不能轉指所修飾的名詞。

語料庫的例句有：

> 例1-1　需申請專段號牌指標的單位和個人要重新提出申請，規定和報名網址不變。

> 例2-1　根據報刊的出版週期同步更新，立足於服務有教育需求的所有用戶。

> 例3-1　從上到下都應把這一問題列入緊迫的議事日程，並在各自的負責範圍內儘早著手解決。

> 例4-1　這10國的進口總額也將超過日本和歐洲聯盟的總額。

> 例5-1　龍頭企業也還必須考慮到節省他們的投資金額。

（五）所飾中心語抽象名詞是複合動詞語義範疇的「同指」名詞

朱德熙先生的「自指」、「轉指」理論，把「動詞語＋的」中有空語類提取的，叫「轉指」，沒有發生空語類提取作用的，只起修飾作用不起起指稱作用的叫「自指」。

這裡所說的「同指」，不僅是「自指」，且它本身就是對動詞語的屬性的抽象概括。比如「報名的（人）」，是「轉指」。轉指「動詞語＋的」也可以修飾時間、處所、方式等名詞，此時，這些名詞仍是動詞語的外圍論元。而「同指」名詞則指的是「報名工作」中的「工作」這一類名詞，即「報

名」就是一項工作，這樣的名詞還有「行為、現象、事故、問題、事件、勾當」等，這些名詞都是抽象名詞，歸不到動詞的論元系統中去。

可以把「Ｖ＋Ｎ」變換成「『Ｖ』是一個／種『Ｎ』」。如：「罰款問題（行為）」中「問題」不是動語素「罰」、動詞「罰款」的任何一個論元。「罰款」本身就是一個「現象」或「行為」或「問題」。其他如：熬夜習慣、罷工事件、保密工作、報名工作、丟人行為、罰款問題、離婚現象、曠課現象、起烘行為、示威活動、就業問題、起烘現象、走私勾當、撒謊行為、酗酒行為。

屬性詞＋名詞，也有這樣的情況，如「程控電話」中「電話」是動語素「控」的受事論元名詞，但是在「程控技術」、「程控系統」中，「技術」、「系統」則是「程控」的同指名詞。

語料庫中的也有如下例句：

例１-１ 半小時前，有熬夜習慣的希特勒剛剛醒來。

例２-１ 罷工事件爆發以來，美國國務卿鮑威爾多次發表講話⋯⋯。

例３-１ 應根據本地區、本單位的實際情況制定保密制度，切實做好涉外保密工作。

例４-１ 各級稅務部門在罰款問題上要建立一個制度。

例５-１ 隨著近年離婚現象的增多和個人財產意識的增強，婚前財產公證在城市青年中已悄然成為一種時尚。

例 6-1　這個傢伙原來是一個剛勞改釋放不久又繼續幹走私勾當的罪犯。

三、複合動詞作定語的內部語義制約

（一）陳述式複合動詞與所飾詞語之間的語義制約

陳述式複合動詞直接修飾或加「的」修飾名詞性中心語的有：腹瀉、天賦、心儀、自律、自覺、自信、自營、自願、自治、自主。

【腹瀉】

「腹瀉」是一元動詞，不能帶賓語。《現代漢語詞典》解釋為「指排便次數較多，大便稀薄或呈水狀，……多由於……消化功能障礙而引起。」「腹」與「瀉」之間存在廣義的施動關係，可以看成陳述式複合動詞，「瀉」這個動語素屬於一元動語素，「腹瀉」的深層語義結構為「NP1 ＋ VP1（瀉）」，那麼這個語義結構不存在空語類。所以「腹瀉」一般都直接修飾「症狀、現象、事件、病、疾病，作用」等「同指」名詞或「時間、原因、次數、發病率，藥」等外圍論元的名詞，如：

例 1-1　試驗表明，在剛剛開始有腹瀉症狀的時候，喝一兩杯紅酒就可以治癒。

例 2-1　中國隊大部分成員昨天晚飯後出現腹瀉現象，球隊的競技狀態受到一定影響。

例 3-1　世乒賽出現腹瀉事件殃及中國隊部分球員。

例 4-1　作為努力控制腹瀉病的一部分，使口服補液療法達到 80％。

例 5-1 在玻利維亞，近年來由於基本衛生條件太差，包括霍亂在內而引起的腹瀉疾病使幼兒的死亡率高達百分之三十六。

例 6-1 （大黃粉裝膠囊）1～2ｇ時有腹瀉作用，大黃中的番瀉　Ａ，通過刺激大腸蠕動，增加胃腸功能，調節機體體液循環。

以上例句中，前 5 項，「腹瀉」是不太好的「現象」、「事件」，是「疾病」；第 6 項則是把「腹瀉」當成了一個對身體有幫助的「作用」了，這是不太常用的用法，《現代漢語詞典》中沒有出現對這個語義上的解釋。這些都是「腹瀉」修飾同指名詞。

例 7-1 纖維可影響上皮細胞的分泌和吸收功能，減輕腹瀉，縮短腹瀉時間。

例 8-1 本文通過對仔豬各種腹瀉原因的分析，提出詳細的綜合防治措施。

例 9-1 吃了幾帖藥效果明顯，腹瀉次數明顯減少。

例 10-1 實驗鄉 5 歲以下兒童腹瀉發病率較對照鄉及干預前均有明顯下降。

例 11-1 除了腹瀉藥，麝香保心丸也得帶著吧。

這個例句中，「時間、原因、次數」直接跟「腹瀉」中的「瀉」這個動語素關聯密切，也可以說是指向「瀉」，顯示出作為動語素外圍論元與動語素的密切關係。「藥」則是針對或治療「腹瀉」的，與整個「腹瀉」複合動詞相關涉，「發病率」則是其中的「病」與「腹瀉」同指。

「腹瀉」這個複合動詞還可以直接修飾「腹」的主體如

「寶寶、病人、兒童、患者、學生、小兒、嬰幼兒」等名詞。如：

> 例12-1 發表了博文〈分享視頻：視頻：三招幫助腹瀉寶寶快速康復〉。

> 例13-1 為什麼大多數腹瀉病人不需要使用拍菌藥？

> 例14-1 在監測中未見腹瀉兒童死亡的事實教育了家長，使家長逐漸更新「多吃多拉，少吃少拉，不吃不拉」的舊觀念。

> 例15-1 每年立秋後，都有不少習慣性腹瀉患者前來就診。

> 例16-1 腹瀉小兒尿布處理更要注意。

> 例17-1 我們在近兩年對腹瀉嬰幼兒腸道致病菌檢測中，檢出致病性念珠菌28株。

例12至例17句中中心語名詞與名語素其實也有著論元關係。「腹」是個一元名語素，即袁毓林（1994a）所說的「表示隸屬於整體的一個部件的名詞（如『胳膊、尾巴』等）是部件名詞。」[1]中心語「寶寶、病人、兒童、患者、小兒，豬」等名詞與名語素「腹」存在著整體和部件的論元關係。也就是中心語名詞與名語素「腹」在語義上是一種領屬關係，合在一起構成一個NP1成分，「瀉」仍只有與一個NP1構成強制性的論元關係。

（如果把「腹瀉」的「瀉」的主體只能看成是人，因為是「人」才能「排便」，而不是「腹」、「排便」，那麼，「腹瀉」中的「腹」只能是處所名語素，那「腹瀉」就是偏正式複合詞了，就存在NP1的空位，所以就能修飾表人的「瀉」

動語素主體的名詞語「病人、兒童、學生」等等了。修飾外圍論元名詞則不受動語素的限制。不管把「腹瀉」看成哪種結構，它修飾名詞的語言事實都相同。）

【天賦】

「天賦」是個三元動詞，可以帶受事賓語和與事賓語。它在《現代漢語詞典》中的解釋是：「自然賦予；生來就具備」，它是陳述式複合動詞，「天」與「賦」之間存在施動關係，而「賦」這個動語素屬於三元動語素，「賦」的深層語義結構為「NP1 ＋ VP3（賦）＋ NP2 ＋ NP3」，「天賦」的語義結構為「NP1 ＋ VP2」，這個語義結構存在空語類。所以其後接名詞可能是受事賓語或定中結構的受事中心語。

後接名詞作賓語受事論元的情況，如：天賦人權。

如果把每個音節都看成一個獨立的詞語，則是：NP1 ＋ VP3 ＋ NP2 ＋ NP3。「天」屬於 NP1，「賦」屬於 VP3，「人」為 NP2，「權」為 NP3。

後接名詞作與事及受事論元的句子有：

例 0-1 延續生命——這是天賦生命最大的欲求。

例 0-2 法國民權宣言也說：「天賦人類自由和平等的權利，人們就時時都可以享受自由和平等的權利。」

這個例句中，「生命、人類」是 NP2，是與事論元；「最大的欲求、自由和平等的權利」，是 NP3，是受事論元。

後接名詞是定語中心語的情況如下：

例 1-1 因為生命只有在充分執行其天賦任務時，才

能達到它的最高峰。

例 1－2　女子擔負著創造人類幼體的天賦任務。

例 2－1　注重學生的個性培養，最大限度地尊重學生的天賦優勢領域和人格個性特長，以個性的全面和諧發展為目的。

例 3－1　法院作為司法職能機關要背靠司法權威之樹，手握司法公正之劍，方能擔當起維護和保障社會穩定的天賦使命。

例 4－1　只是電光石火的瞬間，無限利用自己的天賦力量，把握住這唯一的機會，出手，殺敵。

例 5－1　南朝東南亞，背托大西南，是天賦防城港的優良條件。

例 6－1　天賦勤奮的芬蘭人民堅決維護同蘇聯人民的友誼，在為和平事業而奮鬥。

　　以上例 1 至例 4 個例句中，「任務、優勢領域、使命、力量」，都是「賦」的 NP3 論元成分。從例句中看，都是抽象名詞。語料庫還沒有發現有非抽象名詞的例句。例 5 則是「天賦＋NP2」修飾 NP3 的例句。例 6 例是「天賦＋NP3」修飾 NP2。

【心儀】

　　「心儀」是書面語詞語，是一個二元動詞，它在《現代漢語詞典》解釋為「心中仰慕。」後可帶受事論元名詞賓語，如：「心儀一個美若天仙的女子」。

　　它是陳述式複合動詞，「心」與「儀」之間存在廣義施

動關係，而「儀」（「仰慕」）這個動語素屬於二元動語素，「儀」的深層語義結構為「NP1 ＋ VP2（儀）＋ NP2」，「心儀」的語義結構為「NP1 ＋ VP2」，這個語義結構存在空語類。所以其後接名詞可能是受事賓語或定中結構的受事中心語。

後接名詞是作定語中心語受事論元的，如：

例 1 - 1 消費者可滑動滑塊，設定一個想要購買的心儀價格，再填上位址和資訊就可以了。

例 2 - 1 一名暗戀初中女同學的大男孩，在示愛被拒後仍糾纏其「心儀」女生。

例 3 - 1 一些「網購達人」們早已摩拳擦掌，準備「搶購」心儀商品。

例 4 - 1 朴智星在韓國一直是女性的偶像和理想型，甚至是眾多女星的心儀對象。

例 5 - 1 萊昂納多・博努奇一直是普蘭德利的心儀球員。

例 6 - 1 ｜小瓢蟲網 mp3 裡放得最久的歌，無非都是自己的心儀曲目。

例 7 - 1 她的心儀方式，亦是平和而悠淡地去付出、去品味，不知怎生叫驚濤駭浪，卻教她那好勝心強的帝王當成刻意的無心、無感。

前 6 例，「價格、女生、商品、對象、球員、曲目」等中心語名詞，都是「儀」的受事論元。例 7 例，「方式」是「儀」的外圍論元。

【自律】

「自律」是一元動詞，不能帶賓語。《現代漢語詞典》中標注為動詞，解釋其意義為：「自己約束自己。」，配的語例是「自律甚嚴」。這個動詞中，「律」為動語素，其意為「約束」，它是二元動語素，該動語素的深層結構為「NP1＋V'（律）＋NP2」。陳述式複合動詞。名語素「自」意為「自己」，從深層語義結構來看，「自（自己）」同時占據「NP1」和「NP2」的位置。這個「自律」不存在論元空位。

「自律」直接修飾「律」的核心論元（施事中心語與受事中心語也是同一個詞語）的名詞時，該中心語論元必須和「自律」中的名語素「自」構成同位關係，如「自律市民」。即這些短語的深層結構為「市民自己約束自己」。

「自律」修飾的其他名詞，則是「律」這個動語素的外圍論元。如「行為、意識、準則、機制、公約、規定、能力、作用、精神、措施、登記簿、效應、觀念，委員會、機構、協會、中心、組織」表示動詞本身類屬、地點和方式、機構等外圍論元名詞的中心語。如：

> 例1-1 加強政府及各級工作人員的自律行為，實行舉報制度，……。

> 例1-2 社團組織是非營利組織，國家只是對社團的生存提供法律保護，但其生存能力、發展能力的提高在很大程度上取決其自律觀念的提高和自律機制的健全。

這裡「行為」就是「自律」這個行為動作的概括，在深層結構中，「政府及各級工作人員」與「自」也構成同位關係。

例2-1 作為企業的領導幹部，一定要自覺接受各方面的監督，強化自律意識。

例2-2 很多農村黨員的自律意識、黨性觀念、政策水準和服務群眾的能力都明顯提升了。

「自律」也可以是一種「意識」，或是一種「精神」，同樣，它又可以是某種「措施」、「能力」、「功能」，這些與「自律」都構成動詞本身語義範疇的類屬。如：

例3-1 對職工的領導方式，不施行西方的模式簽到打卡制度，而靠東方儒學中的自律精神。

例3-2 在提高認識的基礎上，上海新聞界普遍制定自律措施。

例3-3 有些大學生缺乏憂患意識、自律能力、正確的價值取向和當代青年人應有的歷史使命感和高度責任心。

例3-4 要重視發揮科技社團的自律功能。

修飾作為地點、方式、機構等外圍論元名詞的的情況，如下：

例3-5 還湧現出像北京自律中心這樣民間的公益性消費者權益保護組織。

例3-6 保險索償投訴局並非政府機構，而是執行自律監管計畫，專責處理個人保單引起的索償投訴的自律機構，其營運經費來自會員公司，為投訴人提供免費服務。

例3-7 去年12月2日晚，自律委員會舉行本學期第3次「民主自律大會」，討論對3名違紀

學生的處理意見。

例3-8 中國輕工總會家電辦公室和中國家電協會向
　　　 全行業轉發了這個自律宣言。自覺建立完善
　　　 本單位內部自律制度。

這些語例表明「自律」不存在空位，卻能夠直接修飾外
圍論元名詞。因為不存在空位，它還可以出現在狀語的位置
中，修飾動詞性成分。如：

例3-9 資訊提供者應根據一定的標準自律地標明內
　　　 容等級，然後才能上網流通。

例3-10 在當時一個道德品德高尚的人，一旦選中
　　　　 了一個君主、一個老闆，他會是很自律地
　　　　 要求自己從一而終的，是不能變節的。

【自主】

「自主」是一元動詞，它在《現代漢語詞典》中的解釋
是：「自己做主」，動語素「主」意為「做（主）」，即是
「進行、從事、辦（事）」等等語義。

因為是語素，「主」可以理解為二價無空位，也可以理
解為二價有空位。無空位時，「自主」是「自己做主」；有
空位時，「自主」是「自己做」。

它是一個二價動語素的語義結構模式「NP1 ＋ VP2 ＋
NP2」，名語素「自（己）」占據「NP1」的位置，「NP2」
的位置如果有一個空位，那麼「自主」可以修飾「婚姻、智
慧財產權、人生、國家、民族經濟」等「主（辦）」這個
VP2的受事。

例1-1 為什麼愛德華八世為了自主婚姻，就得交出

王位呢？

例1-2 泰康人壽新版李娜代言電視廣告《自主人生》從12月2日開始，將在中央電視臺1套晚間黃金段（天氣預報後約19:37）播放，逢雙日播出，娜粉們別忘了支持娜姐奧！

例2-1 韓國「公務員勞動組合總聯盟」6日在漢城發表聲明說，修改《駐韓美軍地位協定》是韓國「走向自主國家的必要條件」，美國必須同意修改這一協定。

例3-1 我們擁有堅強的自主民族經濟和強大的防衛力量。

例3-2 我們建議投資者強烈關注同樣擁有自主民族品牌且很有可能成為神祕資金下一步拉升對象的Ｇ同仁堂。

因為「自主」是動詞，它也可以修飾「行為、運動、能力、精神、立場、原則、態度、標準、體系、政策、問題」等表示類屬中心語和方式中心語等等的外圍論元。如：

例4-1 對微觀經濟活動卻仍然管得過多過死，影響了基層單位的自主能力和活力。

例5-1 故須養成愛護真理與正義，尊重個人價值、重視勞動與責任，充滿自主精神及身心健康之中等國民。

例6-1 通過兩岸共同建立自主標準。

例6-2 從而為西撒哈拉人民在非洲統一組織和聯合國的主持下就自主問題舉行和平與公正的公

民投票創造必要的條件。

例6-3　它使得學習成為學習者的自主行為。

例6-4　由於輕視敵人或被敵人所嚇倒，失去自主能力。

例6-5　在這種情況下，每個國家只有堅定地堅持自主精神，才能夠做到自己掌握自己的命運。

例6-6　建立高麗民主聯邦共和國以及堅持自主政策。

　　有時候，「自主」表示的是「自己做主」，即不存在空位的情況。不存在空位，仍可以理解修飾「主」所表示的「做、辦」的受事，如「自主婚姻」，這時候，「婚姻」與「主」的語義關係為偏正關係，即「自己做婚姻的主」，「自主國家」也可以理解為「自己做國家的主」。不存在空位的理由更主要的是在於它可以修飾動詞性詞語，充當狀語。如：「自主安排」、「自主辦學」、「自主招生」、「自主選擇」、「自主學習」、「自主思考」、「自主經營」、「自主管理」、「自主發展」、「自主建設」等等。例句如：

例7-1　使其具有了獨立於公司股東的人格，以便自主地進行經營活動。

例7-2　民族自治地方還有權保持或者改革本民族風俗習慣，自主安排、管理和發展本地方經濟建設事業，自主管理地方財政，自主發展教育、科技、文化、衛生、體育等社會事業。

【自願】

「自願」是可帶賓動詞，但它帶的是謂詞性賓語，如「自

願參加」。在《現代漢語詞典》中的釋義是：「自己願意～」，動語素「願」意為「願意」，是一個二價動語素，深層結構為「NP1 + V2'（願意）+（VP）」，只能聯繫一個名語素，同時還能聯繫一個動詞性成分。而這個名語素「自（己）」已經出現，占據了「NP1」的位置，在語料庫中發現，「自願」一般也只能直接修飾「原則、條件、前提、行為、方式、形式、性質、政策、計畫、問題、措施、精神」等充當背景語義角色的詞語，如：

> 例 1-1 每個黨員都有責任說服單幹的農民在自願條件下積極參加合作互助。

> 例 1-2 隨著「翻牌」公司現象的出現，強制性取代了自願原則。

> 例 1-3 這就更加要求亞太經合組織在未來的發展中注重自願精神和協商一致，在亞太地區國際關係的協調上「求大同存小異」，……。

> 例 1-4 要求它們不在自願的問題上有任何保留，而自願問題卻正是艾奇遜先生在他的演說中最強調的一點。

> 例 1-5 根據國外經驗，對於職工個人的較高水準的生活要求，可以採用自願方式參加商業保險公司的養老保險、關能保險等項目自行解決。

> 例 1-6 長期以來，我們學校對學生買保險實行的是自願政策。

因為沒有名詞論元空位，所以要修飾名詞性核心論元，那所修飾的核心論元必須與「自」構成同位複指或偏正結

構。如：

> 例1-7 奴僕是他們的通稱，指的是為別人工作的
> 人，不論是奴隸還是自願的僕人都在內。

上例中「僕人」與「自」構成同位複指，「自願的僕人」的深層語義結構為「僕人自願」。在語料庫中有後接動詞性成分的情況，如：

> 例2-1 善安置補償政策，實行實物安置和貨幣補償
> 相結合，由居民自願選擇。

> 例2-2 上午10時，她勇敢地伸出手臂，現場自願
> 無償捐獻了400毫升血液。

> 例2-3 資金缺口大，他們一方面到省外拆借，一方
> 面向區內中央直屬企業和軍工企業求助，還
> 發動全地區幹部職工自願捐獻。

通過在語料庫中全面檢索發現，還有諸如「（自願）捐血、受試、參軍、捐贈、入會」的用法。

因為「自願」不存在名詞性論元的空位，所以它也可以加上「地」作狀語，修飾動詞成分。如：

> 例3-1 人們不是被迫而是自願地接受他人的觀點、
> 信念，使自己的態度與他人的要求相一致。

> 例3-2 確保「知情認可」的有效實施，人們必須具
> 有認可的能力，知道他們認可做什麼事情，
> 以及要自願地做出認可。

> 例3-3 他卻居然能在短時間內像變魔術一樣聚集了
> 十億元人民幣，靠的就是非法集資，即利用
> 高額利率來誘使人們上鉤，自願地將錢交到

他手中。

【自治】

「自治」是一元動詞，不能帶賓語。它《現代漢語詞典》中解釋為：「民族、團體、地區等除了受所隸屬的國家、政府或上級單位領導外，對自己的事務行使一定的權力。」從語素的組合來看，其含義就是「自己治理」，動語素「治」為「治理」義，是一個二元動語素，深層結構為「NP1＋V'（治理）＋NP2」，施事名語素「自己」是動語素「治」的支配成分，占據「NP1」位置，不存在「NP1」空位，存在「NP2」空位。所以「自治」一般修飾「治」動語素的受事成分「國家、地區、區、州、縣、大學」等等。作為動詞，它也修飾限制「組織、機構、問題、原則、方針、方案、條例」等充當背景語義角色的非核心論元名詞語。

例1-1 墨西哥瓜達拉哈拉自治大學附近發生一場槍戰。

例1-2 南太平洋論壇是南太平洋地區的十三個獨立和自治國家的政府首腦組成的一個政治機構。

例2-1 要求國家機關通過合同形式安排生產計畫，即向自治組織「訂貨」。

例3-1 村民委員會和居民委員會分別是農村和市民的自治組織，它們由城鄉居民自願選舉產生，是非政府的民間組織。

例4-1 把權威原則說成是絕對壞的東西，而把自治原則說成是絕對好的東西，這是荒謬的。

例 5－1 歐共體 8 月 31 日在布魯塞爾發表聲明，對巴以之間就和平解決衝突和領土爭端所取得的「突破性進展」表示歡迎，認為，自治方案是朝著在中東地區實現和平邁出的「歷史性一步」。

【自信】

「自信」在《現代漢語詞典》中解釋為「相信自己」，作動詞用時，是可帶賓動詞，可以帶一個謂詞性賓語，如「自信能夠完成這個任務」。動語素「信」為「相信」義，是一個二元動語素，可以支配兩個名語素，深層結構是「NP1 ＋ V（'相信）＋ NP2」。名語素「自」意為「自己」，根據《現漢》釋義來看「自」占據「NP2」的位置，這樣「NP1」的位置就是一個空位。但這個空位其實是一個省略型空位，可以用有形詞語「自己」直接把這個空位補出來，完整語義應該是「自己相信自己」，根據沈陽（1994）所說：「這個有形詞語可以由這個語言片段以外進入空語類位置，即可以『補出來』，這種空語類與可補出來的詞語在語法上等價」，所以從深層結構上來看，「NP1」位置也同樣被占據，動詞「自信」的原型結構也就不存在空位，所以通過語料庫檢索發現「自信」一詞往往只修飾「程度、精神、風采、觀念、心理、意識、狀態」表類屬、度量等的詞語。如：

例 1－1 遼足將士的自信程度也降到了一個極低點。

例 1－2 而聽講的師生們則人手一個評分表，對講述者表達的清晰度與條理性、分析的透徹性和邏輯性、說服力，甚至眼神表情、身體語言、自信程度等分別給出分數，並作出評語。

例 2-1 萬隆會議所產生的最重要的成果，是各個參與國所取得的新的自信精神。

例 2-2 其實，這說法只表現一種重修持的自信精神，至於真講六經，他還是不能不規規矩矩，比如「乾元亨利貞」的「貞」，他總不會講成貞節的。

例 3-1 此次張肇達與眾多國際服裝設計大師同「場」競技，充分展示了中國時尚的自信風采。

例 4-1 加強生活教育與日常行為規範訓練，引導學生確立自信意識，融於社會，自理、自立。

例 5-1 自我意象心理學的理論認為，一個人的自信狀態不是運用智慧學習的結果，而是經過體驗的產物。

前文說主謂結構中「NP1」位置一般被名語素占據，不存在空位，所以要修飾施事中心語，那麼中心語必須和名語素之間形成同位或領屬關係，語料庫中如下例句：

例 6-1 今駒那羅王子，兩目喪失，日夜不分，對於青春鮮華美麗自信女子，如何能堪？

例 6-2 把他培養成一個有教養，懂得人生價值的自信男子漢。

因為「自信」不存在空位，所以它可以在狀語的位置修改謂詞性句法結構。如：

例 7-1 特別是穿襪褲的季節快到了，能自信地 Show 出性感苗條的腿形更是越來越來 MM

們迫切需要實現的夢想。

例7-2　「少帥」蔡振華客氣地請大家坐下，對著話
　　　　筒自信地「侃」起來。

例7-3　複賽中，他再一次面對挑剔的評委和台下
　　　　二千多名外國觀眾，自信地亮開了歌喉。

【自營】

「自營」是一個二元動詞，可帶受事論元賓語。它在《現代漢語詞典》中解釋為「自主經營」，動語素「營」意為「經營」，是二元動語素，深層結構為「NP1 ＋ V'（經營）＋ NP2」。名語素「自」以施事角色論元占據「NP1」的位置，「NP2」的位置為一個空位，所以「自營」可以直接修飾「營」語素的受事「便利店、產品、農場、企業、商品」等名詞語。如：

例1-1　除此以外，順豐速運的自營便利店計畫也將
　　　　循序漸進展開。

例1-2　鼓勵以「一廠兩制」的方式，引進「三資」、
　　　　「三來一補」企業的技術和產品，通過吸收、
　　　　消化、嫁接、移植，生產出自營產品。

例1-3　一切食材皆來自自營農場，將堪稱為經典的
　　　　上海點心重新細緻打造，讓上海點心和這個
　　　　五方雜處的城市一樣豐厚濃郁。

例1-4　對自營企業要實行與外貿企業統一的出口退
　　　　稅辦法，按照「徵多少，退多少」的原則，
　　　　給予及時、足額退稅。

例1-5　燈具廠原生產主樓改建為菜市口星光商廈，

部分出租，部分用於自營樂器、燈具。

例 1-6 天貓超市也經常推出 10 元無門檻的新人優
惠券，除不能抵扣運費外，可以購買天貓超
市內的所有自營商品。

因為「自」是一元名詞，所以「自營」可後接「營」的
施事成分，與「自」合起來構成 NP1。如「業主、專業戶」。

例 2-1 華人「老闆」持續增長自 2008 年金融危機
發生以來，西班牙的自營業主也就是華人通
常所說的「老闆」的數量一直在不斷下降。

例 2-2 怎樣看待這些自營專業戶？他們是不是同承
包專業戶一樣，也是農村先進生產力的代
表？有沒有發展前途？

（二）述賓式複合動詞與所飾詞語之間的語義制約

在常用詞語中，述賓式複合動詞都能作定語，其中不加
「的」能夠直接修飾施事論元名詞中心語的有 180 個，如以
下複合詞：把關、報名、變心、變質、采風、吃虧、出版、
出差、出席、吹牛、打仗、打工、打獵、導向、登陸、曠課、
離婚、排隊、放心、剪綵、啟蒙、簽證、上網、上癮、攝影、
生銹、生病、失業、示範、失蹤、失眠、失事、受罪、跳舞、
投機、投資、投票、退步、同情、同意、調劑、挑戰、提議、
歎氣、問世、握手、洗澡、消氣、消毒、循環、宣誓、酗酒、
延期、約會、營業、移民、作文、想像、填空、結帳、招標、
沾光、造型、注意、值班、著火。

其中，除「報名、報警、貸款、道歉、對話、離婚、敬
禮、欠債、授權、獻身、約會」等 11 個詞語中的「報、貸、

道、對、離、敬、欠、授、獻、約」為三元動語素外，其餘都為二元動語素。

述賓結構複合動詞中，能修飾受事論元名詞中心語的有：「備份、處分、出口、道歉、罰款、犯罪、放心、革命、跟蹤、懷疑、加工、見面、進口、聊天、滿意、免費、命名、評價、啟蒙、入口、攝影、授權、討厭、投機、投票、投資、同情、延時、約會、著火、祝福」32 個複合動詞。其中的動語素除了「道、命、授」為三元動語素外，其餘都為二元動語素。

從 CCL 語料庫、BCC 語料庫的語料調查分析，述賓式複合動詞修飾外圍論元加「的」和不加「的」都很常見，如「把關作用（把關的作用）、報名時間（報名的時間）、出差地點（出差的地點）、打工環境（打工的環境）、排隊原因（排隊的原因）、值班理由（值班的理由）」等等；修飾核心論元名詞時複合詞往往加「的」更常見，如「把關的隊伍、報名的學生、出差的職工、打工的年輕人、排隊的學生、值班的幹部」等等。

【把關】

「把關」是個一元動詞。它在《現代漢語詞典》中解釋為「把守關口」，動語素「把」意為「把守」，是二元動語素，深層結構為「NP1 ＋ V'〔把（守）〕＋ NP2」。名語素「關」以受事角色論元占據「NP2」的位置，「NP1」的位置為一個空位，所以「把關」可以直接修飾「把（守）」語素的施事「人、人員、編輯」等名詞語。如：

> 例 1－1 消費者是最好的把關人，只要品質、服務過
> 　　　　得硬，即便「巨獎」之類的光環有朝一日黯

然失色，企業仍能在激烈的商戰中占據一席之地。

例１－２ 立了兩級飛行安全技術管理委員會，幫助把關人員解決實際工作中的為難之處。

例１－３ 建設一支忠於職守、勇於負責、嚴格把關的質檢隊伍。

例１－４ 除了企業應當引以為戒，一些把關的主管部門是不是也應從中吸取些教訓。

修飾外圍論元的名詞中心語，如：

例２－１ 最大限度發揮第二審程序的「把關」作用，防止冤錯案件發生。

例２－２ 們對供應商送進的每一種每一件商品，都有嚴格的把關制度和把關程序，絕不允許冒牌假貨、偽劣次貨進入。

例２－３ 通過直接參與和制度運行的監督，起到把關的作用。

【報名】

「報名」是個一元動詞，不能帶賓語。它在《現代漢語詞典》中解釋為：「把自己的名字報告給主管的人或機關、團體等，表示願意參加某種活動或組織。」動語素「報」意為「報告」，是三元動語素，深層結構是「NP1 ＋ V'（報）＋ NP2 ＋ NP3」。名語素「名」為動語素「報」的受事成分 NP3。

這樣施事論元和受事論元「NP1」、「NP2」都存在空位，

所以「報名」可以直接修飾「參加者、參賽者、參展商、婦女、棋手、考生、人、人員、外國留學生、學員、選手、應聘者、運動員、職工」等施事論元的名詞 NP1：

例 1-1 報名的人意想不到的多，後來才右道那年報名的人有六七千人，大多數都像是搞專業的。

例 1-2 今年參加中期選拔的報名考生已達到了2858 人。

例 1-3 專用設備廠組織冬季長跑，給報名的職工每人發一張卡片，……。

也可以修飾與受論元名詞 NP2 時，往往要與「接受」組合在一起變成「接受報名」，以區別於施事論元。如「團體」。

例 2-1 接受報名的團體必須是 196 年 1 月 26 日籌委會成立前業已在香港依法成立者。

例 2-2 報名參選的原政界人士及其接受報名的團體或連署提名人應填寫〈中華人民共和國香港特別行政區第一屆政府推選委員會參選人報名表〉。

修飾外圍論元的情況如下：

例 3-1 具體時間由各市招辦規定，但報名時間不得少於 6 天（具體詳見今日本報第 10 版新聞超市）。

例 3-2 恢復高考，陳寧異常興奮。報名的時間到了，可他卻失望了。

例 3－3　這個是報名的位址。請大家積極參與進來，
　　　　群號就在帖子裡。

例 3－4　即日起開始報名，報名地點為上海市高爾
　　　　夫球協會（63515888—967）及俱樂部
　　　　（59765880）。

【出席】

「出席」是個二元動詞，它在《現代漢語詞典》中解釋
為：「參加會議或典禮等活動，特指有發言權和表決權的成
員參加會議」，其中動語素「出」意為「來到」，是二元動
語素，深層結構為「NP1＋V'（來到）＋NP2」。名語素「席」
是「出」的論元 NP2，「NP1」空缺的，所以「出席」可以
修飾「代表、工友、人員、領導、記者、委員、人、群眾」
等施事名詞，如：

例 1－1　昨天的第三次全體會議，出席代表 230 人。

例 1－2　出席的各新聞單位負責人還有：張虎生、南
　　　　振中、劉習良、楊偉光、安景林、張振華、
　　　　於順昌等。

如果「NP1＋出席」都出現了，那麼還可以修飾「會議、
活動」等等名詞。如：

例 2－1　即使在毛澤東不在場而只有周恩來出席的活
　　　　動中，周恩來也毫無例外地突出毛澤東的領
　　　　袖地位。

例 2－2　據伊媒體報導，薩達姆 23 日還召開了有軍
　　　　工部長、高等教育和科研部長等內閣成員以
　　　　及空軍高級將領出席的會議。

【道歉】

「道歉」這個動詞是一價動詞，不能帶賓語。如果要引入道歉的對象，是「NP1 ＋向（為）NP2 ＋道歉」。它在《現代漢語詞典》中解釋為：「表示歉意，特指認錯。」但動語素「道」卻是三元動語素，意為「用語言表示（情意）」，深層結構是「NP1 ＋ V'（道）＋ NP2 ＋ NP3」。可以直接支配三個名詞性成分。名語素「歉」意為「歉意（對不住別人的心情）」，為動語素「道」支配成分，占據「NP3」的位置，可以看出「NP1」和「NP2」都是空位，所以道歉除了能夠直接修飾施事論元名詞中心語 NP1 外，也可以修飾受事論元名詞中心語 NP2。

複合動詞「道歉」修飾施事論元名詞中心語 NP1 有「公司、公主，人」等等，如：

例 1－1　今天我包場！！今天我是道歉公主！！

例 1－2　作為天津唯一一家「道歉公司」，在去年年底到元旦後的兩周內，公司接待了 30 餘件道歉業務。

例 1－3　先道歉的人，不一定就是她錯了，也可能是她學會理解了。

修飾施事名詞時，常出現「向（對）＋ NP2」引出受事。如：

例 1－4　一個不肯為奴役非洲人和非洲裔美國人道歉的政府……。

例 1－5　這也是目前國內法院高官第一個向受害人道歉的大法官。

複合動詞「道歉」修飾施事論元名詞中心語 NP2 有「對象」等等，如：

> 例 2-1 道歉對象也不是觀眾，應該跟求職者道歉這種咄咄逼人的態度。

> 例 2-1 這過錯不一定是最近才犯的，也許是多年前當你還小時所做的事，也許是道歉的對象早就忘了的事。

修飾外圍論元的情況如下：

> 例 3-1 雖然道歉的理由不對，不過蒂德莉特的心情仍是好了一點。

> 例 3-2 他們大致討論了一下道歉的方案。

> 例 3-3 蘭兒大笑起來，好個道歉的方式啊！

> 例 3-4 如果還有明天的話，道歉的話可以慢慢來的吧，我想。

【排隊】

「排隊」是個一元動詞，在《現代漢語詞典》中解釋為：「一個挨一個順次排列成行」，其中動語素「排」意為「按次序擺」，是一個二元動語素，深層結構應該是「NP1 ＋ V'（排）＋ NP2」。名語素「隊」是「排」的受事，占據「NP2」的位置，其中的「NP1」存在，因此「排隊」可以直接修飾「大軍、讀者、人員、市民、學生們」等詞，也可以修飾擬人化的施事 NP1，如「企業、商品」：

> 例 1-1 中午去的，工作日，而且相對時間早，所以沒有撞上排隊大軍。

例 1-2 親眼見到了排隊的讀者，使我清醒地認定了自己的讀者群。

例 1-3 並安排可容納 2、300 人的房間讓部分排隊人員休息，回家睡覺視作放棄。

例 1-4 該行緊急派車，免費把排隊市民送到其他認購人數相對較少的網點。

例 1-5 現在沒有人，排隊學生們太寂寞了。

例 1-6 據內貿部統計，在上半年排隊商品中，12 種家電類商品均屬供過於求。

修飾外圍論元，一般有「時間、原則、地方」等等，如：

例 2-1 他說：「我是廠長，到食堂排不排隊？排隊時間太長，不排隊影響不好。」

例 2-2 而對於排隊原則何以與資料包 QoS 規格和實際的資料包處理相聯繫，則欠缺深層的解決辦法。

例 2-3 中國就是一個排隊的地方，因為人多，茫茫人海。

【欠債】

「欠債」是一元動詞，是離合式動詞。在《現代漢語詞典》中解釋為：「借別人的錢沒有還，也比喻該做的或承諾作的事沒有做。」動語素「欠」意為「拖欠、未還、未給」，它是一個三元動語素，深層結構為「NP1 ＋ V'（欠）＋ NP2 ＋ NP3」。名語素「債」意為「欠別人的錢」，「NP1」存在空位，所以「欠債」可以直接修飾「大王、單位、企業、

人、學校、主兒、主體」等表示施事的名詞，但是我們沒有找到「欠債」修飾 NP2 論元名詞的情況，可能是因為「債」本身包含「別人」這個語義要素：

> 例 1－1 我廠不得不花費大量的人力物力，向欠債單位要債。

> 例 1－2 因為欠債企業沒有向銀行申請貸款的資格，所以一些科技人員中標承包後，苦於無「米」下鍋只好中斷合同。

> 例 1－3 欠債的人。跟我沒關係哦。

> 例 1－4 信不信由您，欠債的主兒祖上竟是「香必居」的大股東，這老城過去的首富人家。

> 例 1－5 尤其是從欠債的主體來看，不僅是企業、公司、商人欠債，而且政府機關欠債的現象也比較多。

修飾外圍論元，有的外圍論元是屬於「欠債」都構成動詞本身語義範疇的類屬。如「問題、事件、事實」等，有的則是原因等等。

> 例 2－1 因此各學的技能教學均存在「欠債」問題。

> 例 2－2 在眾說紛紜中一直沒有定論的郝海東，撇開了欠債事件的困擾，中午從北京飛赴英國加盟謝菲爾德聯隊。

> 例 2－3 省法院執行庭查證欠債事實。

> 例 2－4 欠債原因及其對策。

【篩選】

「篩選」是二元動詞，可帶一個受事論元賓語。《現代漢語詞典》中解釋為：「利用篩子進行選種、選礦等。」動語素「選」意為「選擇、選取」，它是二元動語素。作為複合詞的「篩選」，由「名語素＋動語素」構成，而「選」的深層結構為「NP1 ＋ V'（選）＋ NP2」。複合詞中的名語素「篩」，是動語素「選」的方式，不是它的「NP1」。根據空語類理論，這個結構存在「NP1」和「NP2」的兩個空位。「篩選」可以直接修飾施事的 NP1 名詞語，也可以直接修飾表示受事的 NP2 名詞。同時，還可以直接修飾外圍論元語義角色名詞。

修飾 NP1 施事論元名詞，如：

例 1-1 佔委員會將審閱各國在今年 8 月 18 日之前提出的申辦報告，並前往申辦地進行實地考察，然後提出一分考察報告供國際奧會的一個叫「篩選團體」的決策機構審核。

例 1-2 充分說明 R2 細胞是靈敏而可靠的篩選人。

例 1-3 我國大部分企業的新藥篩選人員也嚴重匱乏。

修飾 NP2 受事論元名詞，如：

例 2-1 對同仁堂板藍根被攻關組作為篩選對象，並最終確定其具有防止非典的作用，同仁堂人欣慰，雖然犧牲了很多，他們卻毫無怨言。

因為受事賓語是優先搭配的對象，作為修飾的受事論元，最明顯的則是加上標記「的」，如：

例 2-2 利用家庭養殖畜禽糞便、人糞尿、清理河道
污泥與雜草、樹葉及篩選的垃圾等物漚制農
家肥。

例 2-3 現在公司與清華大學的合作僅在技術方面，
篩選的對象中沒有「清華系」的人。

修飾外圍論元角色名詞的，有：

例 3-1 我們對原始的篩選方法進行了下列改
進⋯⋯。

例 3-2 優勝劣汰的篩選原則幾乎隨處可見。

例 3-3 許多教師把數學僅僅當成是一種有效的「篩
選工具」。

例 3-4 經濟體制轉型過程恰恰對我們的傳統進行了
一次逐漸的「篩選過程」。

【授權】

「授權」是雙賓動詞，可帶名詞性賓詞和謂詞性賓語
（可帶任意一個，也可同時帶兩個）。它在《現代漢語詞典》
中解釋為：「把權力委託給他人或機構代為執行。」動語素
「授」意為「交付；給予」，是一個三元動語素，深層結構
為「NP1 + V'（授）+ NP2 + NP3」，名語素「權」意為「權
利、權力」占據「NP3」的位置，施事論元「NP1」和受事
論元「NP2」都存在空位。

「授權」可以直接修飾「單位、部門、機構、機關」等
施事名詞。如：

例 1-1 上海市 CA 中心作為中國第一家專業從事 CA

認證的第三方 CA 中心，是目前上海地區經營數位認證業務的授權單位。

例 1-2　授權部門應受銷售部門、生產部門、倉儲部門的綜合牽制。

例 1-3　各授權機構在 11 月 30 日前將符合條件的申請送達國家計委。

例 1-4　就行政壟斷而，只要行政主體或其授權機關沒有實施限制競爭的行為，則法律無從對該行政主體或其授權機關實施制裁。

如果修飾的是受事 NP2，則一般在「授權」前加「被」，表示「授權」的對象。如：

例 2-1　由總行辦公室統一製作法人特別授權書，報總行行長審查簽字後下發被授權分支機搆。

例 2-2　要合理確定被授權公司的類型從一些地方的實踐看，被授權經營國有資產的公司，有的叫做國有資產經營公司，有的叫做集團公司，……。

例 2-3　被授權機關不得將該項權力轉授給其他機關。

例 2-4　被授權協會制定的行業統計調查制度和統計經中國機械工業聯合會統一報國家統計局批。

修飾外圍論元，一般有「地域、時、時間、原則」等等。如：

例 3-1　地域性，即只在授權地域範圍內，享受這一

地域有關法規和條例的保護。

例 3－2　布希顯然忘了他今年 3 月對伊動武之前在安
理會尋求授權時屢碰釘子的尷尬。

例 3－3　若 24 小時內超過授權時間，全市所有連鎖
資訊苑都不再對這個孩子開放。

例 3－4　健康教育工作的組織實施管理，還應參照結
構原則，授權原則、跨度原則。

【宣誓】

「宣誓」是帶賓動詞，但帶的是小句賓語。它在《現代
漢語詞典》中解釋為：「擔任某項任務或參加某個組織時，
在一定的儀式上當眾說出表示決心的話。」動語素「宣」意
為「公開說出來；傳播、散布出去」，為二元動語素，可
以支配兩個論元名語素，深層結構為「NP1 ＋ V'（宣）＋
NP2」。名語素「誓」意為「表示決心的話」，占據受事論
元「NP2」的位置，施事論元「NP1」的位置存在空位。所
以「宣誓」可以修飾「人、人員、教師、職員」等，如：

例 1－1　依照古式傳統，宣誓的人要跪在洛伊面前，
把雙手放在洛伊的手上低頭宣誓。

例 1－2　他像宣誓的印地安人一樣舉起一隻手，笑得
相當僵硬。

例 1－3　右圖為在建裏小學的慶祝會上宣誓的青年教
師。

例 1－4　員警機構雇傭的非宣誓職員承擔員警機構內
的很多職責。

修飾外圍論元名詞，可以是「時間、時候、地點、方式、舉辦單位、意義、後果」等等。

例 2-1 宣誓的時間、地點、舉辦單位等均應慎重選擇，不可隨意而定。

例 2-2 宣誓時，士兵舉起右手，伸出大拇指、食指和中指。

例 2-3 宣誓的時候快笑差氣了。

例 2-4 宣誓的方式是讓證人面對國徽舉起右手。

例 2-5 普通法規證人作證應當進行宣誓，如果兒童無法理解宣誓的意義和後果，就沒有資格作證。

（三）偏正結構複合動詞與所飾詞語之間的語義制約

偏正結構的複合動詞，指的是前面一個為名語素，後一個為動語素，且前面語素之間構成的是偏正關係。一元動語素的複合動詞都存在「NP1」空位；二元動語素複合動詞同時存在「NP1」和「NP2」空位。

能夠直接修飾施事論元名詞中心語的有：「粉刷、後悔、面談、客居、口譯、體驗、篩選、武裝、油漆、中立、主持、資助」，共計 12 個詞語。這些詞語的名語素是深層結構的「NP1」。

偏正結構的複合動詞可以直接修飾受事名詞的只有 7 個詞語：「布告、面訪、面談、目測、口譯、體驗、資助」。這些詞中的名語素均也不是「NP1」位置。

偏正結構複合詞中能夠直接修飾外圍論元名詞的動詞

有：「布告、面訪、面談、粉刷、後悔、籠罩、蔓延、目測、客居、口譯、體驗、資助、瓦解、油漆、篩選、中斷、中立、主持」等 18 個複合動詞。從配價角度來看，其中有的動語素為一元動語素，如「中立、中斷」；有的動語素為二元動語素，如「資助、口譯」。

【口譯】

「口譯」是二元動詞，它在《現代漢語詞典》中解釋為解釋為「口頭翻譯」，動語素「譯」意為「翻譯」，是二元動語素，其深層結構為「NP1 ＋ V'（譯）＋ NP2」。名語素「口」只是動語素「譯」的方式，不是「NP1」，整個結構中「NP1」、「NP2」都存在空位。因此「口譯」既可以直接修飾施事論元名詞中心語，也可修飾受事論元名詞中心語。修飾 NP1 的有「老師、高手、實習生、人才、人員、工作者、專家」等詞語，如：

例 1-1 我想起了口譯老師和嫁去了美國的聽力老師，但是忘記她們名字了……。

例 1-2 我們來看看口譯高手是怎樣煉成的！

例 1-3 昨晚看了老師的文章說一位出色的口譯工作者需要的是內外兼修。

例 1-4 當前中英互譯的口譯人才需求大到什麼程度？

例 1-5 眾多口譯專家、資深教授，包括長樂王牌張林，聯合國認證同傳專家……。

修飾 NP2 的有「資料、素材」，如：

例 2-1 英文字幕口譯資料。

例2-2 今晚的聽力練習，也可以做口譯素材。

「口譯」還可以直接修飾「能力、問題、主題、機器、手冊、技巧、平臺、證書、專業」等各種充當背景語義角色的名詞，如：

例3-1 前幾天突然出現選擇性障礙，及對口譯能力直線下降的羞惱。

例3-2 使學生通過反復練習，逐步掌握口譯技巧。

例3-3 健康教育工作中的口譯問題。

例3-4 英語口譯資格證書在國內的口譯領域具有一定的權威性。

【武裝】

「武裝」是二元動詞，可帶一個名詞賓語。它在《現代漢語詞典》中解釋為「用武器來裝備」，「裝」是「裝備；配備」的意思，可以理解為一元動語素，其深層結構為「NP1＋V'（裝）」，「武」是外圍論元工具論元名詞，不是NP1。但是也可以理解為二元動語素，其深層結構為「NP1＋V'（裝）＋NP2（武）」。名語素「武」是動語素「裝」的受事，占據了「NP2」。不管怎麼樣，「武裝」的深層結構或「NP1」都存在空位，從語料庫中可查到「武裝」能直接修飾「部隊、分子、匪徒、員警、工人糾察隊、人員、侍從」等詞語，如：

例1-1 伊朗最高國家安全委員會批准了上述計畫，並下發到武裝部隊。

例1-2 阿政府軍在北約部隊空中力量的支持下打死60多名武裝分子。

例 1-3 裡面全是正在密謀的武裝匪徒。

例 1-4 後有上百輛大卡車載滿武裝工人和軍人。

加上「的」除了可以修飾 NP1 施事論元，如例 1–5、1–6、1–7 等。

例 1-5 武裝的工人、農民、學生、機關幹部，高舉拳頭同聲喝令美帝國主義滾頒布灣。

例 1-6 所以中共是俠義之師，是武裝的俠客部隊，正義之師！

例 1-7 他湊近注視著這個武裝的偵察兵，希望從他的表情，能看出什麼。

【體驗】

「體驗」是單賓動詞，可以帶一個體詞性賓語，它屬於二元動詞。《現代漢語詞典》中解釋為「通過實踐來認識周圍的事物；親身經歷」，作為複合動詞，它又由「名語素＋動語素」構成。動語素「驗」意為「經歷」，它是二元動語素，其深層結構為「NP1 ＋ V'（驗）＋ NP2」。名語素「體」為「驗」的方式，不是結構的 NP1，根據空語類理論，它的「NP1」和「NP2」都存在空位。「體驗」可以直接修飾 NP1、NP2 等論元名詞語，如：

例 1-1 它與以往的體驗性新聞不一樣，在體驗性新聞中，記者作為自特身分的體驗人，傳遞的是體驗的新鮮。

例 1-2 之前在杭州的 4G 體驗用戶說，700MB 的電影不用一分鐘就下完，速度可達每秒 50MB。

　　上面例子中的「人」、「用戶」是作為「體驗」的施事論元出現，即「人」（指「記者」）「使用者」、「體驗」。「人」、「用戶」也是「驗」動語素的施事論元。

　　但是動詞能帶賓語，所以後接名詞幾乎優先成為受事論元NP2。如果要成為施事論元，則一般需要加「的」標記如：

例1-2 人作為體驗的主體，不是片面地體驗給定的環境，而是適應現實環境及其變化，使之符合於自身發展需要。

例1-3 從體驗的主體心理狀態看，他強調審美活動本質上是一種價值建構活動和意義生成活動。

例1-4 在勞累一天後，回到空蕩蕩的家裡，一個人做飯一個人吃飯，這是一種孤獨吧。體驗的人是知道的。

　　以上「主體」、「人」都是「體驗」的施事論元。

　　而作為「體驗」的受事NP2，非常多，同樣由於優先成為動詞的受事賓語的原因，如果要成為動詞所修飾的論元中心心事，也需要有一定的標記。其中作為定語的NP2有如下：

例2-1 電腦將人和他的體驗對象隔離開來，取消了親身體驗這一審美對象。

例2-2 可憐的我……沒錢開包月迅雷，只能在淘寶買兩角錢3天的體驗會員了。

例2-3 我選擇的體驗角色是煤礦井下工人。

　　上例中的「對象」、「會員」、「角色」都是受事論元，且為「體驗」所修飾的中心語成分。

修飾外圍論元的情況有：

> 例 3－1 社區的 APPLE 體驗店今天發布 I4S，還有停
> 車場指引牌，不知道人多不多，但願沒有黃
> 牛黨來搗亂！

> 例 3－2 向 M－ZONE 客戶提供融消費、體驗、娛樂、
> 運動、休閒於一體的「一站式 M－ZONE
> 體驗地帶」。

> 例 3－3 少先隊組織將設置一些科學的體驗項目，開
> 展充滿兒童情趣的體驗活動。

以上幾例，因為它們不是受事論元，一般就只能是動詞
所修飾的外圍論元。

【中立】

「中立」是一元動詞，不能帶賓語。在《現代漢語詞典》
中解釋為「處於對立的雙方之間，不傾向任何一方」。作為
複合詞，它又是由「名語素＋動語素」構成，名語素「中」
意為「位置在兩端之間」，動語素「立」在此處意為「處於
（站）」。「立」是一元動語素，其深層結構是「NP1 ＋ V'
（立）」，名語素「中」是動語素的處所，「NP1」存在空位。
「中立」可以直接修飾「國家、工會、內閣、政府、人士、
軍隊、機構、球迷」等表示動作主體的論元名詞語 NP1。如：

> 例 1－1 宣布在巴賽隆納奧運會期間停火兩個月，以
> 此作為與西班牙政府在「中立國家」談判的
> 條件。

> 例 1－2 入世後，政府自身角色定位的一個重要方面
> 就是「中立政府」。

例1-3 這丫頭，真心喜歡她謝謝幫雯婕打抱不平的各位粉絲，還有各位中立人士以及圈內人士。

例1-4 中立球迷表示這比賽很享受！無愧巔峰對決！兩人都是冠軍！固的中立政府。

例1-5 中立軍隊不捲入國內派別衝突。

「中立」也可以直接修飾外圍論元名詞如「道路、地點、地帶、地區、原則、條約、觀點、路線、協議、態度、性質、政策」名詞語。不過加「的」修飾的情況更常見。如：

例2-1 「保對波黑衝突採取中立立場」。

例2-2 要求能夠在一個中立地點與薩達姆會面。

例2-3 堅持中立路線，實行不結盟政策，特別要積極發展同鄰國的睦鄰關係。

例2-4 因此我希望政府引導我們國家走上中立的道路。

例2-5 審判主體在訴訟中居於超然、中立的地位，而不再直接置身於紛爭解決過程之中。

例2-6 在這兩種立場中，我們本應取中立的態度，以示尊重古人。

例2-7 中立國必須嚴守中立的原則，交戰國有義務尊重中立國的法律地位。

例2-8 這就是目前雖然部分管委會成員辭職，但各派武裝均保持中立的原因。

例2-9 錢其琛表示，中國贊同馬爾他奉行的中立政

策。

例 2 - 10 由於地緣政治的緣故，瑞典選擇了不結盟
和在戰時保持中立的政策。

【資助】

「資助」是可以帶兩個賓語的動詞，可帶一個名詞賓語，一個謂詞性賓語。在《現代漢語詞典》中解釋為：「用財物幫助。」作為複合詞，它又由「名語素＋動語素」構成。其中動語素「助」為「幫助」義，是二元動語素，深層結構為「NP1 ＋＋ V'（助）＋ NP2」，名語素「資」不是「NP1」成分，動語素「助」的工具論元。這個深層結構中的「NP1」和「NP2」存在空位，「資助」既可以直接修飾受事論元 NP2，也可以修飾施事論元 NP1 的名詞中心語，還能修飾外圍論元名詞性詞語。

修飾受事論元名詞中心語 NP2，如：

例 1 - 1 國家獎學金的資助對象為中國普通高等學校
的全日制本專科學生。

例 1 - 2 為解除官兵的後顧之憂，基金會實施了「資
助軍嫂上崗培訓和優秀退伍兵上大學」這項
擁軍工程。

例 1 - 3 最近還獲得上海市「曙光計畫」資助課題。

因為「資助」後面的受事名詞，可能是賓語成分，所以加「的」再修飾的情況也比較常見。如：

例 1 - 4 建立了醫藥衛生科研基金，對資助的課題實
行公開招標、同行評議、擇優支持的原則，
對中標課題與科研單位簽訂科研合同。

例 1-5　今年資助的 37.2 萬元均已捐贈到位。

例 1-6　在「金鑰匙工程」總部，資助的每一人、每一事，支出的每分錢，都有案可查。

有時為了明確修飾的受事論元身分，會在「資助」前加上「受（到）」、「獲（得）」、「得到」等，如：

例 1-7　受資助的 40 餘名大、中學生來到現場暢談真切感受，在愛與被愛之間架起了溝通的橋梁。

例 1-8　首批獲得資助的 3 家企業都在上海從事高新技術產業。

「資助」修飾施事論元的名詞性中心語 NP1 有「單位、機構」，如：

例 2-1　承辦單位為廣東省藝術廣告發展公司，資助單位為香港華富達有限公司。

例 2-1　受到制裁的資助機構的總部分別設在法國、瑞士、英國、奧地利和黎巴嫩。

「資助」還可以修飾外圍論元名詞，如「方式、計畫」，如：

例 3-1　希望工程的資助項目和資助方式也將有相應調整。

例 3-2　基金會早已開始落實了一項項資助計畫。

例 3-3　本次活動將在社會各界的廣泛支持下，實現「七個一」的資助目標。

小結

　　一個詞後面修飾的是什麼樣的詞是否有規律，含 VP 語素的合成詞有什麼樣的內部結構語義結構，這樣的結構語義結構對其所修飾的詞語有什麼的制約關係。這些是本書上篇研究的問題。解決了這樣的問題，對母語學習者及外國人學習漢語都有極大幫助，對漢語學習詞典的編撰亦有重要的參考價值。上篇以《標準》、《大綱》所收常用的含 VP 語素合成詞作為考察對象，描寫其內部結構語義關係，並以 CCL 語料庫、BCC 語料庫的豐富語料作為印證，研究含 VP 語素合成詞是作定語還是作狀語，什麼樣的定語，其後的修飾詞語與合成詞內容的語素有什麼的制約聯繫。

下篇　漢語學習詞典含動語素複合詞詞類標注與例證配合

　　本書下篇運用語料庫語言學理論解決詞類標注與例證配合一致問題，通過大型語料印證詞類標注的準確與否，又以該詞所屬詞類的搭配特點、用法功能、語法情景來檢驗例證的適當與否。借助結構主義等現代語言學理論，區分現代漢語的詞檢驗學習型詞典《現代漢語詞典》在該方面的詞類標注與例證是否科學。借助資訊理論中的「編碼」、「解碼」理論，提出《現漢》作為學習詞典在詞的「用法」上例證的配置原則。

　　例證又稱「配例」、「用例」、「詞例」、「例語（句）」，《現代漢語詞典》稱作「舉例」、「例」，是為說明義項的語義、句法結構和語用特徵、證明詞義的存在或指明該用法的源流而舉證的實際用例。當代詞典學家都很重視詞典的配例，著名詞典學家茲古斯塔認為沒有配例會使詞典的標準嚴重降低，形象地比喻說「一部沒有例證的辭書就像是一堆白骨」。由此可見，配例對於一部詞典特別是語文詞典來說並不是一種附屬物而是詞典不可或缺的一部分，它的作用不僅僅是用來說明詞語如何使用，更為重要的是要指導使用者如

何準確地把握詞彙的意義，在一定的語境中恰當使用。《現代漢語詞典》作為當代中國一部影響最廣泛的中和性中型詞典，它的編纂也很重視詞目及義項的配例。

　　大多數詞典的例證配置遵循兩個基本原則：意義中心原則和用法中心原則。《現代漢語詞典》未全面標注詞類前，只需注重意義的準確性，配例時只需注意用例的意義準確性、常用性等就夠了，「意義中心原則」發揮重大作用。全面標注詞類後，配例的語法性質問題逐漸凸顯出來，「用法中心原則」開始引起人們的關注，作為內外兼顧學習型詞典，其配例與標注的詞類協調統一，是值得關注的研究課題。

第四章　關於詞類標注與例證配合的研究

一、詞類標注與例證配合的重要文獻

（一）關於辭書的詞類標注探索

漢語詞類問題一直被認為是一個老大難的問題，上世紀 50 年代有過一段大討論、爭鳴，但仍有不少根本性問題沒有得到圓滿解決，因此也就不能給個體詞的歸類、詞類的標注提供行之有效的標準，導致語文詞典編撰時有意或無意地「忽略」詞類標注。直到上世紀 70 年代為外國人編寫漢外雙語詞典的急需，漢語詞類標注問題又提到議事日程中來了。學者們也針對辭書的例證與詞標注作了探討，《辭書研究》則是探討這一問題的主要陣地。

上世紀 80 年代主要有：鐘梫（1980），陸丙甫（1981），林立（1982），張立茂、陸福慶（1983）等。

鐘梫〈漢語詞典標注詞性問題〉是第一篇呼喊要在漢語詞典實踐詞類標注的文章，提出漢語詞典詞性（詞類）標注的原則：意義、詞在句子中的作用、詞的組合和形態變化；對詞同「語」的界線、「語」向詞過渡的階段性、詞同詞素

的界線、自由詞同非自由詞和素的關係、跨類、同音詞的界線等等想躲也躲不過去這些問題作了較細緻的分析；這篇論文對漢語詞典如何標注詞性提出許多建設的意見，引起不少學者關注。

陸丙甫〈動詞名詞兼類問題—也談漢語詞典標注詞性〉認為漢語詞典標注詞性最難處理和最常遇到的是動、名兼類的問題，並對鐘梫論文所提判斷一個動詞兼有名詞性的標準：「只有那些原本（從詞源看）是動詞，在現代漢語中已可受名量詞的限定（至少可以接受「種」、「項」、「套」、「宗」之類的名量詞），也可以受一般形容詞和名詞修飾的，我們才兼注『（名）』」提出改進意見，提出兩條更為明確、俐落判斷標準。（一）進行＋（）。即能夠作「進行」的賓語的動詞兼有名詞性。（二）名詞十（）構成偏正結構。即能直接（不加「的」字）受名詞修飾的動詞兼有名詞性。兩個標準中只要符合一個就可看作兼有名詞性。

林立〈名詞動詞兼類和詞典標注詞性問題〉認為陸丙甫提出兩條標準的用意好，但語言事實往往不簡單，兩條標準難以識別所有動名兼類詞，於是提出以詞彙—語法手段區分漢語詞典中的名動兼類詞，這為漢語詞典詞性（詞類）標注提供了一個角度。張立茂、陸福慶〈詞性標注與釋文結構〉指出不管從辭書的科學性或實用性來看，語文詞典標注詞性都是必須的，並著重討論的是釋文的語言結構（包括用例）與詞性的關係。即運用與詞目詞性相適應的語言結構和例證，使釋文體現詞目詞性的規律。

這一時期，是漢語詞典詞類標注探索研究的初始期，是繼上世紀 50 年代漢語有無語類大討論確定漢語也可以劃分詞類之後，對漢語詞典編寫中實踐漢語詞類劃分理論的呼

喊。

　　進入上世紀 90 年代之後，漢語辭書與詞類標注的探索就越來越多。如，馮清高（1993），李曉琪（1997），郭銳（1999）、程榮（1999），趙大明（1999），李紅印（1999），黃華（1999），李志江（1999），王世友（2001），唐健雄（2002），蘇寶榮（2002、2006），黎良軍（2006），李爾鋼（2006），樊立三（2006），蔡永強（2008），王永耀（2009）等。涉及到例證原則、作用、例證與詞類一致等多方面。

（二）關於辭書例證研究

　　配例的一直是詞典編撰家們關注的重點，也是相關學者研究的重點對象。早期例證的探討大都是針對漢外雙語詞典的，從知網可查的最早的文獻是上世紀 70 年代黃建華（1979）發表在《辭書研究》第 1 期上的〈法漢詞典選詞、釋義、詞例問題初探〉，談的外向型學習詞典例證存在的三個方面問題：其一「例不配詞義」，其二「例不符詞性」，其三「詞例違背語言習慣」等等。除了談詞例不好的方面，作者還引用《基本詞彙詞典》主編馬托雷的主張，即好的詞例應該有三個方面的功用：一是補充釋義所未能完全闡發的方面；二是表示語法的搭配關係；三是反映該詞所構成的成語和習慣用法。這對外向型學習型詞典的例證有非常重要的指導意義。

　　顧柏林（1980）〈雙語詞典的翻譯和配例問題──《漢俄詞典》編寫的一些認識〉雖然是從俄語詞的配例來談，但也有指導作用。他認為配例的作用是在詞目對譯的基礎上，進一步分析詞目的意義和用法，解決因語言規律的獨特性和

使用習慣的差異而造成的翻譯方法上的特殊問題，通過例證補充多種多樣的表達方法。

竺一鳴（1982）〈雙語詞典如何配例〉，認為中型、大型雙語詞典對配例的要求應該多些：一是應該配列詞頭的常用搭配，二是配列歸宿語在表達上有特色的例子，三是配列能揭示詞目對譯用法的例子，有細微差別的不同的對譯應該有不同的配例來區別。此外他還談到了配例的形式（詞組、句子）和配例的排列，配例的形式要以詞組為主，句子為輔；虛詞可以配上句子，實詞大多配上詞組作例證。配例的順序是先詞組後句子。詞組要把結構相同的排在一起，這樣看起來清楚，查起來方便。

上世紀 80 年代，開始出現很多關於漢語詞典例證研究的材料，但多側重於古漢語方面的研究。

唐超群（1982）〈釋義和配例的一致〉認為：「辭書中的釋義是根據用例概括的，而配例則是支持和闡發釋義的，義和例的關係相當於論文中的觀點和材料的關係，兩者必須協調一致，不能前後矛盾，相互抵觸。」主要關注釋義與例證一致性問題，對於詞類與例證的配合關係則沒有提及。

汪耀楠（1982）〈大型辭書引例略說〉對引用配例概括了三條規則：「一是用法的典範性；二是例句的多樣性；三是例句的思想性。」典範性是例證首先要解決的問題，即例句的這個詞義和義項完全吻合，這個例句所提供的語言環境，恰恰是這個詞的這一含義得以明確顯示的最好的環境。〈大型辭書引例略說〉從例句的詞義是否和義項吻合的角度提到用例的典範性和豐富性，但其中沒有涉及詞類問題。上世紀 90 年代，隨著辭書編纂的穩步前進，例證有了更深入更廣泛的探索。

　　盧潤祥（1992）〈配例十要〉在提出一些新觀點的基礎上，總結了配例的十要素：「一、觀點正確；二、要明語源流變；三、要義例相一；四、要見例明義；五、全面完整；六、要語言規範；七、要避免歧義；八、要意義明確；九、要斷句準確；十、要核實無誤。」並把例證形式分為書證和自編例兩種：引自書籍文章稱為書證；把編者自己編纂的稱為自編例。

　　馮清高（1993）〈詞典釋例的作用及配例原則〉論述了釋例功能和配例形式。釋例功能上，提出「解釋語法類型和展現典型性搭配。典型性搭配，能準確的承載語法功能，讓使用者更容易理解和掌握，達到舉一反三的效果。」他所說的配例形式包括詞、短語、句子。

　　張錦文（1994）〈關於現代漢語詞典的配例問題〉從完整句配例法和非完整句配例法的角度探討了例證。他認為不必用完整句配例的時候就儘量不用，以減少篇幅，用最小的篇幅容納最多的資訊，只有在不使用完整句配例就不能幫助讀者正確理解時，才使用完整句配例。陳楚祥（1994）〈詞典評價標準十題〉認為例證是否典型不能僅限於是否經典（即所謂「範例」），更主要的是看它是否有效、是否實用。具體而言：第一、例證是否能使較概括抽象的詞目釋義具體化，甚至補充釋義的不足；第二、例證是否顯示了詞的典型用法；第三，例證是否提供了實用的語義的百科資訊。

　　丁建新（1996）指出配例可向讀者提供文化資訊。段曉平（1998）〈《現漢》配例的搭配關係問題〉對《現漢》（第3版）的配例進了闡述。在語義上，作者認為「哪些詞可以和哪些詞組合，不能和哪些詞組合，主要看是否符合本民族通常的表達習慣。」在語法上，《現漢》（第3版）從語法

搭配角度考慮了配例的典型性。如：「救護」意為援助傷病人員使得到適時的醫療，泛指援助有生命危險的人：～隊～車～傷患。「救護」是及物動詞，配例為兩個定中、一個動賓，體現了詞典編纂者從語法角度對例證的關注。但由於這一時期辭書還沒有標注詞類，所以文章對基於語法角度對例證探索還不深入。

王馥芳（2005）指出配例不外乎有五種基本功能：（1）佐證語詞的詞目地位；（2）明晰或擴展釋義；（3）解釋詞目的典型語法行為；（4）提供與詞目有關的文化或一般知識資訊；（5）照顧讀者在從事寫作或翻譯工作時的需要。

安華林（2006）認為語文辭書的配例應符合契合性、典範性和自足性三個基本要求，在滿足基本要求的前提下，理想的配例還應力求做到：全面性、補充性、鮮活性。伍萍（2006）提出詞典要注重研究學習詞典用例文化功能。

劉懷軍（2007）指出詞典所提供的例證不僅有數量的一面，更重要的是品質的一面，品質是例證的生命，是實現例證功效最大化的保障。他從四個方面闡述了雙語學習詞典例證應達到的品質要求，即語言的規範性、功能的實用性、語體的簡明性和內容的思想性。陳叔琪（2010）從配例的類型和作用進行探討，並且提到配例應關注詞的用法，但沒有做詳盡探討。崔樂（2012）主要是從配例的功能和配例的原則綜合分析了《外國人漢語新詞語學習詞典》的特色。

（三）關於《現代漢語詞典》例證與詞類標注

上世紀 50 年代，漢語詞類大討論，雖然解決了漢語詞類可以標注的理論問題，但是漢語可以劃分詞類卻只限於理論中、上課舉例中或論文中，編寫漢語詞典的實踐中卻依然

難以實現詞類標注。呂叔湘先生負責《現代漢語詞典》編寫工作，採取一種變通的做法，只標注虛詞的詞類，實詞只能通過釋義配例從側面來反映詞語的詞性。《現代漢語詞典》未全面標注詞類之前，有關研究為：徐永真（1983），章也（1983），宛志文（1985），鮑克怡（1993），峻峽、雲漢（1993），吳昌恒（1996），施關淦（1997），孟慶海（1997），段曉平（1998），閔龍華（1998），黃理兵（2001）、王世友（2001）等，他們對《現代漢語詞典》的用例特色，用例原則、例證的搭配、用例規範作進探討。

徐永真（1983）〈標注詞性不妨從虛詞開始〉，是對《現代漢語詞典》詞類標注探討最早的較深入的一篇。作者認為漢語語文詞典的標注詞性問題，歷來被詞典編寫者視為難題。在現有的語文詞典中，能給所有的詞標出詞性的尚未見。《現代漢語詞典》力圖在這方面有所突破，但也只能給為數不多的一部分虛詞標明詞性。作者以外國留學生學習漢語最難掌握的漢語虛詞包括虛詞的詞性為例說明給漢語詞典中的虛詞標明詞性不但具有必要性，而且具有迫切性。作者認為虛詞範圍的確定和單詞詞性的歸類可以「暫擬漢語教學語法系統」為標準。具體標注工作可以分為五種不同的情況。其一是某一個單詞兼有實詞和虛詞詞性的，實詞詞性可暫時不標，只釋詞義；義項次序按先實詞義後虛詞義排列。如「使」，動詞詞性可不標，只在介詞義項前標「介詞」。其二是某一個詞目下具有不同虛詞詞性的詞，應分別標明詞性，按副、介、連、助、歎次序排列，在標明詞性後再釋義，即「以詞性帶義」。其三是某一個虛詞在同一詞類屬性下又有不同意義的，可在標明詞性後再分別釋義。其四是同屬一個虛詞詞類而又意義相同或相近的不同詞目，在標明詞性後可用同義詞互釋，但其中必須有一個詞目應當用描述性或解

說性的釋義。其五是為了增強語文詞典的實用性，對常用的複音虛詞收詞面可以適當放寬，如連詞中的關聯詞語，介詞中的「對於、關於、至於」，副詞中的「仍然、必然、果然」等都應作為詞目收入。

施關淦（1997）〈《現代漢語詞典》（修訂本）語文知識條目和標詞類的一些情況〉，指出《現代漢語詞典》原版把漢語的詞分為實詞和虛詞兩大類。實詞包括名詞、動詞、形容詞、數詞、量詞、代詞六類，虛詞包括副詞、介詞、連詞、助詞、嘆詞、象聲詞六類，共十二類。除名詞、動詞、形容詞、數詞四類外，其餘八類的詞是標詞類的。此外還標詞綴——首碼和尾碼。《現代漢語詞典》在給上述八類詞以及首碼和尾碼下定義後，都分別舉了若干例子。用這些例子來檢查《現代漢語詞典》標詞類的具體情況，即當這些例子作為詞條出現時，是否給標了詞類或詞綴的名稱，並把原版跟修訂本作了對照，從中發現了一些情況。有的該標詞性卻沒有標注，有的在用例和標注詞性出現了矛盾，還有「詞尾」、「助詞」等術語不一致等。

學位論文對《現代漢語詞典》詞類標注和例證配合進行探討的則有齊豔豔（2004）的碩士論文〈《現代漢語詞典》單音節副詞詞性標注、釋義及條目分立考察〉，作者以《現代漢語詞典》所收 141 個單音節副詞為研究對象，主要採用基於計量統計的描寫分析方法及對比分析的方法，對單音節副詞的詞性標注、釋義和條目分立等三方面進行了整體系統的考察。結論如下：（1）副詞的詞性標注受到使用頻率、獨立性、語體等多種因素的制約與影響，因而存在不一致的情況。（2）副詞的釋義比較有規律。如：釋語的基本類型為說明式釋語；釋語模式以「標注詞性＋說明式釋語」居多；高頻副詞的語例以普通詞語、句子和組合類居多，低頻副詞

的語例以複合詞或固定短語居多；書面語副詞的語例多為固定短語。（3）副詞的條目分立基本上遵循了其凡例所定的「形同音同但意義不同」則分立條目的原則。如：虛化而來但與實詞相關聯的仲介義已缺失的副詞、與實詞音形偶合的副詞、因簡化漢字而與實詞形成同形同音的副詞等多另立條目。但與實詞相關聯的仲介義未缺失的副詞的分合有不一致的情況。

2004 年《語言文字應用》組織了《現代漢語詞典》及《現代漢語規範詞典》標注詞性（詞類）的專題討論，陸儉明（2004），符淮青（2004），孫德金（2004）等知名學者發表看法。

徐樞、譚景春（2006）從編纂者的角度對《現代漢語詞典》詞類標注作了詳細說明，不少讀者學者也發表了較多的文章討論這一問題，王暉（2006），應利、葉秋生（2007），姜文振（2008）等探討《現代漢語詞典》詞類標注的得失，側重於存疑。期間碩士論文也以此為題，如袁偉（2006），汪錦繡（2007），郭寶清（2007），這些成果都在某些方面總結詞類標注經驗、探求詞類標注發展方向、反思本體研究的得失。

《現代漢語詞典》配例的研究以前只是作為釋義的附屬部分討論，全面詞類標注後，作為獨立的研究對象，如張妍（2006），李紅印（2009），王金鑫（2009）從用例範圍、功用、應注意的問題對《現漢》的用例情況進行了分析。學位論文則有廖煒（2010），戈春燕（2010），趙瑞粉（2010），劉豔娟（2010），甘瑾（2011），王梅（3011），鄒佩佚（2012），陳淩（2012），馬曉娜（2013），賀蒙（2014），鄭茜（2015），陳卓（2015），等等。

同（積極性、外內型）漢語學習詞典的用例研究相比，《現代漢語詞典》用例的研究相對比較薄弱，《現代漢語詞典》詞類與用例的配合研究則更少見。

《現代漢語詞典》詞類標注目前趨向於實證研究，在這方面取得較大成績的有王仁強（2009、2010、2011）。《現代漢語詞典》用例研究由以前的通過某幾個「個體詞」說明得失轉向為以《現代漢語詞典》的某類詞的配例進行調查研究。詞類標注與例證配合，不僅在於說明其作用、功能、方法，更在於探討其原則、標準。並試圖徹底解決《現代漢語詞典》中詞與非詞的標注問題、詞的義項分合標注詞類問題、詞類標注與例證的一致性問題。

二、漢語詞類的描寫性與解釋性理論

一般認為當今語言理論可以分為兩大學派，一是形式學派，一是功能與認知學派。形式學派語言理論側重於語言實體的研究，功能與認知學派理論側重於語言功能的研究。在形式學派理論中又可以分為描寫性的語言理論和解釋性的語言理論。

以20世紀初問世的索緒爾《普通語言學教程》，開啟了現代語言學的大門，從此使語言學擺脫了古老傳統的重負，在西方獲得了「領先科學」的美稱。同時索緒爾又被譽為結構主義的「鼻祖」，以索緒爾理論為指導，形成了結構主義語言學派。結構主義語言學派又有不同的支派，其中以美國描寫主義語言學派影響最大，成果最顯著，對現代漢語研究產生重大影響。

20世紀中葉，以喬姆斯基《句法結構》為標誌，開創了探索人類語言普遍語法的新天地。以喬姆斯基理論為指

導，形成了轉換生成語言學派。喬姆斯基試圖探索人類語言機制，揭示整個人類語言的普遍規律或原則，掀起了語言學界的「喬姆斯基革命」。

這兩派的不同主要是研究思路的相異。以布龍菲爾德為首的美國描寫主義語言學是描寫性的語言理論，而以喬姆斯基為首的轉換生成語言學是解釋性的語言理論。

描寫性的語言理論著眼點在於「是什麼」，解釋性的語言理論著眼點在於「為什麼」。

20 世紀 80 年代中期以前，現代漢語的研究主要是表現為對語言結構規則、語言現象的考察、描寫說明；陳平先生的《描寫與解釋》引發了對現代漢語結構規則、現象進行解釋的關注。儘管描寫與解釋是相輔相成，各有所用，但也不能不承認，從對語言現象，語言結構規則的「描寫性研究」到對語言現象、語言結構規則的「解釋性研究」，應該說是語言研究的一大進步。

（1）描寫性的語言理論及漢語描寫性研究

美國描寫主義語言學是從調查分析描寫沒有文字沒有書面文獻的美洲土著居民印第安人語言的實踐中發展起來的。鮑阿斯和薩丕爾是先驅人物，鮑阿有《美洲印第安語言手冊》，提出語言不應當依據一些預定的標準來描寫，而應當依據它本身的語音、形式和意義的模式來描寫；薩丕爾有《語言論（言語研究導論）》。布龍菲爾德公認為美國描寫語言學的鼻祖，其名著《語言論》確立了語言研究的一系列基本原則，解決了傳統語言學理論和分析方法難以對付的許多問題，推動了語言科學的前進。一大批語言學家聚集在「布龍菲爾德語言學」的大旗下，形成了「布龍菲爾德學派」，布

氏以及他的後繼者們制定出一套描寫語言的嚴格程序，通過它能客觀地有成效地描寫語言。美國描寫主義語言學在以準確描述某個自然語言作為最終目標的研究方面達到頂峰。

趙元任的《國語入門》（英文寫成，1948 年出版；1952 年由李榮摘譯成中文，以《北京口語語法》為名出版）是運用美國描寫語言學的方法來全面處理漢語的第一部著作，形成了一套新的語法體系。其劃分詞類的原則是按照詞與詞的結合關係。此後不少人開始注意描寫語言學理論和方法，按照新的路子進行探索。丁聲樹等合著的《現代漢語語法講話》（1952 年 7 月開始在《中國語文》上連載，1961 年出版），吸收了《國語入門》的長處，第一次對漢語的結構形式作了全面系統的描寫。按「性質和用法」將漢語詞類分成名詞、動詞等十類。其「性質和用法」不僅有詞類的共同意義和句法功能，也有組合能力（即詞與詞的結合關係）。這就對傳統的以意義標準為主劃分詞類的方法產生了衝擊，為後來（1953 年 9 月至 1955 年 5 月）詞類問題的大討論、使詞與詞的結合標準成為劃分詞類的最主要的標準作了理論上的準備。其後呂叔湘的〈關於漢語詞類的一些原則問題〉、〈論「自由」和「粘著」〉（1962）、〈關於「語言單位的同一性」等等〉闡述美國描寫語言學的方法理論，對「自由、粘著、功能、分布、同一性」等描寫主義術語作了具體分析，強調了「結構關係」是用來做主要的分類標準，意義標準不能成為標準、句子成分定詞類則是「依句辨品」會走到詞無定類的路上去的觀點。朱德熙的《說「的」》、《論句法結構》以及《語法答問》、《語法講義》等，參考描寫語言學派的分布、層次分析、擴展、替換、自由、粘著等理論方法，在研究漢語的形式和意義的關係方面向前跨進了一步，其中對詞分類採用「詞的語法分布」。此後中國的語言學者都接

受了描寫語言學的理論並能用它來描寫漢語的現象和結構規律。

結構主義語言學把語言看作是人類最重要的交際工具、一套音義結合的符號系統、有規則的結構體。而結構都具備三個特點：整體性、可分割性、內含規律性。美國描寫主義語言學分析描寫語言的理論方法要點或思路有：切分；注重形式，謹慎對待意義；確定語言單位的同一性；語言單位黏著與自由的區分；語言單位定位與不定位的區分；考察語言單位的在結構中的分布；考察語言單位的層次；根據分布，對每一個層面上的單位進行分類；等等。

以詞這一層面的單位為例，看看漢語是如何進行詞的分類。在漢語詞類的描寫上，都主要用分布（詞在句法中的位置關係）、外加作句法成分的功能來表述。《現代漢語詞典（第 5 版）》（下文簡稱「第 5 版」）第一次對漢語詞進行了詞類標注，然而，由於種種原因，還存在許多問題。

切分，主要解決詞與非詞問題。漢語的詞與非詞有時難以分別，這影響了漢語詞類的面貌。把語言整體結構切分為最小的語言單位時，第 5 版仍有把握不當的地方。「正文」能不能再切分，第 5 版認為「正」也是一個詞，標注為「形屬性詞」，釋義為「基本的；主要的」。這樣做是把「正文」看作兩個詞，即屬性詞和名詞（凡例中說不成詞的語素不標注詞類）；可是詞條中又列有「正文」，這裡又是將它看作一個詞。第 5 版這種情況不少。另一方面，「短篇小說」第 5 版沒有再切分，實際上「短篇」作為一個詞的資格應該具備。這樣的情況也非常多。「單身貴族、單人舞、敞篷車、低等動物……」等等都作為一個詞條收錄。可見切分的方法，在漢語研究方面還未能得心應手地運用。

單位同一性的確定，需要意義參與，即該語言單位是不是「音同義同」。如「伸張正義」與「正義的戰爭」中兩個「正義」是不是同一個單位。第 5 版處理為兩個。這兩個「正義」音同，前一個義為「公正的、有利於人民的道理」，後一個義為「公正的有利於人民的」；前者標為名詞，後者標為屬性詞。我們認為這兩個「正義」應該是同一個名詞，意義的差別僅是由於在結構中的分布造成的。「原封燒酒」與「原封不動」中兩個「原封」是否有同一性？這兩者似乎差別要大些，即前一個「原封」是指「沒有開封的」，後一個義為「保持原來的樣子」。可是第 5 版卻處理為一個「原封」。這樣的情況也非常多。

黏著與自由，是指切分後的語言單位能不能單說。所有的名詞、數詞，大部分的動詞、形容詞等可以單說，而區別詞、大部分副詞、量詞、虛詞都不能單說。屬性詞不能單說，那麼它一定不能單獨作主語賓語。可是「生男生女一個樣」、「三個校長一正二副」中的「男、女，正、副」算不算屬性詞？如果認為對舉（兩個或兩個以上單位並列舉出）會造成這種現象，不是屬性詞本身能單說；用這種形式化來檢驗也是有道理的。

定位與不定位，是指語言單位在跟別的語言單位組合時，所處的位置是不是固定的。是則為「定位」，否則為「不定位」。漢語詞類中，名、動、形往往是不定位的，而數、量、屬性詞、虛詞等都是定位的。第 5 版把「多發」標注為屬性詞，其位置應該固定在別的詞前作修飾語，舉的例子卻是「～病｜事故～地段」，就變成位置可在前「多發病」，也可在後「事故多發」，注意不是「多發地段」，下面在「層次考察」上再論。可見第 5 版標注「多發」的詞類有些問題。

分布，在詞方面是指詞和詞之間的結合能力，也即一個詞所能占據的語法位置的總和。如朱德熙（1985）把「只能修飾名詞或者在『的』字前頭出現」的詞叫做「區別詞」（即屬性詞），就說的是「區別詞」在跟所有詞結合時的位置。這種分布後來有學者用抽象的公式表達出來。如郭銳（2002）把劃分區別詞的標準定為：

～〔的〕〈名〉^*（〈謂詞〉｜〈體詞〉｜〈數詞〉｜〈數量詞〉｜〈擬聲詞〉｜〈指示詞〉）。

齊滬揚、張素玲（2008）判斷區別詞根據它的不能充當句法成分和組合時分布的標準：

～〔的〕〈名〉^*（〈主語、謂語、賓語、狀語、補語〉｜很（不、沒、沒有）～｜～（著、了、過、起來、下去））。

層次，是指語言單位與單位之間的組合不是按照線性序列先後，而是按一定的規則一層一層地排列。詞與詞的組合也有層次性，如「事故多發地段」中「地段」並不是跟「多發」組合，而是「事故」與「多發」先組合成「事故多發」，然而「事故多發」再跟「地段」組合。「單人床」也是「單人」先組合，再用「單人」跟「床」組合。第 5 版把「單」作為屬性詞，釋義為「一個（跟『雙』相對）」，所舉的例子卻是「單人床」，這也是沒有考慮語言單位的層次性。

描寫語言學派制定的一套描寫語言的嚴格程序，教給人們的分析語言的一系列方法，能有效地客觀地弄清特定語言的內部結構規律，漢語研究受它的影響最大。然而在實際應用描寫語言學的理論方法時，卻由於把握不准方法存在失誤的問題，這問題的形成不在於描寫語言學理論方法本身。不過，描寫語言學派，只研究是什麼，而不在意為什麼，留下不少缺憾。

（2）解釋性的語言理論

　　喬姆斯基語言學被看作是美國描寫主義語言學相對立而產生的全新理論。其實轉換生成語言學和描寫主義語言學注重的都是高度抽象的音義結合的語言符號系統的語言形式的研究。不同的描寫主義語言學側重的是具體語言的結構形式的分析與描寫，轉換生成語言學側重於人類語言所共有的、高度概括而又十分簡明的普遍規則，但喬姆斯基並不輕視語言的考察與描寫，只不過認為語言研究不能只要求考察的充足性（observational adeSXuacy），還要求達到描寫的充足性（descriptive adeSXuacy），更要求達到解釋的充足性（explanatory adeSXuacy）。

　　喬姆斯基提出「原則與參數理論」（principles-and-parameters theory），認為人類語言存在著共性，各個語言之間存在的差異只是具體的「參數」不同。如動詞都要求指派語義角色名詞即「論元」（argument）到相應的句法位置上去，且一個位置必須指派一個論元，且只能指派一個論元；一個論元角色需要被指派到一個位置，且只能被指派到一個位置上。漢語動詞「關心」可以指派二個核心論元名詞，即施事名詞和受事名詞。「關心的人是她」這個句子有歧義，就因為「關心」這個動詞前後都應該指派論元名詞卻沒有指派，留下了空語類（空主語和空賓語），所以「她」既可以指「關心」的主語（施事角色），又可以指「關心」的賓語（受事角色）。而「關心這件事的人是她」則沒有歧義，「她」一定指「關心」的主語（施事角色），因為「關心」只空了主語位置。

　　用論元或空語類理論來分析漢語屬性詞，也很有用——起到描寫語言學理論不能做到的解釋作用。描寫語言學只用

分布來描寫屬性詞的語法特點，一般都認為屬性詞是放在名詞前作修飾的黏著詞。但是能修飾哪些名詞，有什麼規律，描寫語言學不會也沒能力回答。如為什麼「軍用」只能修飾「飛機、物資」之類，而「草食」只能修飾「動物」之類，而「親生」既可以修飾「父母」又可以修飾「子女」；「貼身」可以修飾名詞「保鏢、衣物」之類，還可以修飾動詞「保護」？

　　我們可以試著用論元或空語類理論來解釋。「用」屬於動詞性成分，它可以指派兩個核心論元角色，而「軍用」的「軍」是「用」的施事角色，空語類為受事成分，所以「軍用」必須修飾其受事成分「飛機、物資」之類。

　　「草食」的「食」可以指派兩個論元角色，「草」是「食」的受事論元，空了施事論元，所以「草食」這個屬性詞只能修飾「動物」之類的施事名詞。

　　「親生」的「生」可以指派兩個論元角色，「親」是「自己」之意，當「親」是施事時，「親生」意為「自己生育的」，它必須修飾受事角色名詞「子女」；當「親」是受事時，「親生」意為「生育自己的」，它必須修飾施事角色名詞「父母」。

　　「貼身」的「貼」可以指派兩個論元角色，「身」是受事成分，所以它必須修飾「貼」的施事「保鏢」或「衣物」之類。

　　為什麼能修飾動詞，那只能是論元角色已經指派到每一個位置，沒有留下空語類的時候。可是「貼身」似乎不是這種情況。不過我們仔細分析，「身」其實是身兼二職，同時是施事和受事成分，即「貼身保護」的意義只能是「身貼身地保護」。身兼二職的，「親生」的「親」就是，不同的是

「親」兼施事和受事不能同時。漢語中同時兼施事和受事的還有，第5版收錄的「對臉（～兒）」，釋義為「面對面」，例子為「他和老張～坐著」。「對面」也是這樣，釋義為「面對面」，例子為「這事兒得他們～談」。

「自動」中的「動」只能指派一個論元角色（一個論元角元一定是施事），而「自」這個施事角色已經出現，所以沒有留下空語類，它可以修飾動詞「自動控制」、「自動生成」等。但是它還能修飾名詞「取款機」，我們的解釋是「取款機」和「自」合起來組合成「動」的施事，即在語義上為「取款機自己在動」，「自動取款機」不能解釋為「自己動取款機」。

儘管國內還沒有學者談及屬性詞這方面的問題，但是由於像論元、空語類理論反映的是人類語言的普遍規則，所以解釋非常充分。

需要說明的是形式學派的「形式」不是跟「意義」相對而是跟「功能」相對，形式學派既研究形式，也研究意義，只不過描寫語言學對意義關注不夠。轉換生成語言學派既強調考察充分和描寫充分，更強調解釋充分，它包含了語義因素，使理論更有實用價值，更容易為一般人所接受。然而，喬姆斯基在最初發表《句法結構》時，卻是把語義排除在語法之外。轉換生成語言理論在其後幾個階段都把語義納入了語法，其「深層結構和表層結構」、「約束理論」、「界限理論」、「控制理論」、「支配理論」等，根據有限的公理化的規則系統和原則用演繹的方法生成無限的句子，來解釋人類的語言能力。它的影響不僅在語言學的領域內，而且在哲學、心理學、電腦科學、神經生理學、人工智慧等領域也有不同程度的反響。

第五章　複合動詞的詞性標注與例證配合

　　國人編撰的第一部漢語語法學專著《馬氏文通》對漢語進行分類為起點，漢語詞語的分類成為人們關注的焦點。上世紀 50 年代漢語詞類問題大討論之後，漢語可以劃分詞類的認識達到了一致，但是分類的標準及具體詞語的歸類細節問題還沒有解決。上世紀 80 年代以後，漢語動詞一直是學者研究的熱門領域。動詞是漢語語法研究中的重要課題，也是語法研究中最複雜的問題。呂叔湘（1979、1985、1987）在不同時期的著述中，對「動詞是句子的中心、核心、重心，別的成分都跟它掛鉤，被它吸引」這一思想觀點都進行強調；胡裕樹和范曉先生也認為：「動詞研究是漢語語法研究中的第一號重要課題，也是語法研究中最複雜的問題。動詞研究得好不好，透不透，對整個語法體系的建立，有極其重要的意義。」確實在漢語中，動詞處於句子的中心，其語法功能對句子結構和語義都起著至關重要的作用。配價語法更上把動詞看作支配、核心地位，其他成分都為動詞所支配。

一、《現代漢語詞典》動詞條目及義項例證形式

　　所謂「條目」，有廣義和狹義之分，廣義的條目包括詞

典中被解釋的對象及對其作出的解釋。狹義的條目只指被解釋的對象。《現代漢語詞典》所用的「條目」為狹義的條目，條目又分為單字條目和多字條目。在《現代漢語詞典》中，單字條目成詞的標注詞類，不成詞的語素和非語素字不做任何標注；單字條目中的文言義，動詞未作任何標注。多字條目除詞組、成語和其他熟語等不做任何標注外，一律標注詞類。「義項」是同一個條目內按意義分列的項目。動詞條目指僅包含動詞義項的條目，而《現代漢語詞典》中詞性標注為動詞的義項稱之為動詞義項。一個詞的條目最少一個義項，多的有幾十個義項。如【打１】條目，標注為動詞，共有 24 個義項。

《現代漢語詞典》對動詞進行標注時，還含有助動詞、趨向動詞兩個附類。本文也分別進行探討。

動詞，依《現代漢語詞典》解釋是「表示人或事物的動作、存在、變化的詞，如『走、笑、有、在、看、寫、飛、落、保護、開始、起來、上去』。」這以詞類的語法意義標準來定義動詞的，對詞典來說，簡潔明瞭。「如」字後面的加以解釋說明的動詞個體共 12 個，有單音節 8 個和雙音節 4 個。

助動詞，依《現代漢語詞典》解釋是「動詞的附類，表示可能、應該、必須、願望等意思，如『能、會、可以、可能、該、應該、得（dei）、要、肯、敢、願意』。助動詞通常用在動詞或形容詞前面。『我要糖』、『他會英文』裡的『要、會』是一般動詞。」加以解釋說明的助動詞個體共 11 個，有音節 7 個和雙音節 4 個。

趨向動詞，依《現代漢語詞典》解釋是「動詞的附類，表示從近到遠、從遠到近、從低到高、從高到低、從裡到處、從外到裡等趨向或其他虛化的意義，分單純的和合成的

兩種。單純的趨向動詞是『來、去、進、出、上、下、回、過、起、開』等。合成的趨向動詞由單純的趨向動詞組成，如『進來、進去、出來、出去、上來、上去、下來、下去、回來、回去、過來、過去、起來』等。」用以解釋說明的單純和合成趨向動詞個體分別為 10 個和 13 個。

不過，這三個詞（詞性為名詞）條目中，「動詞」條所列的解釋說明的個體詞中含有趨向動詞，沒有包含助動詞；而在「助動詞」條目中，則明確區分了其與一般動詞的不同。都沒有列舉三音節有的動詞個體來加以解釋說明。

動詞義項，配例情況是不一致的。有的義項沒有配例；有的義項有且只有一個配例；有的義項有多個配例，其中最多的帶有 7 個配例，如【打 1】第 23 個義項「表示身體上的某些動作：～手勢｜～哈欠｜～嗝兒｜～踉蹌｜～滾兒｜～晃兒（hangr）」。有的配例結構形成是詞或詞組，有的是句子（包括複句）。

動詞條目、動詞義項、配例的結合有以下幾種情況：

（1）一般動詞，一個條目，一個義項，無配例，如：【安營】〔動〕（隊伍）架起帳篷住下。

（2）書面語動詞，一個條目，一個義項，無配例，如：【哀矜】〈書〉哀憐。

（3）口語動詞，一個條目，一個義項，無配例，如：【挨宰】〈口〉比喻購物或接受服務時被索取高價而遭受經濟損失。

（4）方言動詞，一個條目，一個義項，無配例，如：【把家】〈方〉管理家務，特指善於管理家務。

（5）一般動詞，一個條目，兩個或多個動詞義項，均

無配例，如：【難產】〔動〕①分娩時胎兒不易產出。難產的原因主要是產婦的骨盆、狹小，胎兒過大或位置不正常，或產婦的子宮收縮力不正常。②比喻著作、計畫等不易完成。

【孱懊】〈書〉①憔悴；煩惱。②折磨。③埋怨；嗔怪。④排遣。（一個動詞條目的多個義項中，書面語的四個義項均無配例。）

（6）一個條目，兩個或多個義項，其中 1 個義項為動詞義項，無配例，其他義項為別的詞類義項，亦無配例，如：【稟受】〈書〉①〔動〕承受。②〔名〕指受於自然的品性或資質。

（7）一個動詞條目，1 個動詞義項，1 個配例：【愛憐】〔動〕疼愛：他聰明伶俐，很受祖母～。（配例為例句。）

【補足】〔動〕補充使充足：補足缺額。（配例為詞組）

（8）一個動詞條目，1 個動詞義項，2 個配例：【入市】〔動〕進入市場：投資有風險，～需謹慎｜新樓盤大量～。（二個配例。）

（9）一個動詞條目，1 個動詞義項，3 個配例：【批辦】〔動〕批准辦理；批示辦理：～公文｜越權～｜這個項目是上級～的。

（10）一個動詞條目，1 個動詞義項，4 個配例：【湧動】〔動〕水向上翻滾流動；雲氣升騰移動：泉水～｜浪花～｜濃雲～◇人流～。

（11）1 個動詞義項，5 個配例：【捉】〔動〕使人或

動物落入自己的手中：捕～｜活～｜～拿｜～
賊｜貓～老鼠。

其他也有比較複雜的情況，但基本是以上幾種情
況的組合形式，僅舉兩例說明。不再贅言。

（12）一個動詞條目，2 個動詞義項，其中一個義項無
配例，另一個義項有 2 個配例：【閉幕】〔動〕
①一場演出、一個節目或一幕戲結束時閉上舞臺
前的幕。②（會議、展覽會等）結束：～詞運動
會勝利～。

【擺平】〔動〕①放平，比喻公平處理或使各方
面平衡：～關係兩邊要～②〈方〉懲治；收拾。

動詞義項的配例數量都說明了相同的事實：多數義項有
配例的都為 1–2 個，其次為 3 個；4 個以上配例的情況非常
少。

二、動詞配例的類型及排列規律

《現代漢語詞典》的例證放在詞目的釋義之後，例證中
遇本條目，用「～」代替，只有一個例證時，結尾用句號，
不止一個例證時，例與例之間用「｜」隔開，最後一個例證
後加句號。例證是詞典的一個重要組成部分，從配例所屬的
語言單位層級來看，《現代漢語詞典》的配例可分為三類：
詞、詞組和句子。

按理說，詞作為配例是體現語素與語素的組合，即詞典
中單字條目不成詞時所給的配例，這時單字條目不標注詞
類，目的是為了體現其語素的構詞能力，如；【蓄】（心裡）
藏著：～意｜～志。這個單字條目「蓄」的第 3 個義項，未

標注詞類（前兩個義項標注為動詞），所配的兩個例證，都是動詞，且在詞典中作為單獨的詞條目出現。單字條目可以單用時，會標注詞類，用例一般為詞組和句子，體現其作為詞的語法特點；多字條目的配例多為詞組和句子，主要是為了體現其用法。但是有時標注詞類的單字條目所給的配例中也存在詞的語言形式，並且這個詞的語言形式也以詞典的條目出現，這是因為以前未標注詞類時的詞典著重點在於語義的解釋，不太注重語法的搭配及照應。

因此《現代漢語詞典》中動詞的配例有三種語言單位：詞例、詞組例、句例。另外，將三者混合的情況也大量存在，可以稱為混合類。

（一）詞形式的配例

《現代漢語詞典》用詞的語言形式作例證的主要是給不成詞的語言單位（語素）說明其組合功能，給標注詞類的詞條目作例證都是不合適的。《現代漢語詞典》動詞的配例中也出現這類情況。主要表現為以下幾種形態。

一是單音節動詞的配例，配例有雙音節詞，也有三音節詞或四音節詞（這裡面有一般的標注詞的詞，也有未標注詞類但立了條目的相當於詞的習語、熟語、固定詞組）。

【打1】〔動〕①用手或器具撞擊物體：～門｜～鼓。（共兩個例證，第 1 例為詞組，詞典中無這個詞條目；第 2 個例證「打鼓」是個離合詞，又作為詞的條目出現在詞典中，且為動詞。）

【打1】〔動〕④發生與人交涉的行為：～官司｜～交道。（共兩個例證，這兩個例證又作為詞的條目出現在詞典中，但未標注詞類。）

【答】〔動〕回答：對～｜一問一～｜～非所問。（共三個例證，第 1 個「對答」是標注為動詞且出現在詞典詞條目中的雙音節詞，第 3 個例證也作為詞典的條目出現，但未標注詞類，是相當於詞的固定詞組──成語。）

【喝】〔動〕大聲喊叫：吆～｜～問｜大～一聲。（共 3 個例證，前 2 個都是作為詞典的詞條目出現，都標注為動詞。後一個為多層次的動補結構的短語。）

【蓄】〔動〕儲存；積蓄：儲～｜～洪｜～電池｜池塘裡～滿了水。（這個單音節詞條目的第 1 個義項，配了四個例證。前兩個例證都是雙音節動詞，在詞典中作為詞條目出現；第 3 個是三音節名詞，也在詞典中作為詞條目出現。只有第 4 個是完整的主謂句形式。）

二是雙音節的配例，配例有三音節形式且出現在詞典的詞條目中，三音節條目標注詞類的是詞，未標注詞類的條目是相當於詞的固定詞組──成語慣用語。也有四音節的相當於固定詞組形式，往往不標注詞類。

【敘事】〔動〕敘述事情（指書面的）：～文｜～詩｜～曲。（這個雙音節動詞配例有 3 個，其中第 2 個例語「敘事詩」作為詞典的詞條目出現且標注為名詞，這個是專有名詞。）

【賀年】〔動〕（向人）慶賀新年：～片。（只有 1 個例證，這個例證又出現在詞典的詞條目中，標注為名詞。）

【對答】〔動〕回答（問話）：～如流｜問他的話他～不上來。（這個雙音節詞條目配了 2 個例證。前 1 個例證是四音節詞，在詞典中作為詞條目出現，未標注詞類，是成語；後 1 個是完整的主謂謂語句形式。）

【成風】〔動〕形成風氣：蔚然～。（這個例證作為詞的條目出現，但未標注詞類，是個相當於詞的成語。不過，蔚然也在詞典中作為形容詞的條目出現。）

（二）詞組形式配例

《現代漢語詞典》例證的主要語言形式是詞組。語組也稱短語或結構。詞組形式的配例可以體現詞與語義和語法搭配。詞組配例的特點首先是簡明扼要。篇幅不長，往往是 2 個實詞且只有 2 至 4 個音節，詞條目的語義功能和語法功能都能得到一定的體現，對讀者正確使用詞目有幫助。其次典型實用，詞典所收詞目多義項多，而篇幅又不允許無限大。就要求配例儘量體現條目或義項的主要特點，補充或彌補詞目、義項釋義上的不足。從語義上考慮，盡可能以社會生活中出現頻率較高的詞組形式來配例，典型實用可以保障。不過，同時要考慮詞的語法功能及詞類標注，有的例證就不一定典型實用。

【吃1】〔動〕把食物等放到嘴裡經過咀嚼咽下去（包括吸、喝）：～飯｜～奶｜～藥。（單音節動詞的 3 個配例，都是雙音節的述賓結構。）

【犯】〔動〕抵觸；違犯：～法｜～規｜～忌諱｜眾怒難～。（單音節動詞，共 4 個配例，前 2 個為雙音節述賓結構，第 3 個為三音節述賓結構，第 4 個為四音節主謂結構的慣用語。）

【安定】②〔動〕使安定：～人心。（雙音節動詞的配例為述賓結構，共 2 個詞，4 個音節。）

【公募】〔動〕以公開方式向社會大眾發售證券等募集（資金）：～基金。（雙音節動詞的配例為述賓結構，共 2

個詞，4 個音節。）

【叢出】〔動〕大量出現：問題～｜佳句～。（雙音節動詞共兩個配例，均為主謂結構，都是 2 個詞，4 個音節。）

（三）句子形式的配例

句子形式，跟詞和詞組形式，並非是組合關係而是實現關係，即詞或詞組加上一定的語氣語調就變成了句子。《現代漢語詞典》中的所有配例只有在最後一個中才標點句號，多個例證中間用「｜」，嚴格來說分不清詞組與句子。把由多個實詞（3 個以上）且多音節（5 個音節以上）的非約定俗成固定短語形式的詞組形式都歸入句子形式，其中主要是主謂結構，因為主謂結構最易獨立成句；如果配例的語言形式中有時態助詞「著、了、過」或語氣詞「吧、嗎、了」等，或前面有獨立語，或是複句形式，或中間有標點符號，都看成是句子形式。句子形式由於篇幅比詞組大，提供的更多能理解詞義及用法的語境，便於使用者準確把握。

【返遷】〔動〕從某地遷出後，重又返回原處居住：拆遷戶一年後～。（例證有 8 個音節，非約定俗成的固定詞組，是主謂結構句子形式。）

傍①〔動〕靠；靠近：船～了岸你～我這邊坐吧。（兩個例證都非約定俗成的固定詞組，是主謂結構句子形式，且有句子標誌，第 1 個有時態助詞「了」，第 2 個有語氣詞「吧」。）

【聚談】〔動〕聚在一起談論；相聚交談：同事們在一起～見聞｜約幾個朋友來此～。（又音節動詞有兩個配例，配例分別有 10 個音節、9 個音節，且這些形式並且是約定俗成的固定詞組形式。第 1 個是主謂結構句子形式，動詞在

其中參與構成述賓結構；第 2 個是連謂結構句子形式。）

【養活】〈口〉①供給生活資料或生活費用：他還要～老母親。②飼養（動物）：農場今年～了上千頭豬，上萬隻雞。（詞條目有兩個義項，每個義項都只有一個配例，分別有 8 個音節和 15 個音節，且都不是約定俗成的固定詞組形式，都是主謂句子形式。）

【做戲】〔動〕②比喻故意做出虛假的姿態：他這是在我們面前～，不要相信。（條目的第 2 個義項，有 1 個配例，是複句形式，前一個分句是主謂結構。）

（四）綜合形式

某一個義項的配例有多個，配例的語言形式不止是單一的一種，由詞例、詞組配例、句子配例中兩種或三種綜合在一起使用。使配例更加全面，更能體現詞的語法特徵，更有利於資料查閱者的使用。詞組例重簡約，句例重語境，組合例融合了詞組例和句例的優點，因而既能體現詞典編纂要求的簡明原則，又能便於使用者理解被釋詞語。

【稱絕】〔動〕叫絕：拍手～｜看了演員的精湛表演，觀眾無不～。（這個義項共 2 個例證，第 1 個是連謂詞組，4 個音節；第 2 個配例有 15 個音節，且不是約定俗成的固定詞組，是主謂結構句子形式。兩種不同語言形式的例證綜合使用，對義項的意義和用法揭示得要全面些。）

【外購】〔動〕向外國或外地購買，也泛指從外部購買：～原材料｜這種藥必須～。（這個義項共 2 個例證，第 1 個是述賓詞組，5 個音節；第 2 個配例有 7 個音節，且不是約定俗成的固定詞組，是主謂結構句子形式。）

【總裝】〔動〕把零件和部件裝配成總體：～車間汽輪發電機組正在進行～調試。（這個義項共 2 個例證，第 1 個是偏正定中詞組，4 個音節；第 2 個配例有 14 個音節，且不是約定俗成的固定詞組，是主謂結構句子形式。）

三、動詞義項與例證的配合情況

據徐樞、譚景春的說明：一般動詞的語法功能是能夠做謂語（他知道），能帶「了、著、過（來了、站著、檢查過）」，能受「不」或者「沒」否定（不看、沒回來），大多能夠帶賓語（吃蘋果）或補語（洗乾淨），一般不能受程度副詞「很、太」等修飾，如果能受程度副詞修飾同時還能帶賓語的仍然劃歸動詞（很喜歡他）。這裡面最能體現動詞特點的只有一條，即帶賓語，其他都跟形容詞的功能相同。

依據這個標準，我們把動詞義項的例證分為三種情況，一是例證（例詞、例句）中的動詞能較好的體現動詞的主要語法功能；二是例證中的動詞不能很好的體現動詞的主要語法功能，或只能體現次要功能，或為無效配例。三是前兩種情況的混合，即同一義項的多個例證中既有體現主要語法功能的配例，也有體現次要語法功能的配例或無效配例。

（一）體現動詞主要語法功能的例證

根據詞典的例證字數有限的特點，例證要體現動詞的主要語法功可以有這幾個方面：一是配例是主謂結構，動詞作句子或詞組的謂語部分；二是動詞所在的直接成分中是述賓結構（動賓結構）或述補語結構，作句子或詞組的動語（述語）部分，後帶賓語或補語；三是動詞所在的直接成分是狀中結構，作狀中結構的中心語；四是動詞所在的直接成分是

謂詞性聯合結構或連謂結構。

1. 主謂結構或主謂句中，單獨作謂語（句子後可出現時態助詞）

【激增】〔動〕（數量等）急速地增長：產值～。（主謂結構中作謂語。）

【飆高】〔動〕（價格等）急速升高：油價～。（主謂結構中作謂語。）

【拉吹】〈口〉〔動〕①（事情）失敗；沒成功：他倆的婚事～了｜這宗生意～了。（兩個配例都是主謂句中作謂語，句末出現時態助詞「了」。）

2. 作述語，後接賓語或補語

（1）述賓結構或在句子的某個直接成分的述賓結構中，後接賓語，動詞後可出現時態助詞。）

【甘當】動①情願充當（某種角色）：～無名英雄。②情願承當（某種責任或處罰）：～重任｜～重罰。（述賓結構，動詞充當述語，所帶賓語為體詞。）

【不敵】〔動〕不能抵擋；比不過：實力～對手。（主謂結構中，謂語部分為述賓結構，動詞充當述語，所帶賓語為體詞。）

【合租】〔動〕共同租用：兩個人～了一輛汽車。（主謂結構中，謂語部分為述賓結構，動詞充當述語，動詞後出現了時態助詞「了」，所帶賓語為體詞。）

【回購】〔動〕賣方把已經賣出的商品、證券等重新買回：公司決定～問題汽車。（述賓結構「回購問題汽車」是

句子的謂語部分下位直接成分「述賓結構」的「賓語」部分，「回購」後帶體詞性賓語。）

【拋撒】〔動〕撒出去（多用於固體）：往海裡～骨灰。（狀中結構的下位直接成分述賓結構中充當述語，後接體詞性賓語。）

【直視】〔動〕目不旁視，一直向前方看：上課時，他兩眼～著老師或黑板。（主謂謂語句裡的謂語部分（主謂結構）中的下位直接成分（述賓結構），動詞後出現了時態助詞「著」，動詞後帶體詞賓語。）

（2）作述語，後接補語

【盛行】〔動〕廣泛流行：～一時。（述補結構，後接時間補語）

【承允】〔動〕承諾應允：他也沒多想，便～下來。（複句的第 2 個分句中，狀中結構的中心語為述補結構，動詞作述語，後接趨向補語。）

【失散】〔動〕離散；散失：找到了～多年的親人。（述賓結構的下位直接成分定中偏正結構中的定語為述補結構，動詞作述語，後接時間補語。）

【篩查】〔動〕像過篩子一樣地仔細檢查或排查：這次體檢～出一些人血脂高。（主謂句中謂語（述賓結構）的直接成分述語部分是一個述補結構，「篩查」後接結果補語。）

3. 作狀中偏正結構的中心語

【奔波】〔動〕忙忙碌碌地往來奔走：四處～｜不辭辛苦，為集體～。（兩個例證都為狀中偏正結構的中心語，中心語為動詞，第 1 個配例為處所名詞作狀語，第 2 個配例為

介語結構作狀語。）

【發怵】〈方〉〔動〕膽怯；畏縮：初次登臺，心裡有點兒～。也作發怵。（主謂句中謂語部分是狀中偏正結構，中心語為動詞，狀語為程度副詞。）

【查結】〔動〕審查並了結：案件已經～。（主謂句中謂語部分是狀中偏正結構，中心語為動詞，狀語為時間副詞。）

【加溫】〔動〕①使溫度增高：利用工廠餘熱為養魚池～。｜②比喻加強措施，促使發展：為海外漢語教育～。（第1個配例是連謂結構中後一個直接成分狀中偏正結構，中心語為動詞；第2個配例是狀中偏正結構，中心語為動詞。）

【示好】〔動〕（用言行）表示友好：百般～｜用讓步向對方～。（兩個例證都為狀中偏正結構的中心語，中心語為動詞，第1個配例為處所名詞作狀語，第2個配例為介語結構作狀語。）

【護漁】〔動〕為保護海上漁業生產和漁業資源進行巡邏警戒：巡邏艇經常在海上～。（主謂句中謂語部分是狀中偏正結構，偏正結構的下位直接成分又是偏正結構，中心語為動詞，狀語為介詞結構。）

4. 動詞性聯合結構或連謂（連動）結構中的直接成分

【調卷】〔動〕提取案卷、考卷：～複審。也作吊卷。（連謂結構的前項直接成分，兩項皆為動詞。）

【借勢】〔動〕①藉機會；趁勢：在銷售旺季～推出新產品。（在句子中作連謂結構的前項直接成分，兩項皆為動詞或動詞短語。）

【借勢】〔動〕②借助某種權勢：小人～得志。（在句子中作連謂結構的前項直接成分，兩項皆為動詞或動詞短語。）

【通便】〔動〕使大便通暢：喝蜂蜜水可以潤腸～。（主謂結構中謂語部分的直接成分為偏正狀中結構，中心語是動詞性聯合結構。）

【掃貨】〔動〕指在市場上大量地購買貨品：平時沒空兒，只能趁週末到超市去～。（在「去～」的連謂結構中作直接成分，兩項皆為動詞。）

【探班】〔動〕到影視拍攝、戲劇排練、體育訓練等場地去看望親友：他打算到妻子的拍攝現場去～。（在「去～」的連謂結構中作直接成分，兩項皆為動詞。）

【制熱】〔動〕用人工方法取得高溫：～採暖。

（二）配例體現動詞次要語法功能

動詞除了主要語法功能之外，還有次要語法功能，比如說作主語、賓語、狀語等。詞典如果只用次要語法功能作為例證，那不能很好地體現動詞的特點，對讀者很好地分辨詞類不能說是有利的。但是如果一個句法結構中要求主語、賓語等位置強制要求動詞性詞語出現，那麼例證也正好體現了動詞的特點。

5. 作主語

郭銳認為有 3% 的動詞能作主語。可以看出這在整個現代漢語動詞中占比不高。《現代漢語詞典》的例證中作主語的動詞，都是雙音節動詞。如：

【交友】〔動〕結交朋友：交友要慎重。（在主謂句中作主語，謂語為「需要、要求」義，這類謂語要求主要是動作性詞。）

【入市】〔動〕進入市場：投資有風險，～需謹慎。（在複句的後一個分句裡充當主語，謂語「需」表示「需求、要求」義。）

【交好】〔動〕互相往來，結成知己或友邦：兩國～｜～有年。（共兩個例證，第 1 個例證中作謂語，已經體現了動詞的主要特點；第 2 個例證中作主語，謂語為書面語動詞，描述評價主語的時間，「交友有年」是慣用格式。）

【教導】〔動〕教育指導：～有方。（主謂結構中作主語，謂語為書面語動詞，描述評價主語的性質，「教導有方」是慣用格式。）

【教授】〔動〕對學生講解說明教材的內容：～數學｜～有方。（共兩個例證，第 1 個例證中作述語帶體詞賓語，已經體現了動詞的主要特點；第 2 個例證是在主謂結構中作主語，謂語為書面語動詞，描述評價主語的性質。「教授有方」是慣用格式。）

【解題】〔動〕②理解或解釋詩文等的題旨：由於～有偏差，這篇評論未能擊中要害。（在複句的前一個分句裡充當主語，是一個自主持續性動詞，謂語由含「有」字的述賓結構充當，表示「評價、描寫」義。）

【警備】〔動〕警戒防備：～森嚴（在主謂結構中做主語，形容詞「森嚴」充當謂語描述評價事件或環境性質。）

【救場】〔動〕戲劇演出中，因演員生病或其他緣故造成誤場而有停演可能時，由另外的演員頂替上場：～如救火。

【藥補】〔動〕吃補藥補養身體：～不如食補。

【藥療】〔動〕用藥物治療：～不如食療。

（以上 3 個動詞條目的義項配例中，都做主語結構的主語，謂語是包含了「如」字類的「屬性」動詞構成的述賓。屬性動詞包括「等於、好像、如同、好比、屬於」等等，表示相等、比較關係或包含義。屬性動詞要求主語的詞性跟其賓語的詞性相同，或意思相似。）

《現代漢語詞典》例證中做主語的動詞義項還有：棄嬰、起筆、隔行、激賞、寫景、教練、聽話、進退、警備、往來、來去、累世、相形、立腳、終選。

《現代漢語詞典》例證中的作主語的動詞都是雙音節動詞，直接作主語的動詞，對謂語有一定的要求限制。王淑華的研究發現，作主語的動詞要求具有強指稱性，具有〔＋自主＋持續〕的特徵。動詞作主語，要求謂語是對主語進行評述和判斷之類的詞。一是表示「判斷、詮釋」義，如「等於、如同、屬於、顯示」等；二是表示「評價、描寫」義，如「可以、應該、有、存在、包含」等；三是表示「使成、影響」義，如「制約、推動、引起、導致、變成」等；四是表示「需求、憑靠」義，如「需、需要、依靠、借助」等；五是表示「開始、結束」義，如「進行、開始、停止、結束、完成」等。

從所有配例來看，基本在這些要求之內。《現代漢語詞典》共有 41 個作主語的配例，占全部動詞配例的 0.15%。

6. 作賓語

朱德熙在《語法講義》裡提出「只有謂賓動詞能帶謂詞性賓語」。謂賓動詞要求它的賓語在意念上是表示判斷或一種行動。郭銳認為 13% 的動詞能作賓語。

【暗算】〔動〕暗中圖謀傷害或陷害：險遭～。（動賓結構中作賓語，動詞賓語表示行動。）

【兵變】〔動〕軍隊嘩變：發動～。（動賓結構中作賓語，動詞賓語表示行動。）

【兵諫】〔動〕用武力脅迫君主或當權者接受規勸：發動～。（動賓結構中作賓語，動詞賓語表示行動。）

【複檢】〔動〕複查：這批產品的品質需要～。（主謂結構的謂語部分——動賓結構中作賓語，動詞賓語表示行動。）

【他律】〔動〕自由身以外的力量強制約束：道德是自律，法律是～。（主謂結構的謂語部分——動賓結構中作賓語，動詞賓語表示判斷。）

【用兵】〔動〕指揮、調遣軍隊作戰：善於～～如神。（兩個例證，第 1 個作賓語，表示一種行動；第 2 個例語是主謂結構中作主語，表判斷義。）

在配例中充當賓語的動詞還有：兵變、稱讚、假冒、窖藏、空談、扣題、糜費、默認、目見、槍擊 2、食補、他律、退庭、玩味、瞎扯、瞎吹、新交、形似、差口、雪藏、壓秤、移交、意會、優生、玉碎、預卜、允許、載客、增刪、掌燈、爭議、置評、重責、著作、轉行、轉職、裝假、追尾、自理、作死、奏效、走神兒、走動、一陣風、炮擊（單一配例）。

腐敗、外銷、警戒、兇殺、救援、謀殺、潛水 3、增補、助讀、專任、裝飾 2、內銷、暗殺、警備、用兵（另有別的配例）。

動詞充當賓語的配例 75 條，約占動詞配例數的 0.29％。

7. 作定語

（1）配例中雙音節複合支配式動詞作定語。「現代漢語中的支配式動詞都是由古代漢語或現代漢語中的動賓短語演而來的，具有弱及物性。」（吳錫根，1999）雙音節支配式動詞的內部結構凝固度相對低，由於動詞內部支配與被支配的關係得到滿足，「動語素＋名語素」後接名詞往往不再構成述賓結構，而是偏正結構。

【敘事】〔動〕敘述事情（指書面的）：～文｜～詩｜～曲。（共3個配例，其中「敘事詩」作為詞條目出現，且標注為名詞。其他兩個是定中偏正詞組。）

【販假】〔動〕販賣假冒偽劣產品：嚴厲打擊制假～行為。（配例為句子形式，動詞與後面的名詞「行為」構成定中偏正詞組作「打擊」的賓語。）

【改容】〔動〕①改換面容：～手術。（配例為定中偏正結構。）

【難人】①〔動〕使人為難：這種～的事，不好辦。（配例為主謂結構句子形式，動詞加「的」接名詞構成定中偏正結構。）

這類動詞有：閉眼、參天、成堆、成活、斷檔、斷代、定向、帶頭、帶菌、販假、改容、公知、過火、候任、護岸、換手、減碳、減震、離岸、利人、利他、領位、領漲、暖場、排他、排位、陪餐、陪聊、親民、傾城、入場、色誘、失群、嗜血、收官、塑身、套牌、調酒、透水、玩火、襲警、選秀、搖號、引智、約稿、在朝、製片、助學、注水、坐台、續航、轉型、助殘、制假、制黃、執業、展業、造血、用工、揚塵、下水、吸儲、畏難、維權、違心、脫困、通竅、掏心、送站、

棄耕、批租、逆風、難人、沒影兒、領軍、立法、離心、坑
農、開國、絕世、糾風、結業、航空、隔夜、分期、創始、
驗資、敘事、遮陰、掌灶、掌勺兒、托身、升旗、挑腳、思
古、討飯、收音、調味、入院、入學、寄生、容人、嘔心、
擬古、媚世、錄音、錄影、鏤空、留題、臨終、裂璺、聯誼、
理髮、拉鋸、虧本、墾殖、考勤、抗暴、勘誤、開學、活命、
會客、畫圖、候車、候診、賀歲、放生、防疫、防毒、反間、
防彈、發蒙、協約、違紀、亡命、違規、脫脂、退兵、窩贓、
衛道、違禁、拓荒、提花、通信、警世、戒懼、戒毒、解擾、
截流、截稿、接櫃、交戰、降噪、兼職、加油、繼位、紀事。

（２）配例中雙音節聯合式動詞作定語

聯合式動詞由兩個動語素構成，具有較強的做定語能
力。

【辦結】〔動〕（案件、議案等）辦理並了結：～率。
（一個配例，作定語。）

【參訪】〔動〕參觀訪問：～團。（一個配例，作定語。）

【操作】〔動〕按照一定的程序和技術要求進行活動或
工作：～方法｜～規程。（兩個配例，均作定語。）

【批鬥】〔動〕批判鬥爭：～會。（一個配例，作定語。）

【伸縮】〔動〕比喻在數量或規模上作有限的或局部的
變動：～性沒有～的餘地。（共２個配例，前一個定中偏正
結構，像一個詞，但詞典中沒有「伸縮性」這個詞條目，因
此看成詞組；後一個是在句子中充當後面名詞「餘地」的定
語，有助詞「的」連結。）

《現代漢語詞典》作定語的聯合式動詞有：辦結、參訪、
操作、導醫、奉安、繪染、接駁、禁放、輪候、滅活、毆鬥、

烹製、批鬥、起征、殺伐、視唱、受損、縮略、訓導、印製、
淤滯、造成、轉診、糾察、揭示、講習、見證、檢錄、譏嘲、
盥漱、勾兌、銷蝕、演播、填充、收報、思辨、思維、掃描、
虛懸、收入、伸縮、來訪、來犯、開解、入侵、卵翼、領屬、
投注、守望、醫療、休止、障礙、過渡、盥洗、掛漏、歌詠、
紡織、戀慕、操作、起止、判決、收視、繼承、滾沸。

（3）配例中雙音節偏正式動詞作定語

偏正式動詞的構成為「修飾成分語素＋動語素」，「修
飾成分語素」從時間、空間、結果、程度、狀態等方面對謂
語中心語進行限制，如：

【筆立】〔動〕直立：～的山峰。（1個配例，義為像
筆一樣直立，作定語，有標記「的」。）

【邊檢】〔動〕邊防檢查：加強～工作。（1個配例，
作動賓結構詞組中賓語部分——定中結構的直接成分定語。）

【秒殺】〔動〕②泛指在極短的時間內就結束：～價（在
短時間內就結束的優惠價）。（1個配例，作定中結構的直
接成分定語。）

【總裝】〔動〕把零件和部件裝配成總體：～車間汽輪
發電機組正在進行～調試。（2個配例，第1個配例作動賓
結構詞組中賓語部分——定中結構的直接成分定語，第2個
是句子中定中結構的定語。）

《現代漢語詞典》作定語的偏正式動詞：筆立、邊檢、
初創、殘餘、餐敘、短訓、多輸、對立、典藏、盜版、高消
費、過勞死、過氣、慣用、公派、副修、斧鑿、輻射、浮游、
豐產、分診、合租、後工業化、厚德、既定、寄讀、精編、
絕命、假想、寄宿、未竟、刊用、空欄、聯程、立交、類似、

累進、農墾、魅惑、黴變、裸視、夢遊、秒殺、民調、難言、
內生、逆推、群租、三陪、商演、水洗、通勤、同源、托收、
危改、無價、誤讀、纖體、狂歡、懇談、軍購、角鬥、狙擊、
競拍、進行、技改、海歸、特約、速凍、刑偵、先驅、武打、
彈跳、速成、實幹、試用、隨訪、即溶、喬遷、清燉、前瞻、
起訴、陪練、情殺、爬行、終審、餘存、藥用、巡醫、懸浮、
斜射、雙贏、深加工、軟著陸、潛虧、量化、控購、軍演、
競銷、接力、荒廢、緩衝、滑溜、戶均、函授、復合、復讀、
短打、常住、治保、游離、突擊、年均、林墾、勞教、內服、
恐嚇、空降、狂想、譯著、慣用、現存、新婚、殉葬、遊走、
醫改、御制、原唱、預警、增訂、主創、主修、自閉、自駕、
自戀、自用、自薦、總裝。

如果動詞所給的配例只有作定語的，那它不能很好地體
現動詞典型的特徵或功能，還可能讓學習者產生誤會，以為
這個動詞只能作定語而沒有其他的功能。

四、配例不太能體現動詞的功能或特徵

詞典標注為動詞，從例證中不易看出組合功能，或。還
有詞典雖然標注詞條目或義項為動詞，但是所給例證難以看
出這是不是動詞，這有兩種情況，其一這是動詞，但配例不
太好；二配例沒什麼，反而印證詞類標注有問題，即不能標
為動詞。這樣的標注與配例配合對學習者理解詞的功能用法
作用不大。

（一）配例與下一個詞條相同，不易讓人看出它的組合
功能。

【對號】①〔動〕查對相合的號數：～入座。2 與有相

事物、情況相對照，相互符合：理論要與現實～｜他說的與實際對不上號。

【對號入座】比喻把有關的人或事物跟自己對比聯繫起來，也比喻把某人所做的事跟規章制度相比，聯繫起來。

複合動詞「對號」的第一個義項的例證只有一個「對號入座」，但是下面就有「對號入座」的詞條，「對號入座」釋義為「比喻……」。那說明「對號入座」有兩種意思，一是本義，二是比喻義。本義是一般詞組，由兩個詞構成。比喻義是固定詞組，不能分開。但是「對號」的例證，就少了，不能提供更多的搭配資訊。

「對號」第二個義項的第二個例證中出現的是「對不上號」，說明「對號」是個離合詞，但對這一用法，從詞典難以反應更多的資訊。

同樣的處理情況也發生在複合動詞「對症」上。

【對症】〔動〕針對具體的病情：～下藥。

【對症下藥】比喻針對具體情況決定解決問題的辦法。

複合動詞「對症」的例證只有一個，且跟下面的詞條「對症下藥」重合。那麼它的其他搭配組合是什麼，詞典也沒有提供更多的資訊。

查語料庫「對號」搭配最多的是「對號入座」，也還可以找到其他例證，如「查票的時候也不用對號」「月票、季票和半年票不對號。」等等。「對症」搭配最多是「對症下藥」。但是還是能找到其他例證。如「對症治療、對症處理、吃藥不對症」等等。

而複合詞「防毒」只有一個配例，用的是作定語的功能。

但是這個配例是下一個詞條。

【防毒】〔動〕防止毒物對人畜等的危害：～面具。

【防毒面具】戴在頭上，保護呼吸器官、眼睛和面部，免受毒劑、細菌武器和放射性物質傷害的器具。

這兩個詞條也跟前述「對號」、「對症」一樣，且不是比喻義，那這個「防毒」的例證就沒有提供更多的用法，可以換成另外的例證，或加上能反應它作為動詞主要用法的其他例證。如語料庫中有更好的例證：「（魚肉）不但能排毒減肥，更能防毒。」

（二）所給例證看不出是動詞

【好了】①〔動〕用在句首，表示結束或制止：～，今天就談到這裡｜～，別再吵了！②〔助〕……。③〔助〕……。

這裡「好了」標注為動詞，這個詞語條目本身大為可疑，一是「好」與「了」是通過什麼方式來構成一個新的詞？就目前所有的方式找不到。二是同一個詞，三個義項之間的所屬詞類的差別巨大，一般正常的動詞從來沒有這麼跨類的。三是它的多數義項（如第 2、第 3）為助詞，是虛詞，所表示的意義卻並不那麼虛。四是第一個義項並本身非表示結束或制止（不是動詞的動作義），而是在句子中作獨立語（插入語）時表示「結束或制止」的句子意義。如果這個詞條目成立，也同意第 2、第 3 個義項詞類的標注，那麼第 1 個義項只能標為感歎詞，表示結束、制止的感歎義，獨立性強，不跟其他句法成分發生結構有關係。當然也可以不成詞，本來就是詞語，是「好」這個詞與「了」這個詞，共兩個詞。

除了這些外，還有「行了」、「對了」等。

第六章 含動語素屬性詞標注與例證的 配合情況

一、關於屬性詞

屬性詞，也稱「非謂形容詞」（呂、饒，1981）、「區別詞」（朱德熙，1982）。

《現代漢語詞典（第 5 版）》（簡稱「第 5 版」）第一次標注了屬性詞，標注為屬性詞的詞條目共有 562 個，屬性詞義項的有 628 個，並在詞條中釋義為「屬性詞只表示人、事物的屬性或特徵，具有區別或分類的作用。屬性詞一般只能做定語，如『男學生、大型歌劇、野生動詞、首要的任務』中的『男、大型、野生、首要』，少數還能做狀語，如『自動控制、定期檢查』中的『自動、定期』」。

對屬性詞的關注以前主要集中在屬性詞作句法成分以及功能的遊移等方面，其他方面關注較少。下文從來源、語義、搭配、定位、黏著等角度考察屬性詞，以期對屬性詞有全面認識。

（一）屬性詞的來源

1. 詞類來源

如果從獨立成類的過程來看，屬性詞是從傳統語法中的名詞、動詞、形容詞中脫離出來的一類詞。呂叔湘、饒長溶先生〈試論非謂形容詞〉問世之前，漢語還未設立這麼一個詞類，普通人對它還知之甚少，業內人士對它認識也不全面。上世紀 90 年代以後國內出版的漢語語言學教科書多以「區別詞」命名，為它在詞類系統中單列了一個席位，它的特點才逐漸為大家所認識。屬性詞是呂叔湘第一次提出的，卻並沒有給它一個獨立的類，而是把它放在形容詞類別中，命名也是「非謂形容詞」。第 5 版延續了呂先生的觀點，仍把它當作形容詞下的一個小類或附類，命名是正式的「屬性詞」。

2. 個體屬性詞來源

每一個具體的屬性詞的來源，都跟人們對漢語詞的認識以及切分詞的單位密切相關。如「家用電器」，如果不切分，這四個音節便是一個名詞，指稱事物。如果再作一次切分，那麼可以得到兩個詞：「家用」和「電器」。「電器」不會再作切分，因為「器」是不能獨立單說的語素；「家用」卻可以再切分「家」和「用」。不過，人們對漢語的詞有個認識模式，即雙音節化。所以「家用」往往不再切分而看成是一個詞。「家用」這個詞如果要歸類的話，只能歸為屬性詞，因為它只能作定語。

屬性詞的產生往往跟新詞語密切相關。為了表達新概念或區分事物新屬性而產生的屬性詞特別多，在原詞義基礎上產生新義而成為屬性詞的也不少。以新興屬性詞為例說明。

統計發現，第 5 版標注為屬性詞的，第 2 版有 146 個未收錄；146 個屬性詞在第 4 版中附列為新詞的 12 個（程控、大牌、低齡、頂級、反季、仿真、剛性、高發、綠色、不爭、主打、重頭），作為新詞的一部分（如「灰色收入」、「自動扶梯」）的 2 個，增補新義有 4 個（短線、長線、夕陽、重頭）。可見 20 多年來，屬性詞的變動非常大，其產生的主要來源是新詞語、新概念。

（1）新概念、區分新屬性

這又有二種情形，一是仿造結構，一是直接切分。

（2）仿造結構

《現代漢語詞典》第二版（1983 年版）沒有出現而第 5 版標注的屬性詞，有很大一部分是在原有詞基礎仿造一個新詞表現新概念的，下列例子中括弧外是屬性詞，括弧內的是原有的詞，原有詞並不都是屬性詞。如：城際（國際）、短程（遠端）、二年生（多年生）、負面（正面）、公立（私立）、高危（高頻）、農用（軍用）、舊式（新式）、劣質（優質）、民營（國營）、輕型（重型）、弱能（弱智）、適婚（適齡）、藤本（草本）、往屆（應屆）、應季（應時）、雜食（肉食）。

（3）直接切分

指在口語中，我們往往先聽說整體的詞組，但在第 5 版切分為兩部分。這樣的情況更多。如：可攜式（～電腦），超一流（～棋手），磁控（～開關），大牌（～球星），反季（～蔬菜），仿真（～手槍），家養（～動物），客座（～教授），空中（～信箱），立體（～電影），名優（～產品），全優（～工程），實木（～傢俱），實生（～苗木），特快

（～郵件），偽劣（～商品）。

　　（4）由新義而產生

　　指通過比喻、引申、象徵等產生。如：地下（～工作）、鋼鐵（～戰士）、灰色（作品）、老牌（～勁旅）、連環（～債）、裙帶（～關係）、雙料（～冠軍）、鐵杆（～衛隊）、新生（～事物）、業餘（歌手）。

　　第 2 版未收或還只有原義，到了第 4 版、第 5 版中由原義所產生的新義項成了屬性詞。如：短線（～投資）、頂尖（～大學）、處女（～作品）、灰色（～收入）、黃金（～時代）、高層（～職務）、綠色（～食品）、立體（～戰爭）、三角（～戀愛）、鐵血（～青年）、夕陽（～產業）。

　　此外，李宇明（1996）認為，名詞加上標記「式、型、性」等，形容詞可以加上「色、牌、程、量、期」等，VP 緊縮等，可以造成非謂形容詞。這是從構詞來看屬性詞來源。

（二）屬性詞的語義及搭配

1. 屬性詞的類別意義

　　以前各家只照顧到屬性詞黏附在名詞之前的作定位飾詞的情況，說屬性詞表示事物的屬性或等級。如果要兼顧屬性詞修飾動詞、形容詞的類別意義，那就要加上「表示方式、性質、程度」等。如「硬性規定」、「地毯式排查」、「深度近視」中的屬性詞「硬性、地毯式、深度」等等。呂叔湘先生（1981）曾列出了 476 個「非謂形容詞」，認為其中 80 個既可以修飾名詞，也可以修飾動詞或形容詞。調查顯示，80 個「非謂形容詞」中只有 39 個仍被標為屬性詞，未標注屬性詞的有 41 個。這表明屬性詞已有部分發生了功能

遊移。並且 39 個中完全符合修飾名詞又能修飾謂詞的只有 21 個（詞典中有些處理為屬性詞兼副詞，有些從配例中難以看出這些功能）。這就是說屬性詞修飾謂詞作狀語的「方式、性質、程度」等類別意義的詞只占全部屬性詞的 3.8%。因此朱德熙（1982）、郭銳（2002）等把能作狀語的區別詞（屬性詞）處理為區別詞兼副詞，處理為兼類既可以在句法的簡單性上得到好處；即在區別詞、副詞與定語、狀語盡可能形成對應關係：區別詞（屬性詞）只能作定語或只能作定語的一定是屬性詞，副詞只能作狀語或只能作狀語的一定是副詞；同時，屬性詞的類別意義與副詞類別意義保持對立，即表示屬性或等級的是「屬性詞」，表示「方式、性質、程度」的是副詞。

2. 含動詞性成分的屬性詞修飾名詞或動詞都存在著規律性極強的語義結構關係。它們的搭配有幾種情況：

屬性詞內部語義結構為「方式或工具—動作」的，其修飾的名詞一定是屬性詞中動詞性成分的「受事」。如「原裝電腦」中的「電腦」與「裝」之間構成「動作—受事」語義結構關係。

屬性詞內部語義結構為「施事—動作」的，有兩種情況。一是動詞性只能跟施事成分有關係，不能跟受事構成語義結構，即只能有「施事—動作」；另一個是動詞性成分同時能與施事和受事成分構成語義結構，即可以是「施事—動作—受事」。前者，所修飾的名詞一定只能是施事，如「自動取款機」中「取款機」是「動」的施事成分；後者，一定是動詞性成分的受事，如「國營企業」中「企業」是「營」的受事成分。

屬性詞內部語義結構為「動作－受事」的，其修飾的名詞一定是施事。如「草食動物」中的「動物」是「食」的施事成分。

屬性詞內部有時「施事－動作」，有是為「動作－受事」的，那麼前者修飾的名詞一定是「生」的受事，即「親生兒女」；後者一定是「生」的施事，即「親生父母」。

屬性詞內部語義結構是兼「施事－動作」和「動作－受事」的，一定只能修飾動詞，即「貼身保衛」中的「保衛」，「貼身」變成了形式或方式義，即理解為「身貼身」。如果不是兼類，那麼它是「動作－受事」結構，一定只能修飾動詞性成分的施事，如「貼身保鏢」中的「保鏢」是「貼」的施事。

這樣看來，如果一個含有動詞性成分的詞所修飾的名詞不是施事名詞，也不是受事名詞，那麼這個詞一定不是屬性詞。

（三）屬性詞的「粘著」與「定位」

屬性詞是「定位的黏著詞」，更具體地說，是「位置總在前的黏著飾詞」。學者們對此沒有更深入地探討，所以操作起來，對「定位」和「黏著」的理解卻有不同。

「黏著與自由」、「定位與不定位」是語法學中非常重要的兩組概念。前者指能不能單說，後者指組合時位置是否固定（總在前，或總在後等）。

1. 黏著

這個形式特徵，對屬性詞來說至關重要。朱德熙（1982）

首先提出區別詞是黏著詞。但不能單說的語言單位有很多，語素也不能單說，所以第 5 版往往有所混淆。如「單人床」，被當作「單」這個屬性詞的配例，實際上「單」僅能作為語素，「單人」才能算作屬性詞（第 5 版沒有收錄「單人」這個詞）。像「雌蕊、雌兔，野獸、野兔，單衣、單褲，正文、正方形」中的「雌、野、單、正」在這裡均只能作為語素而不是屬性詞。它們作為屬性詞的形式卻是「雌雞、野花、單眼皮、正局長」等。即後面所飾的一定是詞而不能是語素。

在詞層面，大多數副詞、量詞、所有的虛詞都是「黏著」的。尤其是副詞，跟屬性詞有糾纏不清的關係。因為副詞也是定位的飾詞，且大多數也是黏著的。如果把屬性詞看作只能作定語的詞，副詞只看作狀語的詞就沒有糾纏。

「草食動物」，「草食」位置固定，在修飾詞語的前面，且不能單說，又只能黏附在所飾詞語前。這個詞語不是僅指一個詞，也可以是語（詞組）。如「聽裝奶粉」與「聽裝國產奶粉」。不過這個詞組的定語必須是屬性詞或其他表示質料、屬性或範圍的名詞；而不能是代詞、數量詞、動詞或非屬性類意義的形容詞。

「自動控制、貼身保護、小量試種、硬性規定」中的屬性詞都只能黏附在所飾詞語前。

2. 定位

屬性詞只能出現在所飾詞語的前面這一形式特徵，大家都認同。不過處理時，卻有時會疏忽。第 5 版，收詞條「地下」，第一個義項是名詞，「地面之下」；第二個義項標注為屬性詞，釋義用語為「祕密活動的、不公開的」，配例是「～黨｜～工作｜轉入～」。「轉入地下」中「地下」不是

修飾詞，出現在動詞後邊。可見「地下」不是屬性詞。

（四）小結

綜上所述，屬性詞的產生跟新概念新詞語息息相關，切分和仿造是其來源的兩個重要方面。屬性詞是定位、黏附性較強的黏著飾詞，其內部結構對其功能會產生重要影響；屬性詞表示事物的屬性或等級，少數屬性詞（修飾動詞時）表示動作的方式或性質，屬性詞與所飾詞語存在著較密切的語義結構關係。屬性詞絕大多數只作定語，小部分除了能作定語外還有做狀語。屬性詞能組合的實詞，絕大多數是名詞，少部分可以是謂詞。

二、《現代漢語詞典》中的屬性詞情況

（一）屬性詞配例的類型

1. 詞形式

【後備】①屬性詞。為補充而準備的（人員、物資等）：～軍｜～力量。（義項１有兩個配例，其中第１個配例是詞形，體現了「後備」的作為語素組的結構功能。在詞典中作為詞條目出現。）

【電熱】屬性詞。利用電能加熱的：～杯，～毯，～產品。（義項有三個配例，其中第１個和第２個配例都是詞形式，體現了「後備」的作為語素組的結構功能。雖然在詞典中沒有作為詞條目出現。但是「電熱杯」的「杯」是語素，「電熱毯」的「毯」是語素，它們組合在一起才是詞。）

【自動】③屬性詞。不用人力而用機械裝置直接操作的：～化／～控制／～裝置。（義項３有三個配例，其中第

1 個是詞形式，體現了作為語素組的結構功能，在詞典中作為詞條目出現，且標注為動詞。）

2. 詞組形式

屬性詞只有作定語或作狀語，所以只有定中詞組形式、狀中詞組形式，或兩者同時出現的情況。

【敵對】屬性詞。利害衝突不能相容的；仇視而相對抗的：～態度｜～勢力｜～行動。（1 個義項，3 個配例，都是定中偏正詞組。）

【變相】屬性詞。內容不變，形式和原來不同的（多指壞事）：～剝削｜～貪汙。（1 個義項，2 個配例，都是狀中偏正詞組。）

【靜態】②屬性詞。從靜態角度來考察研究的：～分析｜～研究。（義項 2 有 2 個配例，都是狀中偏正詞組。）

【通盤】屬性詞。兼顧到各個部分的：全盤；全面：～籌劃｜～安排。（1 個義項，2 個配例，都是狀中偏正詞組。）

【間接】屬性詞。通過第三者發生關係的（跟「直接」相對）：～傳染｜～選舉｜～經驗。（1 個義項，3 個配例，前兩個配例是狀中偏正詞組，後 1 個配例是定中偏正詞組。）

3. 句子形式

句子形式配例中包含單句和複句、有的全是單句、有的全是複句，也有單複句同時出現的情況。

【低耗】屬性詞。損耗或消耗較少的：這種產品具有高效、～、成本低的特點。（1 個義項，1 個配例，主謂句子形式。）

【橫向】屬性詞。②指東西方向的：京廣鐵路是縱向的，隴海鐵路是～的。（義項 2 有 1 個配例，是並列複句形式。）

（二）屬性詞內部分類標準

屬性詞的分類可以從多種角度來考察，一般來說可以有外部形態、內部構造、語法功能、語義等四個大的方面。具體如音節多少、構成屬性詞的語素之間的關係、修飾時是否加「的」、表屬性義或表指稱義等，還可以分為動核型、名核型、形核型三個次類；從其所飾屬性名詞來看，動核型屬性詞與可定動詞接近，但構造上該類屬性詞與動詞有差別，如屬性詞中沒有述補式，動詞中沒有主謂及狀中式；名核型屬性詞由於包含了屬性名語素，不能再修飾屬性名詞，它跟可定名詞有些差別；形核型屬性詞的詞義結構與形容詞差別最小；名核型屬性詞最多、動核型屬性詞次之，屬性型屬性詞最少。其中動核型屬性詞的內部構造可以揭示其修飾名詞類別的規律，這跟該詞的動語素及出現的名語素有關。除了修飾動作屬性名詞外，修飾其他名詞時是這個名詞一定是動語素的一個配價成分，修飾謂詞作狀語時其中的動語素的配價成分都已在屬性詞中出現。

功能上可分為如下三類：飾名須帶「的」，飾名不能帶「的」，飾名帶不帶兩可。

按屬性詞能否進入某一框架，《現代漢語詞典》中的屬性詞可分為以下幾種（SX 表示屬性詞，N 表示名詞，V 表示動詞，A 表示形容詞）：「SX ＋ N」格式，「SX ＋ V」格式，「SX ＋的」格式，「（是＋）SX ＋的＋ N」格式。

三、複合式屬性詞組合形式

（一）雙音節複合屬性詞

1.「SX＋N」結構

《現代漢語詞典》最主要的結合形式是「SX＋N」結構。其中含動語素屬性詞的例子如下：

【敵對】屬性詞。利害衝突不能相容的；仇視而相對抗的：～態度｜～勢力｜～行動。（三個配例都是直接修飾抽象名詞。）

含動語素的屬性詞內部結構不同，所修飾名詞跟動語素有不同的關係。

（1）所飾名詞為動語素施事或廣義施事成分

【肉食】屬性詞。以肉類為食物的：～動物。（配例中的「動物」是動語素「食」的施事成分。）

【便民】屬性詞。便利群眾的：～措施，～商店。（「措施」、「商店」為「便」動語素的廣義施事成分。）

【隔房】屬性詞。指家族中不是同一方的：～兄弟。（「兄弟」為「隔」動語素的施事成分。）

【頂尖】屬性詞。達到最高水準的：～大學，～人物。（「人物」為「頂」動語素的施事成分，「大學」可以看成是廣義施事成分。）

「肉食動物」構成的結構為「（受＋動）＋施」；「便民措施，便民商店」、「隔房兄弟」構成的結構為「（動＋受）＋施」。其他相似的複合屬性詞結構，還有「草食（動物）」、「貼身（保鏢）」等等。

（2）所飾名詞為動語素受事

【國立】屬性詞。由國家設立的（用於學校、醫院等）：～大學。（1 個義項，1 個詞組配例。）

【私營】屬性詞。私人經營的：～企業。（1 個義項，1 個詞組配例。）

【國營】屬性詞。由國家投資經營的：～農場，～企業。（1 個義項，2 個詞組配例。）

【公辦】屬性詞。國家創辦的：～學校，～企業。1 個義項，2 個詞組配例。）

上面幾個屬性詞的結構為「名語素＋動語素」大致構成「主謂式」或「陳述式」結構，它們修飾的名詞「大學」、「企業」、「農場」、「學校」等等都是動語素「立」、「營」的受事論元成分。並非所有「名語素＋動語素」都構成「主謂式」或「陳述式」結構，也有其它格式的，如：

【聲控】屬性詞。用聲音控制的：～電燈，～動物玩具。（「聲」為「聲音」，表示「控」的方式或工具。「聲控」這個屬性詞內部結構中不含施受論元成分，所修飾的「電燈」和「動物玩具」是受事論元成分。）

還有以下幾個也屬於「聲控」同樣的情況：

【法定】屬性詞。由法律、法令所規定的：～人數，法定婚齡，～計量單位，按照～的手續辦理。

【棉紡】屬性詞。用棉花紡織的：～製品｜～行業。

「法定」、「棉紡」等詞語中的「法」、「棉」都是名詞性成分，表示方式、方法、材料或工具。後接名詞「婚齡」、「製品」是屬性詞結構所含動語素「定」、「紡」的

受事成分。

　　以上這些的格式為「（狀＋動）＋受」。另外還有屬性詞的結構是「形語素＋動語素」，形語素「簡」、「必」是表示方式、情態等等，這類屬性詞後修飾的名詞也是動語素的受事成分。如：

　　【簡裝】屬性詞。（商品）包裝簡單（區別於「精裝」2）：～奶粉。

　　【必修】屬性詞。學生依照學校規定必須學習的（區別於「選修」）：～課程。

　　「簡」飾「裝」，「必」飾「修」。配例「簡裝奶粉」、「必修課程」中的「奶粉」是「裝」這個動語素的受事，「課程」是「修」這個動語素的受事。

　　2.「SX ＋ V」結構

　　屬性詞放在謂詞性詞語前作狀語，或名動詞（兼有名詞和動詞的性質）前作修飾語（定語或狀語）。

　　【橫向】屬性詞。①平行的；非上下級之間的：～比較｜～交流｜～協作｜～經濟聯合。

　　（義項 1 有 4 個配例，所飾詞語都是動名詞，這些例證可以說是作狀語，也可以說作定語。）

　　此外，還有：

　　【有償】屬性詞。有代價的；有報酬的：～服務。

　　【通盤】：屬性詞。兼顧到各個部分的；全盤；全面：～籌劃／～安排。

　　【單向】屬性詞。指單一方向的人：人才不能～流動。

【不成文】屬性詞。沒有用文字固定下來的：～的規矩，多年的老傳統～地沿襲了下來。

【變相】屬性詞。內容不變，形式和原來不同（多指壞事）：～剝削，～貪汙。

以下幾個屬性詞中都有直接修飾動詞的配例。

3.「SX＋的＋N」結構

《現代漢語詞典》中共有 51 例屬於「SX＋的＋N」結構。

（1）含動語素屬性詞

【人為】②屬性詞。人造成的（用於不如意的事）：～的障礙／～的困難。（義項 2 有兩個配例，所飾名詞為抽象名詞。結構都為「（施＋動）＋的＋受」。）

【貼身】：①（～兒）屬性詞。緊挨這身體的：～兒的小褂兒。（「貼身兒的小褂兒」，從結構關係來講這個「小褂」應該是施事，配例「貼身的小褂兒」，結構為「（動＋受）＋的＋施」。）

【出號】屬性詞。比頭號的還大；特大號的：小夥子挑著兩個～的大水桶。（配例為句子，修飾名詞性詞組。結構為「（動＋受）＋的＋施」。）

【不爭】屬性詞。不容置疑的；無需爭辯的：～的事實。（1 個配例，修飾名詞，結構為「（狀＋動）＋的＋受」。）（（動＋受）＋的＋施」。）

詞典屬性詞的配例中「SX＋之＋N」結構，往往不單獨出現，常與另一配例的「SX＋的＋N」結構照應。表明

這兩個結構應該是相同的結構，只不過，「之」有古雅色彩。或在同一義項中不同的配例中出現，或在同一詞條中不同的義項中出現。

【後起】屬性詞。後出現的或新成長起來的（多指人才）：～之秀｜他們大多是球場上～的好手。（1個義項，共2個配例，前一個配例是屬性詞加「之」飾名詞，「SX＋之＋N」結構，不過「後起之秀」是固定詞組，在詞典有詞條目出現。後一個配例為「SX＋的＋N」結構。）

4. 多種結構綜合

在同一義項的多個配例中或既出現了詞形式的配例，也有其他詞組格式的配例。或是既出現直接作定語或又直接作狀語，又出現了其他格式的配例。等等。

【現成】：屬性詞。已經準備好，不用臨時做或找的；原有的：～飯／～話／你幫幫忙去，別淨等著～的。（1個義項有三個配例，前二個作為語素組身分直接作定語，構成一個新的名詞，都有詞條目在詞典中出現；後一個加「的」作「等著」的賓語。）

【看家】②屬性詞。指本人特別擅長、別人難以勝過的（本領）：～戲／～的武藝。（義項2有兩個配例，前一個為直接作定語，後一個加「的」作定語。）

【法定】屬性詞。由法律、法令所規定的：～人數｜～婚齡｜～計量單位｜按照～的手續辦理。（1個義項有四個配例，前三個為直接作定語；後一個加「的」作定語。）

【無償】：屬性詞。不要代價的；沒有報酬的：～援助／提供～的法律服務。（1個義項有二個配例，前一個為直接作狀語；後一個加「的」作定語。）

【新興】：屬性詞。最近興起的：～科學／～的工業城市。（義項有兩個配例，前一個為直接作定語，後一個加「的」作定語。）

【肯定】2 屬性詞。表示承認的；正面的（跟「否定」相對）：～判斷／我問他贊成不贊成，他的回答是～的（＝贊成）。（義項 1 有兩個配例，前一個為直接作狀語（或定語，因為修飾名動詞）；第三個在複句的第二分句中加「的」作「是」的賓語。）

【相對】：3 屬性詞。依靠一定條件而存在，隨著一定條件而變化的（跟「絕對」相對）：～高度／在絕對的總的宇宙發展過程中，各個具體過程的發展都是～的。4 屬性詞。比較的：～穩定／～優勢。（義項 3 有二個配例，前一個為直接作定語；後一個加「的」作「是」的賓語。義項 4 有二個配例，前一個為直接作狀語；後一個直接作定語。）

（二）三音節複合屬性詞

《現代漢語詞典》中的三音節屬性詞不多，共有 23 個，有的修飾名詞，有的修飾動詞。飾名屬性詞中，有的帶「的」修飾，也有不帶「的」修飾的。

1.「SX ＋ N」結構

直接修飾名詞的「SX ＋ N」結構，有的只有一個配例，也有兩個配例的，也有三個配例的。

（1）只有一個配例

【半自動】屬性詞。部分不靠人工而由機器裝置操作的：～洗衣機。

【超一流】屬性詞。超出一流水準，指達到極高的境界：～棋手。

【逆時針】形、屬性詞。跟鐘錶上時針的運動方向相反的：～方向。

（2）兩個配例

【可攜式】屬性詞。（形體）便於攜帶的：～電腦｜～灌裝燃料。

【反革命】屬性詞。與革命政權對立，進行破壞活動，企圖推翻革命政權：～活動｜～言論。

2.「SX ＋的＋N」結構

【一年生】屬性詞。在當年之內完成全部生長週期（種子萌發、長出根、莖、葉，開花，結果，植物體死亡）的，如大豆、花生、水稻，植物都是～的。（一個配例，加「的」作定語，成為「是」的賓語。）

【劃時代】屬性詞。開關新時代的：～的作品，～的事件，～的文獻。（三個配例，都是簡單的加「的」作定語修飾名詞的配例。）

3.多種結構綜合

在多個配例中，或同時飾名又飾動，或加「的」也有不加「的」，或是句子形式或是詞組形式。

（1）飾名與飾動

【不成文】屬性詞。沒有用文字固定下來的：～的規矩｜多年的老傳統～地沿襲了下來。（兩個配例。第1個加「的」修飾名詞；第二個加「地」修飾動詞性詞語。）

【順時針】屬性詞。跟鐘錶上時針的運行方向相同的：～運轉／～方向。（兩個配例。第1個直接修飾動詞，作狀語。第二個直接修飾名詞；作定語。）

【反季節】屬性詞。不合當前季節的：～蔬菜｜～銷售。也說反季。（兩個配例。第1個直接修飾名詞，作定語；第2個直接修飾動詞，作狀語。）

四、屬性詞義項和其他詞類義項共現

《現代漢語詞典》中有的詞條目在標注為屬性詞義項的同時，有些也標注為動詞、名詞、副詞等其他詞類的義項。這些義項之間的關係有的緊密，有的相距較遠。要具體分析。

（一）與名詞義項同現的屬性詞義項

義項的分合，實際上涉及到詞的同一性問題。《現代漢語詞典》第5版之前的版次，沒有全面標注詞類，實詞義項的分合只有考慮詞義的相近程度。而標注詞類給義項分合帶來新的問題。即不僅要考慮詞義相近程度，還要考慮語法功能的相同。在實際操作中，這兩方面給屬性詞的標注造成了麻煩。如：「不測」：

第2版未分義項，釋義為「沒有推測到的；意外」，配例為「天有～風雲｜提高警惕，以防～」。到了第5版，分成了兩個義項。一是屬性詞，釋義為「不可測度的，不可預料的」，配例為「天有～風雲」；二是名詞，釋義為「意外的不幸事件」，配例為「險遭～｜提高警惕，以防～」。可以看到，配例上，兩版次的完全一樣。釋義也大致相同，只是由於標注詞類，造成義項的分開。不過，如果把「意外的

不幸」看作是「不可測度、不可預料的」義項的一個引申，兩者無需分義項，也沒有必要分加上一個屬性詞。完全可以把它看作名詞，因為名詞既可以作賓語，同時又可以作定語。不能因為一個詞能作定語就把它定為屬性詞。

【現役】：①名詞。公民自應徵入伍之日起到退伍之日止所服的兵役。②屬性詞。正在服役的：～軍人。

「現役」義項的分開也同以上所說存在相似的問題。標注為名詞的義項解釋為「公民自應徵入伍之日起到退伍之日止所服的兵役」，簡言之就是正在服役的，也就是屬性詞所給的釋義。這兩個義項其實不需要分開，用一個名詞義項足夠了。

《現代漢語詞典》中「不測、高產、高齡、根本、海產、國際、後備、後進、基本、流質、什錦、首席、速效、同類、現役、先頭、新任、友鄰、直線正義、正宗、重頭」等都有這類的情況。

同一個詞有不同的義項（它們之間有密切的聯繫），當然不能說多義詞是同形詞。但是它們的功能差別與語義差別是一致的。雖然跟語義上沒有多少密切聯繫的同形詞不同，但是跟「詞彙意義基本不變」同時作多種語法功能的兼類又有不同。

比如「紅色」，為名詞時表示顏色，「我喜歡紅色／紅色我比較喜歡／小王有一件紅色的衣服」。而具有比喻或象徵意義「紅色」，只能作定語，《現代漢語詞典》把它單列一個義項，在標注詞性時，標成區別詞，如「紅色歌曲」、「紅色根據地」。義項的分化，分得越細表明研究得越深入，越符合詞語意義的發展趨勢。但是標注詞性，是標注它為名詞好，還是標注為屬性詞好，這不是以解釋詞義為主的詞典

以前從未遇到過的難題。

其實，這種由名詞衍生出來的義項，仍保留它的名詞功能，並沒有改變。因為名詞作定語，仍是名詞功能的重要一項。我們把「紅色」這個比喻義項，處理為名詞功能的缺項，即它只能作定語。

（二）與副詞義項同現的屬性詞義項

《現代漢語詞典》的「屬性詞」界定中有作狀語修飾謂詞的功能，而現代漢語詞類專職作狀語的是副詞，這兩者自然會有交集。

呂叔湘、饒長溶〈試論非謂形容詞〉列出了476個「非謂形容詞」，認為其中80個既可以修飾名詞，也可以修飾動詞或形容詞。繆小放認為呂、饒具有屬性詞兼副詞性的詞只有67個。這80個，「第5版」中只有39個仍標為屬性詞。

1. 曾經的身分未得到認同的屬性詞義項的處理

處理為動詞的有：「忘我、連年、超齡、有效、無比、無條件」等6個；

處理為形容詞的有：「無私、無限、快速、永久、直接、消極、積極、畸形、適時」等9個；

處理為名詞的有「創造性、高價、局部、廉價、長期、短期、歷年、終身、最初、最終、最後」等10個；

處理為副詞的有「親身、首先、多方、當（dàng）時」等3個；

處理為名詞兼動詞的有「當（dāng）時、平價」等2個；

處理為名詞兼形容詞的有「意外」1 個；

處理為動詞兼副詞的有「不斷」1 個；

處理為代詞兼副詞的有「另外」1 個。

另有「填鴨式、單方面、多方面、成倍、成批、成片、非正式」等 7 個未收錄，「無記名」只作為「無記名投票」詞條的一部分收錄。

第 5 版這樣處理，是承認動詞、形容詞、名詞、代詞都可以作定語也可以狀語。能作定語和狀語的不一定都是屬性詞。如果同一性上有分歧，處理為兼類。

2. 詞典標注屬性詞義項的處理

從詞條的配例來看，完全體現呂、饒既修飾名詞作定語，又修飾謂詞作狀語的，只有「初步、額外、多邊、非法、大量、高度、定期、高速、間接、臨時、漫天、隨身、同等、通盤、雙邊、無償、正式、相對、專門、自動、自發」等21個。不過，「非法、間接、正式」今天不能算作屬性詞，這三個可以作其他的句法成分。

修飾謂詞作狀語時，處理為屬性詞兼副詞的有：「非常、本來、分外、共同、絕對、經常、原來、真正」等 8 個。

配例只修飾名詞的有：「人為、天生、一貫、整個、主要」等 5 個。

只有一個配例的有「歷次、硬性、應屆」等 3 個，這些配例暗含動詞性意義，但不明確。如：「歷次」的配例：「在～競賽中他都表現得很突出」；「硬性」的配例：「～規定」；「應屆」的配例：「～畢業生」。

　　有多個配例，後面也有動詞，但不明確的有「頭等」1
個，其配例為「～艙｜～大事｜～重要任務」。這裡的「頭
等」既可以看成是修飾「重要」，是形容詞；也可以看成是
修飾「重要任務」，中心語是名詞性。

　　沒有配例的，有「少量」1 個。

　　詞典只在第 2 種情況下處理為屬性詞兼副詞。這樣處理
的依據是照顧詞的義項的同一性。如「非常」作定語（～時
期）和作狀語（～光榮）時，意義很不一樣；同樣情況的還
有「分外、絕對、經常、原來」等。可是，同一個詞形在不
同的句法位置上意義的差異是看作為同一性還是不看作同一
性，處理起來主觀性就很強。如「本來面貌」和「本來不知
道」的「本來」、「同心願」和「共同努力」中的「共同」、
「真正 de 英雄」和「真正 de（在）研究」中的「真正」的
同一性就難以把握。

　　周剛、葉秋生認為「第 5 版」中作定語又可以作狀語
64 個，實際上有的並不是狀語。我們仔細檢查「第 5 版」
全部 550 個（屬性詞義項的有 615 個）屬性詞中，發現有
42 個配例顯示可以修飾謂詞。

3. 屬性詞義項飾謂的類型及意義

　　從修飾的詞來看，小部分修飾形容詞，大部分修飾動詞；
從組合時的意義看，這一類屬性詞在修飾謂詞時都表示方
式、程度、範圍等，與修飾名詞時表示屬性、質料等完全不
一樣。

　　修飾形容詞的屬性詞有：「大致、頭等、同等、相對，
必然、高度、深度」等 7 個。其中「必然、高度、深度」3
個既修飾形容詞又修飾動詞。占 16.7%。

　　修飾動詞的屬性詞有：「變相、不成文、單向、橫向、宏觀、口頭、慢性、逆時針、能動、平行、全盤、全天候、少量、書面、貼身、原封、遠端、縱向、初步、額外、多邊、非法、大量、定期、高速、臨時、漫天、隨身、通盤、雙邊、無償、正式、專門、自動、自發」等，共 35 個。占83.3%。

　　表示程度的屬性詞有：「頭等、同等、高度、深度」等4 個，占全部屬性詞的 9.5%。

　　表示範圍的屬性詞有：「全盤、通盤，雙邊、多邊，大量、少量，大致」等 7 個，占 16.7%。

　　表示肯定的屬性詞有：「必然」1 個，占 2.3%。

　　表示時間的屬性詞有：「全天候、定期、臨時」等 3 個，占 7.1%。

　　表示情態、方式的屬性詞有：「變相、不成文、宏觀、口頭、書面、慢性、逆時針、貼身、原封、遠程、平行、單向、橫向、縱向，初步、額外、非法、高速、漫天、隨身、無償、正式、專門、能動、自動、自發」等 28 個，比例為66.7%。

4. 飾謂屬性詞與飾謂副詞

　　跟飾謂副詞相比，飾謂屬性詞有幾個方面的不同。

　　從意義種類來看。副詞表示的意義有：程度、範圍、時間頻率、處所、肯定否定、情態方式、語氣等 7 種；屬性詞只表示程度、範圍、時間頻率、肯定、情態方式，沒有處所、語氣兩個意義類別。屬性詞飾謂大多表示情態方式，其次為表範圍，再次為表程度。副詞飾謂表示語氣、時間、情態方

式、程度等情況多。

　　而屬性詞表程度的可以修飾形容詞，如「頭等（重要）、深度（近視）」，也可以修飾一般動詞，如「高度（評價）、深度（調查）」。而副詞表程度的只能修飾形容詞和心理動詞。如「十分重要、很近視，非常想念、特希望」。

　　屬性詞沒有處所、語氣兩個意義類別。屬性詞飾謂大多表示情態方式，其次為表範圍，再次為表程度。而副詞飾謂表示語氣、時間、情態方式、程度等情況更多。

　　從選擇限制與黏附程度來看，調查統計顯示，屬性詞對所修飾的謂詞大多有選擇限制；而副詞、形容詞沒有限制。如「高度評價、頭等重要」等的「高度、頭等」表某種程度；「隨身攜帶」等的「隨身」表一定的方式；「通盤安排」等的「通盤」表某種範圍。而不像其他程度、方式、範圍副詞、形容詞修飾謂詞，對所修飾詞不加選擇。

　　如表程度。屬性詞的「頭等、同等」，只限於修飾「重要」一類：能單說的只有「頭等重要」；其他的實際上是修飾詞組，如：「頭等重大事項」，「頭等要素的事」。副詞「十分、頂、特別」等，除了修飾「重要」一類，還可以修飾其他各種形容詞，如「十分好、十分不好、十分大、十分高興、十分快……」等。屬性詞「高度、深度」，只限於修飾「近視」、「興奮」等類形容詞。程度副詞除了能修飾「近視」、「興奮」類形容詞外，還可以修飾更多的形容詞。

　　如表範圍。「全盤、通盤」接近副詞，沒有選擇限制。「雙邊、多邊」只能修飾「會談」類動詞，而表範圍的副詞沒有這個限制。「大量、小量」（郭銳歸數量詞）接近副詞，沒有選擇限制。「大致」只能修飾「相同」類謂詞。

　　如表方式。「隨身」只限修飾「攜帶」一類；副詞「親自、特意」等除修飾「攜帶」外，還可以修飾其他謂詞。「通盤」只限於修飾「安排」、「考慮」一類；相對應的副詞「通通」則沒有什麼限制。

　　如黏附程度。屬性詞是黏著詞，即不能單說。副詞大多數也是黏著的。在都表現為黏著時，屬性詞飾謂與副詞飾謂還是有差別。

　　屬性詞作狀語（跟副詞一樣，也表示程度、方式、範圍等語法意義），一定要緊挨在謂詞前；中間不能插入任何其他詞。而不像其他程度、方式、範圍副詞、形容詞修飾謂詞，可以不緊挨謂詞。如：

a. 隨身攜帶（只限「攜帶」一類，緊挨）：總是攜帶（不限）——總是小心攜帶。

b. 通盤安排（只限「安排」一類，緊挨）：通通安排（不限）——通通明年安排。

c. 變相剝削（只限貶義詞，緊挨）：暗暗剝削（不限）——暗暗到處剝削。

d. 全天候服務（緊挨）：始終服務——始終親自到處服務。

　　而第5版把「通常」標注為屬性詞，舉例為「他～六點鐘就起床」。可是黏附程度太低，如：

　　④「～他六點鐘就起床」、「他六點鐘～就起床」「他～是六點鐘就起床」、「他六點鐘就起床，通常。」

　　我們有理由認為「通常」不是屬性詞，它在這種情況下

是表示時間頻率的副詞。用黏附程度來驗證屬性詞，還可以發現其他可疑的或混進屬性詞中的副詞。

此外還有：

【臨時】①副詞。臨到事情發生的時候：～抱佛腳／事先準備好，省得～著急。②屬性詞。暫時的；短期的：～工／～政府／～借用一下，明天就還。（義項 1 只作狀語，標注為副詞。義項 2 屬性詞，既有定語，又有狀語的配例。只是意義有差別，而修飾動詞性詞語跟副詞功能一樣。）

【真正】①屬性詞。實質跟名義完全相符：群眾是～的英雄／～的吉林人參。②副詞。的的確確；確實：這東西～好吃。（與臨時不同的是，義項 1 的兩個配例只作定語，是屬性詞；義項 2 的一個配例作狀語，才標為副詞。）

五、含動語素屬性詞標注與配例功能的照應

《現代漢語詞典》標注為屬性詞，例證也只有修飾名詞。但從語料庫發現它並不是只有這樣的功能。如「編內、編外」。

【編內】屬性詞。（軍隊、機關、企業等）編制以內的：～職工。

【編外】屬性詞。（軍隊、機關、企業等）編制以外的：～人員。

但是通過語料庫，可以發現有以下用例：

例 1-1 他們對所有檢查員不分編內編外全部實行聘用制，半年一聘，好的續聘，差的自然淘汰。

例 1-2 各部門編制只定額不定人，不定誰在編內、

誰在編外，就是為了有計劃地抽出幹部去學習。

例 1－3　為什麼甘做編外？8年央視工作經驗與作品，找不到一個做編內的單位嗎？

例 1－4　有崗位，為什麼列在編外？難道我們是地下工作者？

上面四個語例中，例 1–1 和 1–3「編內編外」充當動詞賓語，在例 1–2 和 1–4 中充當介詞「在」的賓語，可見這個「編內」、「編外」呈現出了名詞的特徵。從意義看，「編內」、「編外」釋為「編制以內」、「編制以外」也非常自然。名詞能夠充當定語，不一定是充當了定語就是屬性詞，況且它們除了能充當定語外，還能充當賓語。

《現代漢語詞典》中出現了不少隻飾動的屬性詞，其中含動素的複合詞如：「變相、單向、通盤、有償」等。

【變相】屬性詞。內容不變，形式和原來不同（多指壞事）：～剝削，～貪汙。

【單向】屬性詞。指單一方向的人：人才不能～流動。

【通盤】屬性詞。兼顧到各個部分的；全盤；全面：～籌劃／～安排。

【有償】屬性詞。有代價的；有報酬的：～服務。

以上幾例含動語素的屬性詞，都可以修飾動詞，配例都可以看成動詞。但是「剝削、籌劃、安排、服務」等又可以是動名詞，或抽象名詞，但是名詞的顯示度不是很高。

從大型語料庫 BCC 語料庫、CCL 語料庫中，可以發現這些屬性都可以修飾名詞，加上「的」再修飾名詞，就比較

像典型的名詞了，如：「變相」、「彩票／變相的槍手」、「單向思維／單向的活動」、「通盤工期／通盤的提綱」、「有償中價活動／有償的方式」。如果一個只能修飾動詞，它應該是歸於副詞類。如果是屬性詞必須先修飾名詞，所以這些屬性詞都須配上修飾名詞的例證。

有些屬性詞的標注還存在商榷之處，如：

【歷任】①〔動〕多次擔任；先後擔任：～要職｜參軍後，～排長、連長等職。②屬性詞。以往各任的：～所長中，她是唯一的女性。

以經濟原則看，「歷任」的兩個義項可歸為一個義項「以往先後擔任（職務）」。配例中「～要職」和「～所長」的意義僅是因為作述語和作定語的位置不同造成的。它們的意義幾乎沒有什麼差別，不需要標注為「動詞」和「屬性詞」，只要標為動詞即可解決問題。

【兼任】①〔動〕同時擔任幾個職務：總務主任～學校工會主席。②屬性詞。不是專任的：～教員。

「兼任」的情況和「歷任」相同，儘管屬性詞義項的釋義為「不是專任的」，其實仍它們的意義仍有交叉重合的。兩個義項的配例「兼任學校工會主席」和「兼任教員」中的「兼任」所表達的都是差不多相同的意思。意義的差別是由於這個詞在句中作述語和定語的位置差別而造成的。

【現任】：①〔動〕現在擔任（職務）：他～工會主席。②屬性詞。現在任職的：～校長是原來的教導主任。

同樣地以經濟原則看，「現任」的兩個義項可歸為一個義項「現在擔任（職務）」。配例中「他～工會主席」和「～校長是原來的教導主任」的意義僅是因為作述語和作定語的

位置不同造成的。它們的意義幾乎沒有什麼差別，不需要標注為「動詞」和「屬性詞」，只要標為動詞即可解決問題。

【聯合】①〔動〕聯繫使不分散；結合：全世界無產者，～起來！②屬性詞。結合在一起的；共同；～收割機／～申明／～招生。

「聯合」的兩個義項「聯繫使不分散；結合」和「結合在一起的；共同」可以歸為一個義項「聯繫使不分散；結合在一起」。特別是動詞義項的配例「聯合起來」與屬性詞義項中的後兩個配例「聯合申明／聯合招生」都屬於「聯合＋動詞」，意義相似，功能也相似，標注為動詞更好。「聯合收割機」中的「聯合」作定語，動詞也可以作定語，不能認為作了定語、狀語的便是屬性詞。

如果僅僅是因為組合時結構的位置不同造成了語義的差別，那麼沒有必要在動詞本義義項的基礎上多增加一個作定語時產生義項的「屬性詞義項」。

小結

《現代漢語詞典》第 5 版標注詞性之後，配例不再僅是對語義的例證，對詞的語法功能、特點也要相應地印證；這就對配例的的選擇提出了更高的要求。可以看到，絕大部分已有的含動語素複合詞包括動詞、屬性詞的配例既能印證語義，也能很好地印證其語法功能和用法。目前《現代漢語詞典》中動詞及屬性詞仍是在語義為基準的配例中再標注詞類（不是標注詞類後重新考慮配例），所以配例還存在語法上的不對應。其主要問題是：有很多新增動詞、含動語素複合詞及高頻率動詞缺少配例；部分動詞、含動語素複合詞的配例不能顯示其主要語法特點，有的沒有把詞與語素的功能混

區別開來，更主要的表現是作定語的配例過多；使用者和學習者通過詞典來瞭解這些詞的用樣就難以達到目的了。

參考文獻

一、專著

Chomsky, N, *Syntactic Structures*; Mouton: The Hague, The Netherlands, 1957.

Chomsky, N 著，周流溪等譯（1993），《支配和約束論集》，北京：中國社會科學出版社。

C. J. 菲爾墨著，胡明揚譯（2002），《「格」辨》，北京：商務印書館。

Jerome L. Packard, *The morphology of Chinese: A Linguistic and Cognitive Approach*, 外語教學與研究出版社，2001。

曹煒（2004），《現代漢語詞彙研究》，北京：北京大學出版社。

陳愛文（1986），《漢語詞類研究和分類實驗》，北京：北京大學出版社。

陳昌來（2000），《現代漢語句子》，上海：華東師範大字出版社。

陳光磊（1994），《漢語詞法論》，上海：學林出版社。

崔希亮（2001），《語言理解與認知》，北京：北京語言文化大學出版社。

丁聲樹（2004），《現代漢語語法講話》，北京：商務印書館。

董秀芳（2004），《漢語的詞庫與詞法》，北京：北京大學出版社。

范曉（2019），《范曉語法論文選集》，上海：復旦大學出版社。

馮志偉（1999），《現代語言學流派》，西安：陝西人民出版社。

符淮青（1985），《現代漢語詞彙》，北京：北京大學出版社。

郭銳（2004），《現代漢語詞類研究》，北京：商務印書館。

胡附、文煉（1990），《現代漢語語法探索》，北京：商務印書館。

胡明揚（1996），《詞類問題考察》，北京：北京語言文化大學出版社。

胡明揚（2004），《詞類問題考察續集》，北京：北京語言大學出版社。

胡壯麟（2002），《語言學教程》，北京：北京大學出版社。

李晉霞（2008），《現代漢語動詞直接做定語研究》，北京：商務印書館。

李臨定（1986），《現漢漢語句型》，北京商務印書館。

李宇明（2002），《語法研究錄》，北京：商務印書館。

劉潤清（1995），《西方語言學流派》，北京：外語教學與研究出版社。

劉月華、潘文娛、故韋華（2006），《實用現代漢語語法》，北京：商務印書館。

陸儉明（2004），《現代漢語語法研究教程》，北京：北京

大學出版社。

陸儉明（1993），《現代漢語句法論》，北京：商務印書館。

陸儉明（2005），《作為第二語言的漢語本體研究》，北京：外語教學與研究出版社。

陸儉明、沈陽（2004），《漢語和漢語研究十五講》，北京：北京大學出版社。

陸儉明、沈陽（2016），《漢語和漢語研究十五講》（第二版），北京：北京大學出版社。

呂叔湘（1992），《呂叔湘文集》，北京：商務印書館。

呂叔湘（2007），《漢語語法分析問題》，北京：商務印書館。

呂叔湘（2010），《語法研究入門》，北京：商務印書館。

馬慶株（1998），《漢語語義語法範疇問題》，北京：北京語言文化大學出版社。

邵敬敏（2000），《漢語語法的立體研究》，北京：商務印書館。

邵敬敏等（2009），《漢語語法專題研究》，北京：北京大學出版社。

沈家煊（2016），《語法六講》，上海：學林出版社。

石定栩（2002），《喬姆斯基的形式句法》，北京：北京語言大學出版社。

王力（1985），《中國現代語法》，北京：商務印書館。

王啟龍（2003），《現代漢語形容詞計量研究》，北京：北京語言文化大學出版社。

吳為章（1990），《主謂短語主謂句》，北京：人民教育出版社。

邢福義（2002），《漢語語法三百問》，北京：商務印書館。

邢福義（2009），《語法問題獻疑集》，北京：商務印書館。

邢福義（2003），《詞類辯難（修訂本）》，北京：商務印書館。

徐峰（2004），《漢語配價分析與實踐——現代漢語三價動詞探索》，上海：學林出版社。

楊成凱（1996），《漢語語法理論研究》，瀋陽：遼寧教育出版社。

俞士汶主編（2003），《現代漢語語法資訊詞典詳解》（第二版），北京：清華大學出版社。

袁毓林（1998），《漢語動詞的配價研究》，南昌：江西教育出版社

袁毓林（1998），《現代漢語配價語法研究》，北京：北京大學出版社。

張斌（2000），《現代漢語實詞》，上海：華東師範大學出版社。

張斌（2005），《現代漢語語法十講》，上海：復旦大學出版社。

張斌、陳昌來（2000），《現代漢語句子》，上海：華東師範大學出版社。

張斌、胡裕樹（2003），《漢語語法研究》，北京：商務印書館。

張斌（1998），《漢語語法學》，上海：上海教育出版社。

張伯江（2016），《從施受關係到句式語義》，上海：學林出版社。

張國憲（2000），《現代漢語形容詞功能與認知研究》，北京：商務印書館。

張旺熹（2002），《漢語特殊句法的語義研究》，北京：北京語言大學出版社。

張誼生（2000），《現代漢語副詞研究》，上海：學林出版社。

張豫峰（2006），《現代漢語句子研究》，上海：學林出版社。

鄭懷德、孟慶海（2003），《漢語形容詞用法詞典》，北京：商務印書館。

中國語文雜誌社（2010），《語法研究和探索（15）》，北京：商務印書館。

周國光（2011），《現代漢語配價語法研究》，北京：高等教育出版社。

周薦（2004），《漢語詞彙結構論》，上海：上海辭書出版社。

朱德熙（1997），《現代漢語語法研究》，北京：商務印書館。

朱德熙（1982），《語法講義》，北京：商務印書館。

朱德熙（1985），《語法答問》，北京：商務印書館。

朱德熙（1980），《現代漢語語法研究》，北京：商務印書館。

二、工具書

編寫組（1986），《古漢語常用字字典》，北京：商務印書館。

中國社會科學院語言研究所詞典編輯室（2005），《現代漢語詞典（第5版）》，北京：商務印書館。

中國社會科學院語言研究所詞典編輯室（2012），《現代漢語詞典（第6版）》，北京：商務印書館。

中國社會科學院語言研究所詞典編輯室（2016），《現代漢語詞典（第7版）》，北京：商務印書館。

李行健主編（2004），《現代漢語規範詞典》，北京：外語教學與研究出版社、語文出版社。

孔子學院總部／國家漢辦（2014），《國際漢語教學通用課程大綱》，北京語文大學出版社。

商務印書館辭書研究中心（2000），《應用漢語詞典》，北京：商務印書館。

三、期刊及學位論文

James D. McCawley、張伯江（1994），〈漢語詞類歸屬的理據〉，《當代語言學》第 4 期。

奧田寬（1982），〈論現代漢語形容詞的強制性聯繫和非強制性聯繫〉，《南開學報》第 3 期。

蔡永強（2008），〈《當代漢語學習詞典》配例分析〉，《辭書研究》第 3 期。

曹秀玲（2005），〈「一（量）名」主語句的語義和語用分析〉，《漢語學報》第 2 期。

陳昌來、陳燁（1986），〈偏正結構 VP ＋ NP 中 NP 與 V 的語義關係〉，《安徽師大學報（哲學班）》第 2 期。

陳平（1987），〈釋漢語中與名詞性成分相關的四組概念〉，《中國語文》第 2 期。

陳一（1989），〈試論專職的動詞前加詞〉，《中國語文》第 1 期。

陳一（1993），〈形動組合的選擇性與形容詞的下位分類〉，《求是學刊》第 2 期。

陳一（1997），〈再論專職的名、動前加成分〉，《漢語學習》第 2 期。

陳寧萍（1987），〈現代漢語名詞類的擴大〉，《中國語文》第 5 期。

程俠（1999），〈屬性詞分類研究〉，《淮陰師範學院學報》第 3 期。

程榮（1999），〈漢語辭書中詞性標注引發的相關問題〉，《中國語文》第 3 期。

崔永華（1990），〈漢語形容詞分類的現狀和問題〉，《語言教學與研究》第 3 期。

董秀芳（2002），〈主謂式複合詞成詞的條件限制〉，《西南民族學院學報》第 12 期。

段曉平（1998），〈《現漢》配例的搭配關係問題〉，《辭書研究》第 3 期。

范繼淹、饒長溶（1964），〈再談動詞結構前加程度修飾〉，《中國語文》第 2 期。

馮桂華（2014），〈《現代漢語詞典》（第 6 版）屬性詞的標注問題〉，《湖北第二師範學院學報》第 10 期。

馮桂華（2014），〈《現代漢語詞典》（第 6 版）詞性標注與例證不相配的類別〉，《現代語文》第 8 期。

馮清高（1993），〈詞典釋例的作用及配例原則〉，《廣東技術師範學院學報》第 2 期。

符淮青（2004），〈對在現代漢語詞典中標注詞性的認識〉，《語言文字應用》第 2 期。

洪爽、石定栩（2012），〈漢語合成複合詞的組合結構〉，《華文教學與研究》第 4 期。

顧柏林（1980），〈雙語詞典的翻譯和配例問題——《漢俄詞典》編寫的一些認識〉，《辭書研究》第 1 期。

顧陽（1994），〈論元結構理論介紹〉，《國外語言學》第 1 期。

顧陽、沈陽（2001），〈漢語合成複合詞的構造過程〉，《中國語文》第 2 期。

郭銳（2001），〈詞頻與詞的語法功能的相關性〉，《語文研究》第 3 期。

郭銳（2001），〈漢語形容詞的劃界〉，《中國語言學報》第 10 期。

郭銳（2001），〈漢語詞類劃分的論證〉，《中國語文》第 6 期。

郭銳（1992），〈語文詞典的詞性標注問題〉，《中國語文》第 2 期。

韓敬體（1997），〈《現代漢語詞典》修訂工作概述〉，《辭書研究》第 1 期。

韓玉國（2001），〈現代漢語形容詞的句法功能及再分類〉，《語言教學與研究》第 2 期。

何九盈（2006），〈《現代漢語詞典》第 5 版的新面貌〉，《語言文字運用》第 1 期。

何一薇（1997），〈試析漢語動詞作謂語應具備的條件〉，《浙江師大學報（社會科學版）》第 2 期。

何遠萍（2019），《基於配價理論對「VN〔＋身體〕」和「N〔＋身體〕V」結構的句法語義分析》，四川外國語大學碩士學位論文。

賀陽、崔豔蕾（2012），〈漢語複合詞結構與句法結構的異同及其根源〉，《語文研究》第 2 期。

何元建（2004），〈回環理論與漢語構詞法〉，《當代語言學》第 4 期。

何元建、王玲玲（2005），〈漢語真假複合詞〉，《語言教學與研究》第 5 期。

胡明揚（1995），〈現代漢語詞類問題考察〉，《中國語文》第 5 期。

胡明揚（2000），〈漢語詞類兼類研究〉，《語言文字應用》第 1 期。

懷寧（1996），〈表類結構：X 型的類義與性質〉，《漢語學習》第 5 期。

黃國營、石毓智（1993），〈漢語形容詞的有標記和無標記現象〉，《中國語文》第 6 期。

黃建華（1979），〈法漢詞典選詞、釋義、詞例問題初探〉，

《辭書研究》第 1 期。

李爾鋼（2006），〈兼類詞的義項設置和詞性標注問題〉，《辭書研究》第 3 期。

李晉霞（2004），〈論動詞的內部構造對動詞直接作定語的制約〉，《語言教學與研究》第 3 期。

李晉霞（2003），〈論格式義對「V 雙＋N 雙」定中結構的制約〉，《中國語文》第 3 期。

黎良軍（2006），〈漢語詞典詞性標注的基本經驗〉，《辭書研究》第 2 期。

李紅印（1999），〈對外漢語學習詞典如何標注詞性〉，《辭書研究》第 1 期。

李鐵範（2005），《現代漢語方式詞研究》，上海師範大學碩士學位論文。

李宇明（1989），〈詞性判定能力的測試〉，《華中師範大學學報》第 1 期。

李宇明（1990），〈非謂形容詞的詞類地位〉，《中國語文》第 1 期。

李志江（1999），〈關於語文辭書詞性標注的探討〉，《語文建設》第 5 期。

廖煒（2010），《《現代漢語詞典（第 5 版）》動詞配例研究》，四川外語學院碩士學位論文。

林玉山（2007），〈邁向新的高度—評《現代漢語詞典》第 5 版〉，《辭書研究》第 3 期。

劉叔新（1990），〈複合詞結構的詞彙屬性—兼論語法學、詞彙學同構詞法的關係〉，《中國語文》第 4 期。

劉豔娟（2010），《《現代漢語詞典》研究三十年》，山東大學碩士學位論文。

盧潤祥（1992），〈配例十要〉，《辭書研究》第 2 期。

陸丙甫（1981），〈動詞名詞兼類問題〉，《辭書研究》第
　　1 期。

陸丙甫（1983），〈詞性標注問題兩則〉，《辭書研究》第
　　5 期。

陸丙甫（1992），〈從「跳舞、必然」的詞性到「忽然、突
　　然」的區別〉，《語言研究》第 1 期。

陸丙甫（1981），〈動詞名詞兼類問題—也談漢語詞典標注
　　詞性〉，《辭書研究》第 1 期。

陸儉明（1997），〈希望《現代漢語詞典》精益求精〉，《語
　　言文字應用》第 2 期。

陸儉明（1994），〈關於詞的兼類問題〉，《中國語文》第
　　1 期。

陸儉明（2004），〈有關詞性標注的一點意見〉，《語言文
　　字應用》第 2 期。

尚曉明（2003），《學習詞典系統配例一般原則》，廣東外
　　語外貿大學碩士學位論文。

沈懷興（2002），〈《現代漢語詞典》部分複合詞配例平議〉，
　　《河南師範大學學報（哲學社會科學版）》第 1 期。

石定栩（2003），〈漢語的定—中關係動名複合詞〉，《中
　　國語文》第 6 期。

蘇寶榮（2002），〈漢語語文辭書的詞性標注及其對釋義的
　　影響〉，《辭書研究》第 2 期。

孫德金（2004），〈略談詞性標注的目的性問題〉，《語言
　　文字應用》第 2 期。

唐超群（1982），〈釋義和配例的一致〉，《辭書研究》第
　　4 期。

唐健雄（2002），〈語文詞典標注詞性及相關問題〉，《河
　　北師範大學學報（哲社）》第 5 期。

全國斌（2011），〈區別詞的語義類聚與功能遊移〉，《河南師範大學學報（哲社版）》第 6 期。

汪耀楠（1982），〈大型辭書引例略說〉，《湖北大學學報（哲學社會科學版）》第 5 期。

王梅（2011），《《現代漢語詞典（第 5 版）》屬性詞配例研究》，四川外語學院碩士學位論文。

王銘宇（2011），〈漢語主謂式複合詞與非賓格動詞假設〉，《語文研究》第 3 期。

王仁強，章宜華（2006），〈漢英詞典詞類標注對譯義準確性的影響調查〉，《現代外語》第 2 期。

王世友（2001），〈現代漢語字典標注詞性的幾個基本問題〉，《辭書研究》第 4 期。

徐烈炯（2009），《生成語法理論：標準理論到最簡方案》，上海教育出版社。

徐樞、譚景春（2006），〈關於第 5 版《現代漢語詞典》的詞類標注〉，《辭書研究》第 1 期。

徐婷婷（2007），《積極型單語漢語學習詞典例證分析》，北京師範大學碩士學位論文。

袁偉（2006），《現代漢語詞典標注詞性之比較與批評》，蘇州大學碩士學位論文。

袁毓林（1996），〈話題化及相關的語法過程〉，《語言文字學》第 11 期。

袁毓林（2004），〈論元結構和句式結構互動的動因、機制和條件—表達精細化對動詞配價和句式構造的影響〉，《語言研究》第 4 期。

張斌（2000），〈詞類劃分中的幾個問題〉，《中國語文》第 4 期。

張斌、胡裕樹（1982），〈詞語之間的搭配關係〉，《中國

語文》第 1 期。

張國憲（1993），《現代漢語形容詞的選擇性研究》，上海
師範大學博士學位論文。

張國憲（2000），〈現代漢語形容詞的典型特徵〉，《中國
語文》第 5 期。

張嘉賓（1981），〈試論詞的兼類和轉類〉，《求是學刊》
第 2 期。

張錦文（1994），〈關於現代漢語詞典的配例問題〉，《辭
書研究》第 2 期。

張麗（2020），《現代漢語動名語素動詞直接作定語研究》，
四川外國語大學碩士學位論文。

張立茂、陸福慶（1983），〈詞性標注與釋文結構〉，《辭
書研究》第 5 期。

張妍（2007），〈《現代漢語詞典》第 5 版配例的改進〉，
《辭書研究》第 2 期。

張妍（2006），〈《現代漢語詞典》配例的類型特點及存在
的問題〉，《語文學刊》第 1 期。

張誼生（2002），〈說「X 式」—兼論漢語詞彙的語法化過
程〉，《上海師範大學學報》第 3 期。

張誼生（2003），〈當代新詞「零 X」詞族探微—兼論當代
漢語構詞方式演化的動因〉，《語言文字應用》第 1 期。

趙大明（1999），〈漢語語文詞典標注詞性的難點〉，《辭
書研究》第 1 期。

趙燕華（2004），《新興區別詞的語義認證及其產生發展規
律》，廣西師範大學碩士學位論文。

鐘梫（1980），〈漢語詞典標注詞性問題〉，《辭書研究》
第 1 期。

周一民（2000），〈「金、銀」也可以是名詞〉，《中國語

文》第 3 期。

朱德熙（1956），〈現代漢語形容詞研究〉，《語言研究》
　　第 1 期。

朱德熙（1961），〈關於動詞形容詞「名物化」的問題〉，
　　《北京大學學報》第 4 期。

朱德熙（1983），〈自指和轉指—漢語名詞化標記的「的、
　　者、所、之」的語法功能和語義功能〉，《方言》第 1 期。

朱德熙（1984），〈定語和狀語的區分與體詞和謂詞的對
　　立〉，《語言學論叢》第 13 輯。

朱彥（2003），《漢語複合詞語義構詞法研究》，華東師範
　　大學博士學位論文。

竺一鳴（1982），〈雙語詞典如何配例〉，《辭書研究》第
　　1 期。

附錄 A　國際中文教育相關動詞類論文

一、初級常用動詞後的「時間」與「時候」及其語義功能差異

Ⅰ.序論

　　現代漢語中，「時間」與「時候」是一組常用同義詞，這兩個詞在《國際漢語教學通用課程大綱》[1]（以下簡稱為《大綱》）中都為初級詞，其中「時候」為一級詞，「時間」為二級詞。按一般漢語母語的語感，它們有時可以互換，有時並不能互換。但是在許多漢語作為第二語言教材中對這兩個詞的解釋（外文注釋）都沒有什麼區別，導致外國人使用這兩個詞時經常出現諸如「＊我很忙沒有時候看電影」之類的偏誤。

　　翻閱詞典也不能解決問題。最常用的權威辭書《現代漢語詞典》[2]（下文簡稱《詞典》）對這兩個詞沒有進行區別。

1　孔子學院總部，《國際漢語教學通用課程大綱》，北京語言大學出版社，2014，58–60。

2　中國社會科學院語言研究所詞典編輯室，《現代漢語詞典（第 7 版）》，商務印書館，2016。

如《詞典》（第 7 版）中關於「時間」的義項總共有三項：
❶ 物質運動中的一種存在方式，由過去、現在、將來構成的
連綿不斷的系統。是物質的運動、變化的持續性、順序性的
表現。❷ 有起點和終點的一段時間：地球自轉一周的時間是
二十四小時。│蓋這麼一所房子要多少時間？ ❸ 時間裡的
某一點：現在的時間是三點五十分。

　　而關於「時候」的義項則為兩項：❶ 時間②：你寫這篇
文章用了多少時候？ ❷ 時間③：現在是什麼時候了？│到
時候請叫我一聲。

　　「時間」除第一個義項是「時候」沒有的外，把「時候」
直接解釋為「時間」，這表明詞典認為在「有起點和終點的
一段時間」和「時間裡的某一點」這兩個義項上，兩者的詞
義與用法完全相同。其他詞典的處理也沒有很好地區分兩者
的差異。

　　針對教學出現的問題，學者們比較全面細緻地分析了
「時間」與「時候」的語義與功能差異，尤其是充當定語修
飾語，哪些能換或不能換等方面，下力頗多，解決了不少區
分不清的問題。如韓根東（1982）最早指出「時候」的用法
錯誤，進而從語義和搭配兩方面指出兩者的差異[3]。王小莘、
張舸（1998）以留學生使用「時候」、「時間」的偏誤入手，
從語義和語法兩方面討論兩者的區別，並對兩者的語義歷史
溯源進行了分析[4]。其後胡培安（2006）從「定位」、「計
量」、「本體」功能等三個角度來討論兩者不同[5]。翟玲玉

3　韓根東，〈「時候」與「時間」的區別〉，《天津師大學報》第 6 期，
　　1982：9。
4　王小莘、張舸，〈「時間」與「時候」〉，《語言教學與研究》第 2 期，
　　1998：64-69。
5　胡培安，〈從功能的角度看「時間」與「時候」〉，《社會科學輯刊》
　　第 6 期，2006：258-262。

（2013）從語義、句法功能、語用修辭等等角度討論兩者互換的不對等[6]。王勇（2014）也從語法、語義、功能三個角度，著重於兩者選擇與其他詞語結合搭配的差異[7]。宋詠雪（2015）從「時候」與「時間」的定語著手，分析其不同類別及比例[8]。趙琦玲（2016）從典型與非典型語義功能來討論兩者的語義與用法差別[9]。張豔玲（2016）從對外漢語教學角度分析兩詞使用出現的偏誤[10]。

現有以上成果在語法上都側重於搭配的不同，即哪個詞能跟什麼搭配組合，哪個詞不能跟什麼搭配組合；而對以下現象忽視或沒有用力探究：「時間」、「時候」都能出現在相同動詞後作賓語時，其語義用法差異是什麼。

基於這樣的疑惑，本文試圖考察《大綱》所有初級動詞（包含一級與二詞），先就「時間」、「時候」在這些動詞後搭配作考察，然後著重對作同一動詞賓語的「時間」、「時候」的語義用法作調查和描寫，利用北京語言大學 BCC 語料庫[11]和北京大學 CCL 語料庫[12]，考察其語例用法。並進而對相關句式作對比，分析各種場合下它們的語義、功能差異。

6　瞿玲玉，〈「時候」與「時間」的互換及其不對等性〉，《菏澤學院學報》第 1 期，2013：99–104。

7　王勇，〈「時間」和「時候」的多角度比較〉，《學術交流》第 4 期，2014：68–69。

8　宋詠雪，《從定語看「時候」與「時間」的語義差異》，吉林大學學位論文，2015。

9　趙琦玲，《「時候」與「時間」的對比分析及教學設計》，南昌大學學位論文，2016。

10　張豔玲，《「時間」、「時候」的偏誤分析及其對外漢語教學研究》，湖南師範大學學位論文，2016。

11　北京語言大學 CCL 語料庫：http://bcc.blcu.edu.cn/。

12　北京大學中國語言學研究中心 CCL 語料庫：http://ccl.pku.edu.cn:8080/ccl_corpus/。

II．初級動詞與「時候」、「時間」的搭配

《大綱》一級動詞有「吃、打電話、讀、喝、回、叫、開、看、看見、來、沒有、請、去、認識、是、說、聽、喜歡、下雨、謝謝、想、寫、學習、有、在、住、坐、做」等 28 個。對照《詞典》，排除「打電話、下雨」兩個詞組，有 26 個最基礎的常用動詞。

二級動詞有「幫助、出、穿、打籃球、到、等、懂、告訴、給、進、覺得、開始、考試、旅遊、賣、跑步、起床、讓、上班、生病、說話、踢足球、跳舞、玩、往、問、希望、洗、笑、姓、休息、要、游泳、運動、找、知道、準備、走」等 39 個。對照《詞典》，排除「唱歌、打籃球、踢足球」三個詞組，有 36 個常用動詞。

在這 62 個初級常用動詞中，其後能直接與「時間」搭配的詞，有「看、沒有、認識、是、說、學習、有」，「到、等、給、開始、考試、旅遊、跑步、起床、讓、上班、生病、說話、跳舞、問、休息、要、游泳、運動、找、知道、準備」，共 28 個動詞。其中「看、沒有、認識、是、說、有、到、等、給、讓、問、要、找、知道」14 個動詞後的「時間」充當動詞的賓語。「學習、開始、考試、旅遊、跑步、起床、上班、生病、說話、跳舞、休息、游泳、運動、準備」等 14 個動詞都是充當「時間」的定語，「打電話、下雨，唱歌、打籃球、踢足球」五個詞組都可以後接「時間」，也是充當「時間」的定語。

其後直接跟「時候」搭配「時候」的詞，則有「看、是、有，到」4 個動詞，且「時候」都是賓語，不是定語。

從上面的考察可以發現，不光「時候」充當賓語的情況少，直接在動詞後充當定中結構的中心語也少。在《大綱》

215

初級動詞中，所有的單音節動詞都不能直接充當「時間」的定語，雙音節動詞除了表示心理的「認識、知道」以及存在動詞「沒有」外，其餘的都充當定語。所有的動詞都不能直接充當「時候」的定語。以前學者考察「時間」、「時候」的語法功能，往往把加「的」後作定語不作區分地統計對比分析，得出的結論不能說全面準確的。

「時間」、「時候」都能同時出現在相同動詞後的情況，只有「看、是、有，到」。其中，從語法意義來論，「看」是表示動作行為的典型動詞 [13]，「是」是表判斷的關係動詞，「有」是表存在的關係動詞，「到」是表位移的動詞。「時間」、「時候」它們有時也出現在動詞前，如「時間到」，形成對比的情況不多見，故不單列章節，放在一起一併討論。

以前研究中，曾涉及到對比的有「到時間、到時候」、「有時間、有時候」。

胡培安（2006）曾提到過，「時候」充當賓語的例子少，且它都可以替換為「時間」，其所舉語例為「到時候（時間）了，該出發了」[14]。「時候」充當賓語例子少，這個論斷與本文的考察情況是一致的。但是能替換是否存在語義功能差異，胡文卻沒有作探究。

翟玲玉（2013）曾比較過「有時間我也想出去旅遊」和「有時候我也想出去旅遊」，認為「有時間」是一種假設，強調的是時間概念本體，語義同「如果有時間（有空）我也想出去旅遊」；而「有時候」只是一種陳述，「時候」在此

13　劉月華等，《實用現代漢語語法》，商務印書館，2004：153-155。

14　胡培安，〈從功能的角度看「時間」與「時候」〉，《社會科學輯刊》第 6 期，2006：258-262。

表示的是某個時點或時段，語義相當於「有的時候我也想出去旅遊」。「時間」不能換成「時候」[15]。這個結論大致也是對的，不過還是沒有說清楚這兩者的區別，也沒有涉及搭配組合的差異。

　　本文按詞語在現代生活中使用的頻率，分成四個對比組：「有時間、有時候」，「到時間、到時候」，「是時間、是時候」，「看時間、看時候」，以此順序來考察它們的語義與功能。

Ⅲ. 動詞後的「時間」與「時候」對比

1.「有時間」與「有時候」

　　「有時間」和「有時候」中的「有」只是從外形看來是相同的，嚴格說來意義功能是不太同的。

（1）「有時間」的用法及意義

　　「有時間」的「有」，是動詞，表領有（跟「無」、「沒」相對），「有時間」是動賓短語，它經常作謂語（謂語中心語）或連謂結構的一部分。如：

　　1）小王有時間。

　　2）小王當然有時間。

　　3）小王有時間出去旅遊。

　　1）是謂語，2）是謂語中心語，3）是連謂結構是前一部分。它們的否定表達為：1A）小王沒有時間。2A）小王當然沒有時間。3A）小王沒有時間出去旅遊。

15　翟玲玉，〈「時候」與「時間」的互換及其不對等性〉，《菏澤學院學報》第 1 期，2013：99–104。

「有時間」在連謂結構中一般是表示條件，意思是「有時間條件做某事」，如 3），可以根據「變換理論」[16]，可以變換為平行格式為：3B）小王有出去旅遊的時間。

對「有時間」的否定時，會出現：

3b）小王沒有出去旅遊的時間。

如果是翟玲玉所說的連謂結構表示假設，那麼這種情況的連謂結構也可以看成緊縮複句：

4）小王有時間就出去旅遊。

表假設的連謂結構不能變換為平行格式：「*小王有就出去旅遊的時間」。

如果要對表假設的「有時間」進行否定，就會出現：

4A）小王沒有時間，就不去旅遊。

（2）「有時候」的用法與意義

「有時候」的「有」，按《現代漢語詞典》（第 7 版），也是動詞，表示一部分。「有時候」只能作狀語。這個「有時候」相當於「有的時候」（「有的」在詞典中標注為代詞，表一部分），也略相當於「有時」（「有時」在詞典中標注為副詞，解釋則為「有時候」）。所以不會有：*小王有時候。*小王當然沒有時候。

5）小王有時候去旅遊。

6）小王當然有時候去旅遊。

例 5）、6）「有時候去旅遊」不是連謂結構，而是狀

16　參考了朱德熙，《朱德熙選集》，東北師範大學出版社，2003，139–141。

中結構。句子否定意義的結構為：6A）小王並非有時候旅遊。

5）的意義，也可以表示成「小王有時候去旅遊，有時候不去旅遊」。（6A）的意思則是「小王從來不旅遊」或者「小王一直在旅遊」。

「有時候」也可以單獨成句，在回答問題的時候。如：

7A）她問道：「你的背疼嗎？」「有時候。」他用力地直了直腰。

7B）「這裡你經常來嗎？」「也算不上經常。有時候。」亞由美說。

例 7A）中的「有時候」，是承前省略，一般也會有「有時候疼」的回答，這裡的「有時候」仍然是副詞狀語。「有時候」是與「經常」相否定的詞義，即「不經常」，表示頻率，7B）中對比更明顯了。部分副詞能獨立回答問題是漢語副詞語法功能的一個表現。

漢語中也有「小王有去旅遊的時候」的表達，但它跟「小王有時候去旅遊」不是平行的變換關係，它們的意思不相同。前者的「有」是表「領有」的動詞，「時候」則是「時機」的意思。在漢語中有固定格式「有 VP 的時候」，也說成「（會）有 VP 的那一天」，如：「燕子去了，有再來的時候；楊柳枯了，有再青的時候；桃花謝了，有再開的時候。」（朱自清〈匆匆〉）再如：「米哈艾拉堅信自己的病一定會有好轉的時候。」（新華社 2002 年 5 月分新聞報導）。在漢語文學作品中常用這樣的格式表達對未來出現轉機的信心。

（3）「有時間」與「有時候」的差異

從上面分析可以看出，「有時間」是動賓短語，可以擴

展，如「有多少時間」，「有一點兒時間」，「有了時間」，
「有旅遊的時間」。「時間」是可數名詞，對應英文意義為
「time」，指「空閒（能利用）的一段時間」。「有時間」
大致對應於「to have time」。「有時候」只相當於一個詞，
不能擴展，詞典上標注這個「有」為動詞，比較可疑。它不
是動賓短語。它不能單獨作謂語只能作狀語，在句子中作成
分時也不能擴展。如不能有「＊小王有了時候去旅遊。」、「＊
小王有一點兒時候去旅遊。」，「有時候」作為一個詞也可
以說成「有時」，對應英文義為「sometimes」。

「你有時間去旅遊嗎？」是個正反問句，焦點在「有時
間」。其肯定的回答是：「有，我有時間。」；否定的回答
是「沒有。我沒有時間。」

「你有時候去旅遊嗎」是個是非問句，焦點在「有時候」
其肯定的回答只能是：「是的，有時候去（偶爾去）。」否
定的回答是「不，我從來不去。」（或「我經常去。」）

概而言之，「有時間」中的「時間」，表時量，「時間」
能計量，如「有時間嗎？」，「有多少時間？三天還是一
周？」

「有時候」則是一個副詞，不能分開，「有時候」表頻
次，暗含動量。如「有時候去？那就是不經常去羅？一年去
幾次呀？」

2.「到時間」與「到時候」

「到時間」與「到時候」都是動賓結構短語。「到」都
是「達於某一點」的意思。如果「時間」與「時候」意義完
全相同，那「到時間」與「到時候」應該完全相同。不過，
語感直覺和語料庫的用例，都表明這兩個短語也有不同。

（1）「到時間」的用法與意義

「到時間」，最主要的功能是充當連謂結構的前一項，如：

8）下班的人說：「我們到時間一定下班，保證不再工作就是了。」

9）工廠專門……配有專職服務員，負責打掃衛生，到時間叫醒工人。

8）中的「到時間」與「一定下班」構成連謂結構，9）中的「到時間」與「叫醒工人」構成連謂結構。意思是「到了（規定的）時間點，就會……」。這種連謂結構之間也經常會有關聯詞「一……就」，形成表示「條件關係」的緊縮複句或正式的複句，如：

10）大部工人都能在上班前十五分鐘就上床作好準備工作，一到時間就緊張地開始進行生產。

11）一到時間，年輕的軍官就會準時到那裡站著。

「到時間」的否定往往是「不到時間」，它經常作連謂結構的前項或複句前一分句，如：

12）19 時才能取包。不到時間取包，再交 3 元才行。

13）「定時炸彈」的最大特點是：不到時間，永不會爆炸。

不過「到時間」不能單獨成句，如要成句，則是在其後加「了」，如：

14）兩個小時過去了，到時間了。

15）女服務生來加水，他謝絕了，隨即掃一眼手錶：

「到時間了，得走了。」

而「到時候了」的否定式就是「（還）沒到時間」，它也經常單獨成句或句子的謂語部分，也可用於連謂結構的前項或複句的前項分句。如：

16）「沒動靜。還沒到時間。」女人很有經驗地說。

17）還沒到時間偷溜出去喝咖啡。

18）還沒到時間就不讓人家上了，站在登機口看著自己的航班緩緩退出登機口駛向跑道的感覺是多麼的悲痛欲絕啊！

19）沒到時間不賣，如圖。

「不到時間」有時充當謂語部分，這時候它的意思就等同於「沒到時間」，如：

20）可是午飯還不到時間呢。

21）有些人往往認為汛期還不到時間，不唯對防汛組織未及早動手，甚至工程也不能抓緊時間來完成，以致洪水突發，束手無策。

22）好容易在機場西南角發現有標明價格的飲水出售，可是當我上前去購買時，服務人員說「不賣」，並生氣地說：「還不到時間，誰將牌子掛出來的？！」

「沒到時間不賣」與「不到時間不賣」都可以說，但有細微的差別，「沒」否定的是經歷或動作行為發生、實現的事實；「不」否定的是事情性質或主觀意願。前者的意思是「因為現在沒到時間，所以現在不能賣」。後者的意思是「凡是不到時間的，都不賣」。「不到時間取包，再交3元才行。」

與「沒到時間取包，再交 3 元才行。」也有細微差別。前者的意思是「凡是不到時間取包的，（都要）再交 3 元才行。」後者的意思是「因為現在還沒到時間，現在取包，要交 3 元才行。」

「到」與「時間」之間的結構比較鬆散，8）、9）都可在中間插入「了」，變成「到了時間」。並且還能變換成「時間到了」。如：

8A）下班的人說：「我們到了時間一定下班，保證不再工作就是了。」

8B）下班的人說：「我們時間到了一定下班，保證不再工作就是了。」

10）、11）的「一到時間」也可以變換為「時間一到」，如：

10A）時間一到，年輕的軍官就會準時到那裡站著。

16）–19）中的「（還）沒到時間」也可以變換為「時間（還）沒到」。如：

16A）「沒動靜。時間還沒到。」女人很有經驗地說。

「不到時間」，也可說成是「時間不到」。如：

20A）可是午飯，時間還不到呢。

（2）「到時候」的用法與意義

「到時候」中的「時候」，都是句子中行為動作或事件發生的的「某個時間點」，是約定了的「時點」或按一般規律推算出來的「時點」。相當於英語的「at that time」。

「到時候」，經常出現在謂詞性短語前，如：

223

23）到時候再說。

24）到時候還會回來嗎？

25）到時候會很難受的。

謂詞性短語前「到時候」的「時候」都是將來的「某一個時間點」。「到時候再說（吧）」本意是「現在不能做XX事，會在將來不確實的某一個適當（合適）的時點來商量如何做這XX事」，但在使用中常當成拒絕、躲避的藉口，這裡的「時候」就是最不確定的一個時點，也通常會說成「到時候再看」；做事有無計畫時，也有人將「計畫著去做某事」與「不做計畫，奉行到時候再說」作為對立的兩類人，那麼「到時候」的「時候」就是「計畫中不按步驟去實施的某個不確定的時點」；總之都是隨意的時點。但是在「到時候＋再＋VP」中，如果是其他動詞短語，也可以表示將來一個「約定的時點」，如：

23A）現在不著急說，到時候再說清楚也行。

23B）現在不用做，到時候再做也來得及。

因為是「約定」或「確定」的「時點」，就跟「到時間」一樣，這時就可以替換成「到時間」，意思不變，如：

23a）現在不著急說，到時間再說清楚也行。

23b）現在不用做，到時間再做也來得及。

「到時候」只是將來不確定的一個時點，說話人及聽話人都不能確定是哪個時點，也不涉及合適與否。「到時候」跟「以後」意思差不多，如：

24A）以後還會回來嗎？

25A）以後會很難受的。

　　「到時候」也常出現在複句中前一個小句中，是不願意看到的將來「某一個時點」，表示假設。如：

　　26）她到時候不回去，他會怎麼想呢？

　　這樣句子往往會加上「萬一」、「一旦」等相呼應。

　　例句中的「到時候」在口語中都可以省略為「到時」，變成一個副詞，而意思不變。如：

　　23C）到時再說。

　　26A）她到時不回去，他怎麼想呢？

　　「到時候」不能單獨成句，加上「了」可以單獨成句。「到時候了」也可以作謂語，如：

　　27）孫振邦……心裡話：到時候了！只見他的兩手往後一伸，……。

　　這句中的「到時候了」都有「現在是最合適的時點了」的意思。「到時候」否定形式是「還未到時候」或「還沒（有）到時候」如：

　　28）但今年的 CUBA 才進行到第二屆，圓夢還未到時候。

　　而這句中的「還未到時候」、「還沒（有）到時候」都有「時機尚未來到」的意思。

　　「到時候了」如果換成「時候到了」，意思則有些差異，如：

　　29）她說出了一句話，「善有善報，惡有惡報，今天，終於時候到了！」

　　這句中的「時候」都是「現在這個時點」，而不再有「到

時候了」的「現在是最合適的時點了」的意思。而少了「最合適的」意思，就跟「時間到了」所表達的意思沒有太大的差別，所以，這三個例句中的「時間」也都可以換成「時間」。

「沒（未）到時候」也可以變換為「時候沒（未）到」，如：

30）前幾輪球市蕭條只能說時候未到。

即使充當主語，「時候」仍是將來某一個「時點」，或「合適的時點」。胡培安（2006）認為「惡有惡報，善有善報，不是不報，時候未到」中的「時候」單獨指稱時間範疇本身，並認為是例外的情況，只出現在口語中[17]。

其實這個「時候」即使換成了「時間」，仍是指「時點」，不是指稱時間範疇本身，因為「惡報、善報」不報，是「合適時點」未出現。「時候」從來沒有指稱時間範疇本身的情況。

（3）「到時間」與「到時候」的差異

「到時間」與「到時候」最大的差別，在於前者是「約定的」或「確定的」時點，後者是未確定且多表示「合適」的時點，當「時候」也表示確定或約定的時點時，就可以替換為時間。「到時間再說」與「到時候再說」，前者的「時間」是確定的約定的「時點」，句子表達的意思是「到了規定的時點再開始說」；後者的「時候」指將來「合適」的時點，句子表達的意思是「以後有合適的時點再提出來」。

處於其他謂詞前時，「到時間」可以擴展；而「到時候」

17　胡培安，〈從功能的角度看「時間」與「時候」〉，《社會科學輯刊》第 6 期，2006：258–262。

不能擴展。

「他們到時間一定會送來嗎？」這句話是問「到約定的時間點上，他們是否一定會按時送來」的問題。「到時間」除了表未然的事件，句子焦點在「時間」上。其肯定回答是「對，（他們很準時）到了時間一定會。」否定回答是「不，到了時間也不一定。」這句話去掉「到時間」就少了焦點「時間」，表意就跟「他們到時候一定會送來嗎？」差不多。

「他們到時候一定會送來嗎？」這句話是問「將來的某個時候（可能有約定），他們是否一定會送來」的問題。未約定的「到時候」只表未然的事件，句子的焦點在「一定」上。其肯定回答為「對，（到時候）一定會的。」否定回答是「不一定，到時候再看吧。」或「不一定。以後的事情，以後再說吧」。這句話，去掉「到時候」依然是表未然事件。如果是約定的「時候」，這種情況就跟「他們到時間一定會送來嗎？」意思差不多，回答也差不多。

3.「是時間」與「是時候」

「是時間」與「是時候」都是動賓結構短語。它們的意義和用法也不一樣。

（1）「是時間」的用法與意義

「是時間」，可以作句子的謂語，如：

31）計畫裡最重要的是時間。

32）最大的敵人是時間。

31）、32）中的「是時間」都是謂謂語，表明判斷。也可以轉換成：

31A）時間是計畫裡最重要的。

32A）時間是最大的敵人。

「是時間」的否定表達，直接在「是」有加「不」，如：

31B）計畫裡最重要的不是時間。

32B）最大的敵人不是時間。

也偶爾做主語，「是」表示強調。如：

33）是時間使他們猛然清醒。

這些「是時間」往往出現在文學作品中，「時間」的意義為詞典中的第一義項，指「時間範疇」本身，對應於英文的「time」。

（2）「是時候」的用法與意義

「是時候」，可以作謂語，是描寫一種「合適的時點」，即「在這個時間點上發生的事是非常合適的」，如：

34）這場雨下得正是時候。

35）他不僅恪守諾言，而且來的都是時候。

36）這個問題提得好，提得是時候。

這三個句子的「是時候」，都是積極的正面的意義，它的前面都可以加上「正」、「實在」、「恰」、「很」等副詞。句子表達的動作或事件都已經發生了。34）的「雨」已經「下」了，35）「來」都是發生過的，36）「問題」已經「提」了。這些「是時候」的英文大致是「just in time」或「just in the nick of time」。

「是時候」的否定表達，是「不是時候」，指「不合適的時點」。如：

34A）這場雨下得不是時候。

35A）他不恪守諾言，來的不是時候。

36A）這個問題提得不好，提得不是時候。

有意思的是，「是時候了」反而表示句子中的事件未發生的事情。如：

37）你要聽勸，下決心結婚吧，是時候了……。

這句話中的「結婚」還沒有發生，但是「已經到了最合適的時候、關鍵點」。

「是時候了」，往往還可以單獨作為句子出現，表明「這個時點合適、重要」，「且轉瞬即逝」。如：

38）施因看表已經五點，便說：「是時候了。」

這些「是時候了」前面往往還可以出現「現在」、「如今」、「已經」等表時間的詞語。

「是時候」近年來也常作狀語，也有學者認為這時候它副詞化了[18]。它表示在「現在已經是到了應該做某事的時點」。如：

39）香港近年出現一些風波，與有人未正確認識憲法有關，港人是時候「補課」了。

40）如果北京男籃還有一顆冠軍的心，是時候一展能力了。

這些「是時候」的前面往往可以加上「應該」、「該」等副詞。

---

[18]　韋鈺璿、張泰源，〈論「是時候」的副詞化〉，《中國語文學》第81輯，2019：155–169。

（3）「是時間」與「是時候」的差異

「是時間」與「是時候」都是動賓結構短語。「時間」是表示「時間範疇」本身，主要作謂語，表判斷，跟時態無關。「是時候」都表「時點」，經常充當謂語和狀語。作謂語或獨立成句時都是「合適的」或「關鍵的」的「時點」，作狀語往往強調「當下這個時點應該做某事，不能再拖延了」。處於別的謂詞前時，「是時間」作主語，可以擴展，如「是這個時間讓他們清醒了嗎」；而「是時候」則是作狀語，不能擴展。

「是時間讓他們恢復記憶了嗎？」這句話說的是「他們恢復記憶」靠的是不是「時間」。「是」表強調，「時間」在句子裡作主語，表「時間範疇」本體。其肯是定的回答是「是，是時間」；否定的回答是「不，並不是時間」。

「是時候讓他們恢復記憶了嗎？」這句話說的是「讓他們恢復記憶」是否「現在合適」。「是時候」表合適的時機，「是時候」作狀語。其肯定的回答是「是，該是時候了」，其否定的回答是「不，還不是時候。」值得注意的是「還不是時候」只能作謂語，並不能像「是時候」一樣能處於謂詞結構前充當成分，如「＊還不是時候讓他們恢復記憶」；說明「不是時候」不是狀語位置上「是時候」的否定式，也即「是時候」在狀語位置上結構有特殊性。

4.「看時間」與「看時候」

「看時間」與「看時候」都是動賓短語。從語料庫的語料來看，「看時間」的用例明顯多於「看時候」。它們的意義和用法也存在差異。

（1）「看時間」的用法與意義

「看時間」的意義也有多種，有時指的是「觀察並試圖瞭解鐘錶中指針代表的時、分、秒關係」，相當於英語的「read the clock ／ time」。如：

41）海倫終於學會了看時間，她爸爸準備在耶誕節時送給她一塊懷錶。

42）全班 38 名學生中只有 3 人不會看錶。既然孩子們已經會看時間了，應該怎樣講這堂課呢？

有時指「借助鐘錶等計時工具，瞭解此時處於什麼時點」，相當於英語的「see the time」，這是最常見的也是語料庫出現頻率最高的意義。如：

43）我只想到我有一支錶，一支屬於我的錶，一支放在口袋裡可以看時間的錶。

44）在這種空間的感覺以外，還有時間的感覺：因為太久太久沒有鐘也沒有錶，甚至沒有計時燭（markedcandle），沒有滴漏（clepsydra），也沒有沙漏（hourglass），看時間的習慣已經退化。

45）幾點呀現在？天還沒亮吧？他伸手去拿床頭桌上的手錶看時間。

有時指「根據時間（時段）的不同情況」，相當於英語的「according to time」，它往往後面要再接上某個行為動作的詞語，如：

46）根據觀眾的不同情況，各舊址都編寫了不同風格和內容的講解詞，做到看要求定重點，看對象

定深淺，看時間定長短，看人數定音量。

47）因時制宜，就是看季節、看氣候、看時間安排勞力。

也有時指「選擇時間、區分時間」，如：「我發起脾氣來從來不看時間、不分場合。」

「看時間」是個非固定詞組，它和漢語非固定詞組的語法功能一樣，可以作謂語或謂語中心，充當連謂結構的一部分，作定語、作賓語、作主語等。

充當謂語或謂語中心，如42），再如：

48）他在看時間嗎？也許我們的創造者也給他下達了最後期限。

充當連謂結構的一部分，連謂結構前一部分的，如（46）、（47）；連謂結構後一部分的，如（45）。再如：

49）軍訓教官是個軍閥時代的老頭子，上課的時候，經常拿出一個帶蓋的大表來看時間。

充當定語，如（44），再如：

50）看時間的時候想起我看手額的時候知道我在想她看到戒指知道我的承諾沒變過。

作賓語，如（41），再如：

51）我們聊得太愉快，所以忘記看時間。

作主語，語料庫中只有一例，如：

52）他全神貫注地看著錶面，好像看時間也需要運用智力似的。

「看時間」的肯定形式有「不看時間」和「沒看時間」，

如：

53）Sorry！我沒看時間，已經晚了。

54）他幹活是不看時間的，天黑才罷。

（2）「看時候」的用法與意義

在語料庫中，它的意思主要是「挑選時點」，大多都是「挑選適當的時點」，如：

55）書本好是好，可是逛的時候就不讀它，因為不論辦什麼事都得看時候。

56）郭祥有些憐惜地說：「小徐，你這種精神，我很贊成；可是也要看時候嘛！比方說，晌午水暖了你再來洗，是不是更好一些？」

57）這一躺，最少要躺上三個月，奶奶的，要打架也不看時候。

58）講義氣？那也得看時候。現在就不是講義氣的黃道吉日。

也有時指「察看時勢」，如：

59）但在實際工作和生活中，一些同志並不能做到一以貫之，而是看時候和講條件。

60）大水說：「好。咱們都是中國人，得抱成堆兒，團成個兒，跟日本人幹。你在大鄉上辦事，我想知道知道崗樓上的情形，你敢不敢跟我說？」申耀宗是個貓兒眼，看時候變；他說：「咱們都是中國人，怎麼不敢說？我吃這碗飯也是好吃難消化。一個中國人，還能跟日本人一條心？」就把崗樓上的人數、槍支、軍官的姓名、特務活

動的辦法……都說了。（人民日報 1949 年 06
月 25 日）

「看時候」的語法功能主要是作謂語或謂語中心，如
55）–58）；有時充當連謂結構的前一部分，如 60），再如：

61）蘿輕輕的說道：「陳白你好聰明，可是你這話真
是空話。」這男子，也輕輕的說道：「話無有
不是空的，看人說，看時候說。」（沈從文／《一
個女劇員的生活》）

它也能和其他動賓詞組一起組合並列結構，如 59），
再如：

62）只是不能無視世故人情，我們看時候、看地方、
看人，在禮貌與趣味兩個條件之下，修飾我們
的說話。

在 BCC 語料庫中還發現一例特殊的語例：

63）我就帶你上秀貞那兒去，衣服你也不用帶，她給
你做了一大包袱，我還送了你一隻手錶，給你
看時候。（林海音／《城南舊事》）

這句裡的「看時候」，跟「看時間」表示「借助鐘錶等
計時工具，瞭解此時處於什麼時點」的意思相同。這個例句
出自上世紀 60 年代的作品，表明那個時代「時間」與「時候」
能混用。不過現當代漢語中，這樣混用的情況越來越少見。

「看時候」也有否定形式，卻只有一種形式「不看時
候」，如 57）。

（3）「看時間」與「看時候」的差異

「看時間」與「看時候」雖然都是動賓短語，但是「看

時間」內部結構可以擴展，而「看時候」內部結構比較凝固，連「了、過」都不能插入。在充當句法成分上，「有時間」也比「有時候」自由。「看時間」的意義比「看時候」要豐富，兩者意思區分比較明顯。不過以下兩句意思比較接近，但仍有細微差別：

「小王發起脾氣不看時間」。這對話中的「看時間」，指「不區分時間」，即，任何時點都有可能發脾氣。

「小王發起脾氣不看時候」。這對話中的「看時候」，指「挑選適當的時點」，即「小王發脾氣挑了個不合適的時點」。

從語料庫中語料顯示，表「挑選或區分時點」時，「看時候」選用肯定句，且往往在連謂結構前一部分，如 60）中的「看時候變」，61）中的「看時候說」；而「看時間」則選用否定句，且是謂語或謂語中心，如「她發脾氣從來不看時間、不分場合。」

IV. 結論與餘論

從名詞的搭配功能來觀察「時間」與「時候」，可以看出「時間」充當賓語及定中結構的中心語明顯要比「時候」活躍得多，這說明，「時間」的名詞性要比「時候」強。再結合「時間」與「時候」在充當主語、搭配量詞的差異來看，本文認為，如果說「時間」是一個普通的典型的名詞，那麼「時候」只能算是一個弱名詞，或者說「時候」是一個不典型的名詞。

「時間」與「時候」放在動詞「有、到、是，看」後組成新的結構後，它們的意義與用法也顯得更加具體，它們的細微差別，也通過語料得到落實。

第一，表存在的動詞「有」後「時間」與「時候」，差別較大。「有時間」表時量，「時間」能計量；而「有時候」表頻次，「有時候」則暗含動量。「有時間」是動賓短語，而「有時候」是一個表時間的副詞。「有時間」常用謂語和連謂短語的前部分，「有時候」只作狀語。見下表：

對比項 （ ）	表量	語法地位	句法功能
有時間	時量	動賓短語	作謂語或連謂前一部分
有時候	暗含動量	副詞	作狀語

第二，表位移的動詞「到」後「時間」與「時候」，它們都表示時點，但「到時間」多表示約定的時點，「到時候」多表示「合適的時點」。處於連謂短語的前一項，都是動賓短語，但「到時間」可以擴展，「到時候」結構凝固不能擴展，且還可以簡略為「到時」變成一個副詞作狀語。見下表：

對比項 （ ）	表時點	語法地位	凝固性
到時間	約定時點	動賓短語	可擴展
到時候	合適時點	動賓短語	不可擴展，可縮為「到時」副詞（ ）

第三，表判斷的動詞「是」後「時間」與「時候」，都充當謂語時，「是時間」中的「時間」都指稱時間範疇本身，「是時候」表示時點，且多為「現在最合適的時點」。處於別的謂語前時，「是時間」是動賓短語，可以擴展；而「是時候」是固定短語（固定短語的功能相當於一個詞）。「是時間」連謂結構的一部分，而「是時候」則是作狀語。見下

表：

（對比項）	意義	語法地位	處於別的謂詞前時
是時間	時間範疇	動賓短語	可擴展　連謂前一部分 、
是時候	合適時點	動賓短語	固定短語　作狀語 、

　　第四，表行為動作的動詞「看」後「時間」與「時候」，「看時間」中的「時間」含義豐富，可以指「時點」，也可以指「時段」，還可以指代表時間的「鐘錶」；語法功能也豐富，可作謂語或謂語中心語，連謂結構的前一部分，也可以作定語、賓語、定中結構的中心語；而「看時候」充當謂語或謂語中心語、與其他謂語並列構成謂語，或構成連謂結構的前一部分。都充當連謂結構的前一部分時，「看時間」可以擴展，而「看時候」結構凝固相當於一個詞，意義也有所虛化。見下表：

對比項 （　）	名詞意義	作成分	處於別的謂詞前時
看時間	時段　時點　鐘錶等 、　　、	靈活自由	可擴展
看時候	合適時點	只作謂語部分	凝固、詞義虛化

　　總的來說，四個特殊動詞後的「時間」，組合後的結構相對鬆散，是普通的自由動賓短語；而這幾個動詞後的「時候」，組合後的結構相對凝固，可以看成一個詞或相當於一個詞。「有時候」已經完成詞彙化，就是一個副詞；「是時

候」在連謂結構前一部分的位置上正在詞彙化；「到時候」在連謂結構前一部分的位置上也有詞彙化的趨勢；「看時候」由於其內部凝固性，在連謂結構前一部分的位置上也有詞彙化的潛能。

　　本文限於篇幅不討論「有時候、是時候、到時候、看時候」的詞彙化及原因，但提出有意思的問題供大家思考：是否因為「時候」不是典型名詞；而「有、是、到」也都不是典型的動詞，它們組合後形成的「有時候、是時候、到時候」內部結構又比較凝固，表示的意義不是典型動作性卻跟副詞所表達的頻率、情態意義相似；所以處於其他動詞結構前一位置上容易詞彙化——副詞化。「看」雖然是典型的動作動詞，但與「時候」搭配後的「看時候」仍表現為結構凝固，處於其他動詞結構前一位置上，「看時候」的「看」也不再是動作行為的「看」了，有虛化傾向；這樣，「看時候」也就有詞彙化——副詞化的潛能了。

參考文獻

韓根東，〈「時候」與「時間」的區別〉，《天津師大學報》第 6 期，1982。

胡培安，〈從功能的角度看「時間」與「時候」〉，《社會科學輯刊》第 6 期，2006。孔子學院總部／國家漢辦，《國際漢語教學通用課程大綱》，北京：北京語言大學出版社，2014。

劉月華等，《實用現代漢語語法》，商務印書館，2004。

陸丙甫，《核心推導語法》第二版，上海教育出版社，2015。

宋詠雪，《從定語看「時候」與「時間」的語義差異》，吉林大學學位論文，2015。

王小莘、張舸，〈「時間」與「時候」〉，《語言教學與研究》第 2 期，1998。

王勇，〈「時間」和「時候」的多角度比較〉，《學術交流》第 4 期，2014。

韋鈺璿、張泰源，〈論「是時候」的副詞化〉，《中國語文學》第 81 輯，2019。

翟玲玉，〈「時候」與「時間」的互換及其不對等性〉，《菏澤學院學報》第 1 期，2013。

張豔玲，《「時間」、「時候」的偏誤分析及其對外漢語教學研究》，湖南師範大學學位論文，2016。

趙琦玲，《「時候」與「時間」的對比分析及教學設計》，南昌大學學位論文，2016。

朱德熙，《朱德熙選集》，東北師範大學出版社，2003。

中國社會科學院語言研究所詞典編輯室，《現代漢語詞典》（第 7 版），商務印書館，2016。

中國大辭典編纂處，《漢語詞典》（簡本），商務印書館，1991。

Abstract

"Shijian" and "Shihou" are Primary common nouns in the General Course Outline of International Chinese Teaching.

"Shihou" is the first level word and "Shijian" is the second level word. But in authoritative Chinese dictionaries and textbooks, there is no difference between the interpretation of these two words, including foreign notes, which often leads to errors in using these two words.

Scholars mostly discuss the semantic and functional differences of the two words when they are restricted by different attributives. However, there is little discussion on the semantic and functional differences of the structural forms of the two words when they appear after the same verb. These are the Chinese structural forms that are often encountered in Chinese learning.

By means of comparison and description, this paper investigates a large number of examples in BCC corpus and CCL corpus, analyses and discusses "Shijian" and "Shihou" after four verbs-"You", "Shi", "Dao", "Kan"(also commonly used verbs), and explores their semantic and functional differences.

All in all, "Shijian" represents the category of time, Beyond that ,it often expresses time quantity and "agreed time". "Shihou" can imply momentum and express "the right time point" in many tables. The noun features of "Shijian" are more obvious than "Shihou", and "Shihou" can be regarded as an atypical special noun.

"Shijian" after four verbs is a verb-object phrase with relatively loose structure, while the "Shihou" after these verbs is relatively solidified, or be a word or can be regarded as a word. The verb is followed by "Shihou", which has been lexicalized, or is being lexicalized.

Key Words：動詞（Verb），時間（Shijian），時候（Shihou），語義（Semantics），用法（Usage）

（本文刊載於韓國《中國語文學》雜誌第 82 輯）

二、基於 CCL 語料庫的「促使」與「促進」的語義特徵與句法功能比較

Ⅰ. 序論

孔子學院總部／國家漢辦主編的《國際漢語教學通用課程大綱》是指導國際漢語教學的綱領性文件，已經翻譯成 45 種文字在世界各地推廣使用，它與 HSK 大綱在等級要求上銜接關聯，並給出了一至六級目標要求的標準，一至二級為初級，三至四級為中級，五級至六級為高級。在詞語方面，也給出了「常用漢語詞語表（1–6 級）」。

其中的「五級常用漢語詞語表」中收錄了新增 1300 個詞語，「促使」與「促進」也在其中[19]。而《大綱》的「五級目標要求」中有「掌握難度等級較高的詞語的意義和用法」、「能夠選擇合適的詞語進行交流和表達」[20]。

在漢語高等級中，辨析近義詞語，瞭解它們意義和句法的同異，尤其是差異，並能準確運用，是漢語教學與漢語學習的重要任務。

「促使」與「促進」是一對近義詞，都具有「推動使⋯⋯」的含義。此二者在用法上也有重合，如都能做謂語，後面都能跟主謂短語等。但是無論在語義上，還是句法上，二者仍存在不少的差異。北京語言大學 HSK 動態作文語料庫亦有「促進」與「促使」區分不清的語例，如有「* 在電視上看不到香菸的廣告可以避免促進更多人買菸」等使用不當的例句[21]。目前關於二者異同的討論還比較少，即使提到

19　孔子學院總部／國家漢辦，《國際漢語教學通用課程大綱》，北京：北京語言大學出版社，2014，p.73。

20　孔子學院總部／國家漢辦，《國際漢語教學通用課程大綱》，北京：北京語言大學出版社，2014，pp.23–27。

21　北京語言大學 HSK 動態作文語料庫：http://hsk.blcu.edu.cn/。

也不夠系統全面。因而，本文基於北京大學中國語言學研究中心 CCL 語料庫，試圖對「促進」與「促使」在句法和語義方面的異同進行系統全面的討論。

II.「促使」與「促進」的語義特徵

《現代漢語詞典（第 7 版）》對「促使」的解釋為「推動使達到一定的目的」；對「促進」的解釋為「促使前進；推動使發展」[22]。

而《現代漢語規範詞典》則將「促使」釋為「推動使產生行動或發生變化」；將「促進」釋為「推動使發展進步」[23]。

《說文解字》[24]中「促」的本義是「迫也。從人足聲。」形容詞，後來引申為動詞「催促」，到現代意義為「推動」；「進」的本義是「登也」，即「向上登高」之意；「使」在《說文解字注》中解釋為「令也」，而「令者，發號也。」[25]即「命令」之意。

從 CCL 古代漢語語料庫檢索[26]，「促使」兩個謂詞性成分連用，最早出現在北宋話本小說，如「時失火，……其妻促使元方助收物，元方笑曰：『何用惜此。』」（北宋《太平廣記》）此處的「促使」就是「急迫地催使」。到清小說《聊齋志異》中有「遂扶起，促使下床著衣，猶幸跛而能行。」這裡的「促使」與上下文的「命」、「令」等相對應，是一

22　中國社會科學院語言研究所詞典編輯室，《現代漢語詞典》（第 7 版），北京：商務印書館，2016。

23　李行健，《現代漢語規範詞典》（第 3 版），北京：外語教學研究出版社，2014。

24　漢・許慎著，宋・徐鉉校，《說文解字》，北京：中華書局，2013 版。

25　清・段玉裁撰，《說文解字》，北京：中華書局，2013 版。

26　北京大學中國語言學研究中心 CCL 語料庫：http://ccl.pku.edu.cn:8080/ccl_corpus/index.jsp?dir=gudai。

個複合詞，為「讓、命」的意思，而未含「急迫」之義。到了清代小說有「那時於事無益，越發促使他們急急下手。」（無垢道人《八仙得道傳》）這時候的「促使」意思是與現代漢語已經相同。

而「促進」兩個詞連用，也是在北宋時期，如：「沛統兵屯於近郊，及進軍連破賊徒，頻詔促進……」（北宋《冊府元龜》），「促」為「催促」，「進」則是「進軍」之意。「乃以助軍進奉為名晝夜促進」（北宋《冊府元龜》），「促」為「催促」，「進」則是「進奉」之意。古代漢語的「促進」後多接「兵、軍、朝」等，「進兵、進軍、進朝」結合更緊密，這些成為「促」的內容。到民國時代，「促進」凝固為一個詞。意義與現代漢語沒有差別。如「下詔改元為嘉定，並促進和議」，（民國小說《宋代十八朝宮廷豔史》）

從 CCL 古代漢語語料庫中檢索，可以看出「促使」和「促進」在使用過程，都經歷詞彙化過程[27]，「促使」直到清代凝固成一個複合詞，而「促進」到民國小說才出現其凝固為一個詞語。

兩本現代漢語詞典對「促使」和「促進」的解釋大同小異，但是都反映出「促使」和「促進」並不完全等同。分析語料，對照兩者構成語素的異同，我們對二者在語義上的異同有了一個清晰的認識。

1. 動語素論元的同與異

語義上關涉兩個或多方事物是兩者的相同點，雖然都涉及兩方事物，但其深層結構[28]略有不同。

27　參考董秀芳，《詞彙化：漢語雙音詞的衍生和發展》（修訂本），北京：商務印書館，2011。

28　參考陸儉明等，《漢語和漢語研究十五講》，北京：北京大學，

　　「促使」包含兩個動語素「促」和「使」，「促進」包含兩個動語素「促」和「進」。根據動詞性成分指派論元角色要求，「促」是個二元性動語素，而「使」也是二元動語素，「進」卻為一元性動語素。

　　「促使」的內部結構是「並列」式，「促」與「使」，深層語義結構為：「A 促（推動）B，A 使 B……」，論元合並則為「A 促使 B ＋產生某種結果」；「促進」的內部結構是「動結」形式，「促」的作用結果是「進」，深層語義結構為「A 促（推動）B，B 進（向前、進一步）」，論元合並則為「A 促進 B（＋產生了正向影響）」。

　　其中 A 為施事（或當事，廣義施事成分）名詞性論元，B 為受事名詞性論元。「促使」後不能少關於「結果」的意義的詞或句；而「促進」可以有也可以沒有表「產生向影響」的詞或句。

　　「促使」的語義格式為「A 促使 B……」；而「促進」既有「A 促進 B……」，同時也有「AB（大家，雙方）互相（彼此、共同）促進」，還有「自我促進」。其中「自我」似乎不存在兩方，實際上「自我促進」在語義上是「自己促進自己」，「自我」既是施事論元，又是受事論元。如：

（1）寫得好的敘事史不僅可以給讀者知識，也可以促使讀者思考，還可以給讀者非常愉悅的閱讀體驗。

（2）語言促使了人類意識和自我意識的產生。

（3）大力推廣以北京語音為標準音、北方方言為基礎方言的普通話，促進漢語向統一的方向發

2003，第 155 頁至 170 頁。

展。

（４）中國烹飪與食品工業互相促進、互相結合的趨
　　　勢日趨明顯。

（５）世界觀的改造也是一個謙虛謹慎、自我促進的
　　　過程。[29]

例句（1）「促使」的廣義施事論元（A）為「敘事史」，
受事論元（B）為「讀者」，表結果的是「思考」。例（2）
廣義施事論元為「語言」，受事論元為「人類意識和自我意
識」，表結果的是「產生」；不同的是（1）的受事是以兼
語（「促使」的賓語，「思考」的主語）形式出現，而（2）
中的受事則是以「產生」的定語出現。

例（3）的「促進」的廣義論元（A）為「普通話」，
受事論元（B）為「漢語」，表作用或影響的語句是「向統
一的方向發展」，還出現了「向……」表示方向語詞的特徵。
例（4）「促進」的廣義施事論元（A）為「中國烹飪與食
品工業」，受事論元（B）也是「中國烹飪與食品工業」，
因為是「互相」的，即「烹飪工業」、「促進」、「食品工
業」，「食品工業」也「促進」、「烹飪工業」，沒有出現
表作用或影響的詞。例（5）「促進」的施事和受事論元都
是「自我」，即「自己促進自己」，後面沒有出現表作用或
影響的詞句。

2. 深層語義的自足與不自足

「促使」和「促進」具有相同的語素「促」，又各自具

29　所有例句如沒有特別注明均出自北京大學中國語言學研究中心 CCL
　　語料庫，以下均同，不再提示。北京大學中國語言學研究中心 CCL
　　語料庫：http://ccl.pku.edu.cn:8080/ccl_corpus/index.jsp?dir=gudai。

有不同的語素「使」與「進」，一字（語素）之差就造成了二者在語義上的區別。「進」本身就具有「前進」的意思，《現代漢語詞典》將其解釋為「向前移動」，因而「促進」可以理解為推動某事更進一步，已成包含了結果。「促進」在語義上比「促使」更自足，因而其後可以不再要求接其他詞語，而充當句子的謂語中心。如：

> （6）但願還有第三戰果，這就是兩國結盟，共同促進。

> （7）在高產競賽中，班與班相互促進。

而「使」即「令，讓，致使」，「促使」主要是指推動某物或某事怎麼樣，並未直接說明其推動的結果是怎麼樣的。因而「促使」後面往往跟有主謂結構，或表示結果的詞句，對「促使」所產生的結果進行說明，如（1）的「思考」，（2）的「產生」。例（6）、（7）因為後面沒有出現結果的詞句，所以都無法換成「促使」。

3. 順向與非順向

如上文所說，「促」的動詞義為「催促」，到現代引申意義為「推動」；「進」的本義是「登也」，即「向上登高」、「前進」、「發展」之意；「使」是「令也」，而「令者，發號也」，引申為「致使」之意。

受語素「進」和「使」的影響，「促進」和「促使」在語義上具有有方向的順向性和非順向性的區別。

「促進」指推動某事更進一步，這就意味著「促進」只能推動事物向好的方向發展（順向）。而「促使」僅表示推動事物產生某種結果或發生變化，具體向好的方面還是壞的方面發展並未從詞義中表現出來。二者的語義特徵可以描寫

如下：

促進〔＋推動＋順向〕

促使〔＋推動＋順向〕

受「促進」和「促使」語義特徵的影響，「促進」後面只能接積極或中性成分，不能跟消極成分。而「促使」則沒有這種限制。

（8）中心建立了辦案期限跟蹤督察制度，在辦案期限居滿前 3 日進行提前預警，居滿前 1 日提前催辦，促進辦案部門自覺提高辦案效率。

（9）緊緊圍繞解放和發展生產力這一中心，合力「奔富思進」，用「三講」促進縣域經濟的突破和發展。

（10）順應世界科技發展潮流，著眼於建設現代農業，大力推進農業科技自主創新，加強原始創新、集成創新和引進消化吸收再創新，不斷促進農業技術集成化、勞動過程機械化、生產經營資訊化。

（11）但在 2 日美元匯率繼續下跌之後，美聯儲沒有採取行動，促使 3 日美元匯率大幅下瀉，美元兌馬克和日元匯率收盤時分別為 1.653575 和 100.9505。

（12）同時，紮紮實實地為企業解決實際困難，促使 7 家企業增資。

（13）有不少媒體認為，正是奧運會上這堂聯防課，4NBA 聯盟改變規則，允許在球隊使用聯防。

以上例句中，（8）「提高」是順向性，（9）「突破」、「發展」是帶有積極意味的詞，與「促進」本身的「向前移動」的作用或影響一致；而（10）的「集成化」、「機械化」、「資訊化」詞義上是中性，表達的是社會進步向前發展，呈積極的，與「促進」的作用並不矛盾。而與「促使」後面接的成分既可以是（11）消極的「下瀉」，也可以是（12）積極的「增資」，還可以是（13）中性的「改變規則」。但是卻不能是如下：

＊在電視上看不到香菸的廣告可以避免促進更多人買菸。（北京語言大學 HSK 動態作文語料庫，同上注 3。）

這句話中的「更多人買菸」從人的健康角度來說是消極的事情，這句話中的「促進」應該改為「促使」才合邏輯。

上文的例句（1）的「思考」以及（2）的「產生」只是結果，沒有方向的順向性，句中的「促使」不能換成「促進」。

例（3）的「促進」可以換成「促使」，因為「向統一方向發展」有方向的順向性；例（8）的「促進」可以替換為「促使」，同樣是因為「提高」具有方向的順向性；（9）的「突破」和「發展」也有方向的順向性，句中「促進」可以替換為「促使」。

例（10）句中「促進」可以替換為「促使」，因為「X 化」都是向前發展；例（11）句中的「促使」不能替換為「促進」因為「下瀉」是非順向性的；例（12）句中的「促使」可以替換為「促進」因為「增資」是順向性的。例（13）不能替換，因為「改變規則」是非順向性的。

4. 發展的起點與進展

「促進」與「促使」受其各自語素的影響在表示「發展」時分別具有起點義與進展義。所謂起點義是指「促使」在與事物搭配時通常意味著該受事論元及結果是由於某人或某事從動詞表示的動作開始才出現。而所謂進展義是指「促進」在與事物搭配時通常蘊含著受事論元（B）及作用本身已經有所進展，而不是從零開始。

（14）這一夥伴關係旨在加強亞歐之間的聯繫，以促進兩個區域的和平、可持續發展和共同繁榮，從而為全球穩定與繁榮作出貢獻。

（15）中草藥飼料添加劑是把單或多味的中草藥，以傳統的中醫藥理論為指導，通過一定的技術處理，添加到飼料中，用於促進動物生長繁殖，改善畜產品品質，是防病治病的天然物質。

（16）河北省檢察機關開展貨款回收專項教育，促使1.29 億貨款得以回收。

（17）還準備在今年促使 50 至 80 家企業轉移生產能力，到新疆等地區建廠，在 3 年內要有300 家左右的優勢企業的優勢產品到西部地區落戶。

以上幾個例句中，（14）中「兩個區域的和平、可持續發展和共同繁榮」在夥伴關係建立之前就已經存在，它們只是在夥伴關係的促使下進一步發展。（15）的發展義更為明顯，「動物生長繁殖」在中醫藥添加到飼料之前就已經開始，只是在添加了中醫藥之後生長繁殖更加迅速。（16）中「1.29億貸款得以回收」卻是在貨款回收專項教育開展之後才開始

進行的。

（17）中「50至80家企業轉移生產能力」就是在「促使」之後才開始的。

5. 包含的行為與結果

「促使」只表示行為本身，沒有涉及到行為帶來的結果；而「促進」則在行為之外還包含了結果部分。如：

> （18）繼續教育的首要任務就是要促使社會和政治的變革。

> （19）大家都能從中得到促進。

例句（18）中的「促使」必然後接表結果的語言成分，「變革」就是一種結果；而（19）「促進」本身包含了結果，所以可以有「得到促進」或「有了促進」的說法。

例（18）中的「促使」可以替換為「促進」，因為「變革」在此處是向好的方向變化，具有順向性。而（19）中的「促進」不能替換為「促使」。

Ⅲ.「促使」與「促進」的句法特徵

1. 都能後接單個動詞和謂詞性短語

「促使」與「促進」後面可以跟單個動詞，也可以跟謂詞性短語，其中謂詞性短語包括狀中結構、主謂結構。如：

> （20）不過，所謂初生牛犢不怕虎，有時候大膽的實踐要比保守己見要更能促使進步。

> （21）我們的學生大多在低年級時因為學習遭受挫折，活動課為他們提供一個展示自己獲得成

功的舞臺，可以重新激發他們的自信心和求知
欲，培養他們「一專多能」，同時反過來促進
學習。

（22）維護世界和平，促進共同發展，成為各國人民
的強烈願望。

（23）中國需要與各國加強溝通，增進相互瞭解，促
進相互合作。

（24）「假釋放」的本意，是讓「犯人」體驗一下「自
由」是何等舒坦，以促使「犯人」早日「反
省」。

（25）只有公務人員的生活現代化，才能促使「國民」
生活現代化，才能「建立一個現代化的『國
家』」。

（26）中紀委副書記傅傑在會上指出，各級紀檢監察
機關要深入開展信訪監督工作，促進領導幹部
廉潔自律，促進黨風廉政建設，切實落實從嚴
治黨的方針。

（27）如今，大敵當前，兄弟攜手。從這個意義上說，
是日本「促進」了國共合作！

　　（20）、（21）分別是「促使」與「促進」後跟單個動
詞「發展」、「進步」、「合作」、「學習」作賓語的例子，
雖然都是動作賓語，但是「進步」有「方向義」且顯示行為
動作的「結果」；而「學習」只是行為動作本身意義，無「方
向義」和「結果」。可見，「促進」、「促使」帶賓語，都
需要有「結果」出現。如果要指出這兩句話中的受事論元，
那都是承前省略或暗含的，（20）中的受事論元（Ｂ）是「個

人（或社會）」；（21）中的受事論元是承前省略了的「他們」。

（22）至（27）則是謂詞性短語跟在「促使」、「促進」之後的情況，其中（22）、（23）是狀中短語作賓語，（24）至（27）則是後跟主謂短語的情況。需要進行說明的是「促使」與「促進」後跟主謂短語的情況並不相同。「促使」是典型的使令動詞，其後跟主謂短語構成兼語結構。（24）「促使『犯人』早日『反省』」中「犯人」作兼語，（25）「促使『國民』生活現代化」中「國民」作兼語。而「促進」後面也可以跟主謂短語，但它不是使令動詞，後面構成的也不是兼語結構。（26）「促進領導幹部廉潔自律」中主謂短語「領導幹部廉潔自律」是作「促進」的賓語，（27）「『促進』國共合作」中主謂短語「國共合作」作「促進」的賓語。

2. 都可以後接定中偏正結構的名詞性賓語

兩個詞語，都可以後接定中偏正結構，帶複雜的名詞性賓語。如：

（28）鄭成功據守廈門期間，這種遷移達到高潮，促使了廈門群眾性漁港的形成。

（29）各地為促使農業長期穩定的發展，採取了一些增加農業後勁的措施。

（30）使黨的路線政策得到進一步貫徹落實，從而促進了革命生產大好形勢的發展。

（31）北方一直是中國的中心，戰亂頻仍，雖是給人民帶來痛苦，卻同時也促進了北方的融合。

「促使」後面多跟主謂短語構成兼語結構，但在考察語

料的過程中，我們發現「促使」後面還可以跟定中偏正結構，帶這些名詞性賓語。「促進」後面可以跟主謂短語，但是更多的是與定中偏正結構搭配，帶名詞性賓語。「促使」與「促進」搭配的定中偏正短語的中心語一般是抽象名詞，這些抽象名詞往往表示某種變化，如（28）的「形成」表示從無到有的變化，而（29）、（30）的「發展」則表示向好的方面發生變化，（31）的「融合」表示不同事物融為一體的過程。

不過，這些名詞性賓語，如「形成、發展、發展、融合」都有動詞的功能，即它們是動名詞。

3. 都可以作定中偏正結構的中心語：

（32）他明知改變不了什麼竟仍強烈地要求改變什麼，完全是受一種巨大的責任感的促使。

（33）先是學習外國制器「長技」，後在國內革命浪潮的衝擊中、在立憲派的促使下，準備「仿行」憲政，改革封建制度。

（34）如果他能按照他的承諾辦事的話，對我們的事業也許是個不小的促進。

（35）在洋務運動的促進下，東南沿海的水師發展很快，廣東水師就是當時一支影響很大的軍隊。

通過分析語料，可以發現「促使」和「促進」都可以作定中偏正結構的中心語。修飾「促使」的定語通常是名詞或名詞性短語，去掉「的」之後能夠與「促使」構成主謂結構，如（32）「責任感」和（33）「立憲派」就是名詞，且都能與中心語構成主謂結構。（32）的深層語義結構模式為「責任感——促使——他——強烈要求改變」，（33）的深層語

義結構模式為「立憲派——促使——（承前省兼語）——準備……改革……」。而「促進」的定語不僅可以是名詞或名詞性短語，如（35）；還可以是謂詞性短語，如（34）「不小」就是由否定副詞和形容詞構成的謂詞性短語。

CCL 語料庫中，「促使」作中心語的情況是很少的例子，僅 10 餘例；而「促進」充當中心語的例子是非常常見的。

4. 兩者不同處

1)「促進」後面可以跟名詞或名詞短語作賓語，而「促使」則不能。如：

（36）當然，再分配也要注意促進效率。

（37）建設銀行四平市中心支行把「方便客戶、促進經濟、利於發展、功能完善」，作為發展機構網點的規範。

（38）她一離開，電腦便關閉了房間裏的照明燈，只留下植物栽培區的燈，以促進光合作用。

（39）他說，廈大之所以決定招收藝術特長生，主要是為了促進素質教育，活躍校園文化，擴大廈大的影響。

（36）、（37）是名詞作賓語的例子，（38）、（39）是名詞短語作賓語的例子。「促進」之所以後面能夠跟名詞和名詞短語作賓語，主要還是因為受到語義的影響。正是因為「促進」已經明確說明瞭推動事物向積極、有利的方向發展，那麼在其後，即使只接續一個名詞，其語義也是完整的。如「促進效率」就已經表明瞭提高效率的含義；「促進經濟」則表明瞭要推動經濟向好的方面發展；而「促進光合

作用」和「促進素質教育」則暗含了要使光合作用和素質教育向更好的方向發展;而「促使」則相反,「促使」表達的是「推動使……」,其本身是與變化無關的,並且其本身的「使令」義使得後面必須跟一個表示某人或某物發生某種變化的成分,僅跟一個名詞或名詞性短語是不完整的。

2)「促進」可以受量詞「種」、「個」修飾,而「促使」不行。如:

（40）但我覺得,能夠在繁重的學習生活之餘呼吸到一點別樣的空氣是對學習的一種促進。

（41）如果能夠擴大宣傳,對我們縣各方面的工作也是一個促進。

「有界」與「無界」[30]是一組認知概念,由於人的語言能力是人的一般認知能力的一部分,認知上的「有界」與「無界」會自然而然地在語言中有所反映。起初,「有界」與「無界」這一概念是用來解釋名詞的可數與不可數現象的,後來也用於解釋動詞、形容詞。就動詞而言,「有界」的動作在時間軸上有一個起始點和終止點,「無界」的動作在時間軸上則沒有一個內在的終止點,或者說終止點是任意的。「促進」是一個動補式動詞,「進」作「促」的結果補語,「促進」所表示的動作是有內在的終止點的,換言之,「促進」是有界的。而「促使」是一個並列式動詞,「促使」沒有一個內在的終止點,換言之,「促使」是無界的。再看量詞「個」與「種」,「個」與「種」通常用於稱量內部異質而外部離散的有界事物,如一個蘋果,一種炮。在語言中,「有界」成分通常與「有界」成分搭配,「無界」成分與「無界」成

---

30 參見沈家煊,〈「有界」與「無界」〉,《中國語文》,1995 年第 5 期,第 49 頁至 62 頁。

分搭配，因而「促進」可與量詞「個」、「種」搭配，而「促使」則不行。

如果從詞性上說，「促進」是動名詞，既有動詞的功能，同時又可以作為名詞，能跟量詞「個」、「種」組合；而「促使」只是動詞性詞語，不能受「個」、「種」等量詞修飾。

3）「促進」直接可以作賓語，而「促使」不能，如：

（42）他能再接再勵，做出更大的成績，也使大家感到新鮮，受到促進。

（43）職工們總結了大搞副業的好處有「四豐收」：生產、生活、政治、技術都得到促進。

此種說法僅針對「促進」和「促使」單個動詞作賓語的賓語的情況，不包括「促進」和「促使」作偏正短語中心語充當賓語的情況。在考察語料的過程中，我們發現「促進」可以跟在「受到」、「得到」後面作賓語，而「促使」則不可以。究其緣由，還是受到「有界」與「無界」搭配的影響。「受到」和「得到」都有內在的終止點，「到」表示事件的完成，是有界的，因而可以直接與「促進」搭配，而不能直接與「促使」搭配。

4）「促進」可以直接充當定語，而「促使」不行。如：

（44）新四軍到了河南能對華北敵後抗戰起到促進作用。

（45）閩台合作要成為廈門農業經濟發展的促進因素，不僅要為廈門特區建設服務，更要為全國農業生產服務。

（46）實踐證明，社會和政府監督，對改善和提高產

品品質能夠產生顯著的促進效果。

在分析語料的過程中，我們發現「促進」可以用於修飾「作用」、「因素」、「效果」等名詞，表示某種事物或行為的積極正面的作用和效果。

5)「促使」、「促進」後接「的」作定語，也有差異。如：

（47）基因工程的出現並不是偶然事件，而是當時已經發展起來的一系列分子生物學技術促使的結果。

（48）此間分析家認為，美國這次促使的北約空襲已變成一種軍事、外交方面的大失敗，是一種判斷失誤。

（49）所有於人類有所促進的工作都自有其尊嚴和價值，應該努力不倦地把它做好。

（50）而這種追求所帶來的愉快，就可隨著我們用財富所促進的那些高尚活動之增長而加大。

（51）間的直接交流也同樣起了促進的作用。

CCL 語料庫中「促使」加「的」作定語的只出現兩例（47）、（48），前者的中心語是「結果」，後者的中心語在語義是「促使」的賓語「北約突襲」，由主謂結構充當。（47）中的「結果」是中性詞；是動詞「促使」的外圍論元名詞；（48）「北約突襲」是「消極」意義事件，是動詞「促使」產生的直接後果。

而「促進」加「的」作定語，在語料庫中非常常見，但沒有出現「結果」中心語，比較多的則是「作用」，如（51）

等。也有中心語在語義上是「促進」的受事論元,如(49)的「工作」、(50)中的「那些高尚活動」,這些論元名詞,都包含「積極」性的意義。

IV. 結語

《國際漢語教學通用課程大綱》所附的「常用漢語詞語表」(1–6級)共 5,000 個詞語中,存在不少的近義詞。要弄清楚它們之間的差異僅靠查閱字典是遠遠不夠的,還得考察詞的構成語素及語言應用中的具體語料。本文在考察語料的過程中,發現「促使」和「促進」在論元的同與異、深層語義上的自足與不自足,方向的順向性,發展的起點和進展,包含的行為與結果,等等的區別;句法上,二者在帶賓語及作定語或充當修飾語等方面存在許多不同。

第一,在凝固成詞的歷史上,「促使」略早於「促進」;從北京大學中國語言學研究中心 CCL 古代漢語語料庫中檢索,可以看出「促使」和「促進」在使用過程,都經歷詞彙化過程,「促使」到清代凝固成一個複合詞,而「促進」到民國小說才出現其凝固為一個詞語。

第二,在深層語義結構中,「促使」要求其後出現某種結果的詞語或小句;而「促進」可以出現也可以不出現結果的語詞或小句;「促進」比「促使」具有更多的自足性;

第三,「促進」的施事論元與受事論元可以同為「自我」、「自己」等,而「促使」不可以;

第四,受「進」與「使」兩個不同語素的影響,「促進」要求發展順向性詞語與之搭配,而「促使」沒有這樣的要求;如果都後接〔+事物,+結果〕的語句,能用「促進」的也都可以替換為「促使」,而「促使」不一定能替換為「促進」;

　　第五，「促進」與「促使」受其各自語素的影響在表示「發展」時具有起點義與進展義存在差異。「促使」在與事物搭配時通常意味著該受事論元及結果是由於某人或某事從動詞表示的動作開始才出現。「促進」在與事物搭配時通常蘊含著受事論元及作用本身已經有所進展，而不是從零開始。

　　第六，句法結合上，「促進」後面可以跟名詞或名詞短語作賓語，而「促使」則不能；「促進」可以受量詞「種」、「個」修飾，而「促使」不行；「促進」直接可以作賓語，而「促使」不能，「促進」可以直接充當定語，而「促使」不行。

參考文獻

董秀芳，《詞彙化：漢語雙音詞的衍生和發展》（修訂本），北京：商務印書館，2011。

李行健，《現代漢語規範詞典》（第 3 版），北京：外語教學研究出版社，2014。

陸儉明、沈陽，《漢語和漢語研究十五講》，北京：北京語言出版社，2003。

漢・許慎著，宋・徐鉉校，《說文解字》，北京：中華書局，2013 版。

孔子學院總部／國家漢辦，《國際漢語教學通用課程大綱》，北京：北京語言大學出版社，2014。

清・段玉裁撰，《說文解字》，北京：中華書局，2013 版。

沈家煊，〈「有界」與「無界」〉，《中國語文》，1995 年第 5 期，第 49 頁至 62 頁。

中國社會科學院語言研究所詞典編輯室，《現代漢語詞典》（第 7 版），北京：商務印書館，2016。

中文提要

　　《國際漢語教學通用課程大綱》後附的常用漢語詞彙表（1–6 級）中，有許多同義詞。有些同義詞得到了重視，一些研究成果得到了關注；另一些沒有得到足夠重視，研究成果不足。「促使」、「促進」是「常用漢語詞彙表」第 5 級中的一對同義詞，人們對它們的研究還不多。它們在語義和語法功能上近似，但也存在一些差異，北京語言大學 HSK 動態作文庫亦有留學生對兩者區分不清的語例。本文以北京大學中國語言學研究中心的 CCL 語料庫為基礎，用論元理論、特徵理論、有界及無界理論等方法，從語義特徵和句法功能兩個方面探討了它們之間的異同，試圖對它們有一個清晰的認識。研究發現，「促使」和「促進」的語義存在自足和不自足、順向性和非順向、發展和起點起義、行動和結果等，它們帶賓語作定語及受定語修飾等方面存在許多差異。

　　關鍵字：促使，促進，語義特徵，句法功能，語料庫

Abstract

Comparison of Semantic and Syntactic Function between "Cushi" and "Cujin" Based on CCL Corpus

Cao, Baoping (Yeungnam University)

Yu, Aixin (Sichuan International Studies University)

There are many synonyms in the list of commonly used Chinese words （Level 1-6） appended to the General Course Outline of International Chinese Teaching. Some synonyms have been paid attention to and some research results have been obtained；others have not been paid enough attention and the research results are insufficient. "Cushi" and "Cujin" are a pair of synonyms in Level 5 of the "Common Chinese Word List". People pay little attention to them. They are similar in semantics and syntax, but there are also some differences. The HSK Dynamic Composition Library of Beijing Language and Culture University also has examples of foreign students who can not distinguish the usage of the two words clearly. Based on the Corpus of the Center for Chinese Linguistics PKU, By means of argument theory, feature theory, boundedness and unbounded theory, etc. This paper discusses the similarities and differences between them in terms of semantics and syntax, and tries to have a clear understanding of them. It is found that the semantics of "Cushi" and "Cujin" are meaning Self-sufficiency and Non-sufficiency, Consequent direction and non-directional, developmental and starting-point uprisings, actions and results, etc. There are many differences between them in terms of object and attributive.

Key Words: "Cushi", "Cujin", Semantic Features, Syntactic function, Corpus

（투고：2019 년 04 월 16 일，심사완료：2019 년 05 월 17 일，게재확정：2019 년 05 월 17 ）

（原載於韓國《中國學報》第 88 輯）

附錄 B　含動語素複合詞

一、呂叔湘、饒長溶〈試論非謂形容詞〉中含動語素屬性詞

　　野生、水生、胎生、孿生、新生、專用、日用、夜用、內服、外敷、對開、初印、平裝、精裝、高產、低產、現任、前任、現行、現有、固有、稀有、上行、下行、外在、內在、潛在、新興、後起、後備、後續、先決、偶發、特定、特製、特約、特邀、直屬、直轄、額定、混紡、毛紡、直觀、假想、函授、半自動、半脫產 ‖ 直接、間接、絕對、相對、自發、自動。

　　人造、法定、祖傳、口傳、手搖、電動、鐵制、機制、國營、國產、軍用、民用、民辦、社辦、心愛、水澆 ‖ 人為、天生、冒牌、加料 搪瓷、絕緣、切身、臨床、臨界（～點）死難、啟蒙、當前、耐火 抗熱、抗病、唯物、唯心、夾餡、看家（～本領）、拔絲（～山藥）、保健、保安、勘誤（～表）、攻堅（～戰）‖ 當時、連年、歷年、歷次、臨時、適時、超齡（～服役）、加倍、成倍、成批、成片、隨身、終身 忘我、漫天。

有形、有益、有關、有機、有色（～金屬）、有聲（～電影）、有線（～廣播）、有軌（～電車）、有期（～徒刑）、有生（～力量）、無形、無益、無聲（～電影）、無軌、無期、無數、無窮、無定、無名、無辜、無菸（～菸）、無記名（～投票）∣∣、有效、無私、無償、無比、無限、無條件。

二、朱德熙《語法講義》（1982）中的含 V 語素複合區別詞（17 個）

法定、公共、國產、國營、間接、絕對、軍用、民用、首要、私營、外來、無限、相對、野生、有限、直接、自動（進行）。

三、《現代漢語詞典》（第 5 版）中的含 V 語素複合屬性詞

A. 安保。

B. 半封建、半自動、必修、編內、編外、編餘、變相、便民、可攜式、標定、不成文、不爭。

C. 常任、超等、超級、超一流、超自然、程控、出號、磁控、次生、次要。

D. 單向、當家、敵對、電動、調幹、定點、定期、動態、對口、對應、多發、多年生。

E. 額定、額外、二年生。

F. 法定、翻毛、翻皮、反革命、反季、反季節、反面、仿真、否定、輔助、附屬、附帶。

G. 高產、高發、隔房、隔山、公立、公營、共時、共通、共同、固有、關門、官辦、慣常、光控、國產、國立、

國營、海產。

H. 橫向、宏觀、後備、後進、後起、後續、劃時代、環保。

J. 機動、加料、夾心、家養、家用、家種、兼任、簡裝、間接、教輔、精裝、警用、決死、絕對、軍用。

K. 看家、肯定。

L. 爛尾、歷任、聯合、臨界、臨時、孿生、卵生、卵胎生。

M. 麻紡、毛紡、毛裝、冒牌、迷你、棉紡、民辦、民事、民營、民用。

N. 內向、內在、能動、逆時針、農用。

O. 偶發。

P. 平行、平裝。

Q. 潛在、親愛、親生、全開。

R. 人居、人為、人造、日用、肉食。

S. 散裝、上述、涉外、聲控、實生、適婚、適齡、數控、雙生、雙向、順時針、私房、私立、私營、隨身、所屬、所謂、所有。

T. 胎生、特定、特需、天生、貼己、貼身、鐵打、聽裝、同房、頭生、土產。

W. 外來、外向、外在、溫控、無償、無機、無名、無形。

X. 先決、先遣、現任、現行、現役、線裝、相對、新任、新生、信託、信用、虛擬。

Y. 言情、洋裝、野生、一年生、疑似、應稅、應季、應時、應用、有償、有機、有限、有形、御用、原封、原裝。

Z. 雜食、暫行、直屬、主打、主導、裝甲、自動、自發、縱向。

四、《現代漢語詞典》（第 5 版）比（2002 增補本）多出的含 V 語素屬性詞

（有括弧的是出現在 2002 增補本附錄的「新詞新義」中）

A. 安保。

B. 編內、（不爭）。

C. 城際、磁控。

D. 單向、當家、調幹。

E. 額定。

F.（反季、反季節）、（仿真）、分體。

G.（高發）、共時、光控。

J. 教輔、警用。

L. 歷時、歷任。

M. 麻紡。

N. 逆時針。

R. 人居。

S. 聲控、適婚、數控、順時針。

T. 特需。

W. 溫控。

Z.（主打）。

五、《現代漢語詞典》增補增比第 3 版多出現的含 V 語素複合屬性詞

B. 不爭。

F. 反季節。

G. 高發。

Z. 主打。

六、《現代漢語詞典》第３版比第２版多出現的含Ｖ語素複合屬性詞

B. 編外、便民、可攜式、標定、不成文。

C. 草食、超一流、程控。

D. 單行、電動、定點、多發。

F. 翻毛。

G. 高產、隔房、公辦、公立、關門、官辦、慣常、國立。

H. 橫向、後進。

M. 迷你、民辦、民營。

N. 農用。

S. 實生、雙向。

T. 貼己。

W. 外向。

X. 新任。

Y. 言情、有償、原裝。

Z. 雜食、縱向。

七、俞士汶等《現代漢語語法資訊詞典》所列含Ｖ語素區別詞

半自動、編外、便民、可攜式、程控、單向、電動、定期、定向、仿生、仿宋、高射、公共、公有、固有、鹽洗、

國產、國營、候補、後備、後起、混紡、加急、精裝、軍用、科普、離心、臨界、孿生、麻紡、毛紡、棉紡、民辦、內向型、平裝、前任、切身、親生、適齡、首任、首要、私營、隨身、外來、外向型、衛戍、無軌、無機、無名、無期、無線、無菸、現任、現行、消防、新興、信託、野生、有機、有色、有生、有線、自動。

八、王啟龍《現代漢語形容詞計量研究》所列含 V 語素非謂形容詞

多年生、法定、附帶、附加、附屬、公立（～學校）、公派（～留學生）、國產、機動（利用機器開動的）、間接、落地、內在、起碼、潛在、親愛、親身、親生、熱銷、人為、人造、日用、上述、涉外、適齡、所屬、所謂、所有、特定、外在、忘我、無敵、無機、無上（～的光榮）、無償、無限（～幸福）、無形、下列、先行、現成、現代、現行、相對、新興、野生、有關、有機、預期、直接、自動（機械操作的）、自發、自費。

九、複合動詞直接修飾論元名詞情況（本表由研究生張麗統計）

序號	詞語	動詞結構	修飾施事名詞	修飾受事名詞	修飾外圍論元名詞
1	＊自治	主謂結構	37.84%	0.00%	62.16%
2	腹瀉	主謂結構	21.54%	0.00%	78.46%
3	自願	主謂結構	7.34%	0.00%	92.66%
4	＊自律	主謂結構	4.87%	0.00%	95.13%
5	＊自信○1	主謂結構	0.49%	0.00%	99.51%

6	地震	主謂結構	0.00%	0.00%	100.00%
7	人為	主謂結構	0.00%	0.00%	100.00%
8	自覺	主謂結構	0.00%	0.00%	100.00%
9	*自營	主謂結構	19.04%	49.07%	31.89%
10	天賦○1	主謂結構	0.00%	86.07%	13.93%
11	自主	主謂結構	1.72%	89.48%	8.80%
12	*心儀	主謂結構	0.00%	97.62%	2.38%
13	針對	主謂結構	0.00%	100.00%	0.00%
14	惹禍	述賓結構	100.00%	0.00%	0.00%
15	負責	述賓結構	95.38%	0.00%	4.62%
16	負心	述賓結構	95.35%	0.00%	4.65%
17	要命○1	述賓結構	92.59%	0.00%	7.41%
18	*遇難	述賓結構	91.18%	0.00%	8.82%
19	示威	述賓結構	86.77%	0.00%	13.23%
20	值班	述賓結構	86.75%	0.00%	13.25%
21	考古	述賓結構	85.23%	0.00%	14.77%
22	過期	述賓結構	84.00%	0.00%	16.00%
23	受傷	述賓結構	81.67%	0.00%	18.33%
24	*采風○2	述賓結構	80.92%	0.00%	19.08%
25	吹牛	述賓結構	80.39%	0.00%	19.61%
26	起草	述賓結構	78.79%	0.00%	21.21%
27	上當	述賓結構	77.78%	0.00%	22.22%
28	*跟班	述賓結構	76.92%	0.00%	23.08%
29	兼職	述賓結構	76.91%	0.00%	23.09%
30	迷路	述賓結構	76.36%	0.00%	23.64%
31	打獵	述賓結構	75.59%	0.00%	24.41%
32	生病	述賓結構	73.02%	0.00%	26.98%

33	失蹤	述賓結構	72.37%	0.00%	27.63%
34	收貨	述賓結構	70.45%	0.00%	29.55%
35	打工	述賓結構	69.75%	0.00%	30.25%
36	變質	述賓結構	66.72%	0.00%	33.28%
37	*並肩	述賓結構	66.67%	0.00%	33.33%
38	爭氣	述賓結構	66.67%	0.00%	33.33%
39	經商	述賓結構	63.16%	0.00%	36.84%
40	出席	述賓結構	62.44%	0.00%	37.56%
41	行政	述賓結構	62.38%	0.00%	37.62%
42	撒謊	述賓結構	59.74%	0.00%	40.26%
43	*欠債	述賓結構	58.43%	0.00%	41.57%
44	通訊	述賓結構	57.70%	0.00%	42.30%
45	提議	述賓結構	56.10%	0.00%	43.90%
46	出版	述賓結構	56.04%	0.00%	43.96%
47	進步	述賓結構	54.83%	0.00%	45.17%
48	失事	述賓結構	54.82%	0.00%	45.18%
49	生銹	述賓結構	54.55%	0.00%	45.45%
50	作業	述賓結構	51.83%	0.00%	48.17%
51	潛水	述賓結構	51.62%	0.00%	48.38%
52	司法	述賓結構	50.90%	0.00%	49.10%
53	破產○1	述賓結構	48.52%	0.00%	51.48%
54	跳舞	述賓結構	48.48%	0.00%	51.52%
55	*擴產	述賓結構	0.00%	0.00%	52.38%
56	素食	述賓結構	46.03%	0.00%	53.97%
57	出口○4	述賓結構	12.71%	50.56%	36.72%
58	進口○3	述賓結構	8.52%	57.48%	33.99%
59	挑戰	述賓結構	45.96%	0.00%	54.04%

60	失業	述賓結構	45.19%	0.00%	54.81%
61	罷工	述賓結構	43.62%	0.00%	56.38%
62	失眠	述賓結構	43.45%	0.00%	56.55%
63	跑步	述賓結構	42.76%	0.00%	57.24%
64	去世	述賓結構	39.58%	0.00%	60.42%
65	*開車	述賓結構	38.95%	0.00%	61.05%
66	航空	述賓結構	38.49%	0.00%	61.51%
67	出差○1	述賓結構	38.24%	0.00%	61.76%
68	理髮	述賓結構	35.50%	0.00%	64.50%
69	*畢業	述賓結構	35.49%	0.00%	64.51%
70	把關○1	述賓結構	35.19%	0.00%	64.81%
71	發言	述賓結構	34.35%	0.00%	65.65%
72	開心	述賓結構	33.51%	0.00%	66.49%
73	打架	述賓結構	33.04%	0.00%	66.96%
74	分手	述賓結構	32.43%	0.00%	67.57%
75	報仇	述賓結構	31.71%	0.00%	68.29%
76	創業	述賓結構	30.77%	0.00%	69.23%
77	登陸	述賓結構	29.58%	0.00%	70.42%
78	*牽手	述賓結構	28.57%	0.00%	71.43%
79	受罪	述賓結構	28.57%	0.00%	71.43%
80	示範	述賓結構	25.06%	0.00%	74.94%
81	建議	述賓結構	24.29%	0.00%	75.71%
82	致辭	述賓結構	23.53%	0.00%	76.47%
83	缺席	述賓結構	23.21%	0.00%	76.79%
84	化妝	述賓結構	21.45%	0.00%	78.55%
85	吃虧	述賓結構	21.43%	0.00%	78.57%
86	貸款	述賓結構	20.90%	0.00%	79.10%

87	幫忙	述賓結構	20.51%	0.00%	79.49%
88	臨床	述賓結構	20.21%	0.00%	79.79%
89	上網	述賓結構	18.84%	0.00%	81.16%
90	* 入場	述賓結構	18.34%	0.00%	81.66%
91	觀光	述賓結構	17.58%	0.00%	82.42%
92	* 失明	述賓結構	76.84%	0.00%	23.16%
93	報名	述賓結構	16.51%	0.00%	83.49%
94	簽證	述賓結構	16.10%	0.00%	83.90%
95	操心	述賓結構	16.00%	0.00%	84.00%
96	* 放火	述賓結構	15.57%	0.00%	84.43%
97	逝世	述賓結構	15.55%	0.00%	84.45%
98	及格	述賓結構	14.81%	0.00%	85.19%
99	冒險	述賓結構	14.74%	0.00%	85.26%
100	熬夜	述賓結構	14.29%	0.00%	85.71%
101	發誓	述賓結構	14.29%	0.00%	85.71%
102	* 落戶	述賓結構	14.14%	0.00%	85.86%
103	拜年	述賓結構	13.72%	0.00%	86.28%
104	招標	述賓結構	13.58%	0.00%	86.42%
105	曠課	述賓結構	12.50%	0.00%	87.50%
106	宣誓	述賓結構	11.44%	0.00%	88.56%
107	酗酒	述賓結構	11.43%	0.00%	88.57%
108	敬禮	述賓結構	10.81%	0.00%	89.19%
109	錄音	述賓結構	10.78%	0.00%	89.22%
110	辭職	述賓結構	10.73%	0.00%	89.27%
111	任職	述賓結構	10.70%	0.00%	89.30%
112	排隊	述賓結構	10.50%	0.00%	89.50%
113	* 拜師	述賓結構	10.42%	0.00%	89.58%

114	結晶	述賓結構	10.34%	0.00%	89.66%
115	造型○1	述賓結構	10.28%	0.00%	89.72%
116	註冊○1	述賓結構	9.96%	0.00%	90.04%
117	握手	述賓結構	9.78%	0.00%	90.22%
118	營業	述賓結構	9.54%	0.00%	90.46%
119	離婚	述賓結構	9.36%	0.00%	90.64%
120	結帳	述賓結構	9.33%	0.00%	90.67%
121	成功	述賓結構	8.49%	0.00%	91.51%
122	拚命	述賓結構	8.46%	0.00%	91.54%
123	抗議	述賓結構	8.43%	0.00%	91.57%
124	睡覺	述賓結構	8.42%	0.00%	91.58%
125	說話○1	述賓結構	8.24%	0.00%	91.76%
126	加班	述賓結構	8.12%	0.00%	91.88%
127	打仗	述賓結構	8.00%	0.00%	92.00%
128	＊變心	述賓結構	7.41%	0.00%	92.59%
129	掛號	述賓結構	7.24%	0.00%	92.76%
130	領先	述賓結構	7.00%	0.00%	93.00%
131	請假	述賓結構	6.86%	0.00%	93.14%
132	就業	述賓結構	6.71%	0.00%	93.29%
133	解體	述賓結構	5.81%	0.00%	94.19%
134	健身	述賓結構	5.35%	0.00%	94.65%
135	移民	述賓結構	5.19%	0.00%	94.81%
136	＊上課	述賓結構	4.99%	0.00%	95.01%
137	曝光	述賓結構	4.62%	0.00%	95.38%
138	消毒○1	述賓結構	4.58%	0.00%	95.42%
139	對話	述賓結構	4.57%	0.00%	95.43%
140	鞠躬	述賓結構	4.03%	0.00%	95.97%

141	調劑〇 1	述賓結構	3.82%	0.00%	96.18%
142	動員	述賓結構	3.56%	0.00%	96.44%
143	結果	述賓結構	3.41%	0.00%	96.59%
144	發炎	述賓結構	3.13%	0.00%	96.88%
145	抽象	述賓結構	3.03%	0.00%	96.97%
146	敬業	述賓結構	2.77%	0.00%	97.23%
147	還原	述賓結構	2.74%	0.00%	97.26%
148	同意	述賓結構	2.70%	0.00%	97.30%
149	報警	述賓結構	2.63%	0.00%	97.37%
150	幹活	述賓結構	2.63%	0.00%	97.37%
151	分紅	述賓結構	2.51%	0.00%	97.49%
152	就職	述賓結構	2.28%	0.00%	97.72%
153	耕地	述賓結構	2.22%	0.00%	97.78%
154	起床	述賓結構	2.13%	0.00%	97.87%
155	洗澡	述賓結構	2.11%	0.00%	97.89%
156	發財	述賓結構	2.08%	0.00%	97.92%
157	決策	述賓結構	1.98%	0.00%	98.02%
158	洩氣	述賓結構	1.56%	0.00%	98.44%
159	聲明	述賓結構	1.50%	0.00%	98.50%
160	播種	述賓結構	1.33%	0.00%	98.67%
161	保密	述賓結構	1.17%	0.00%	98.83%
162	剪綵	述賓結構	0.85%	0.00%	99.15%
163	作文	述賓結構	0.65%	0.00%	99.35%
164	認罪	述賓結構	0.63%	0.00%	99.37%
165	拼音	述賓結構	0.55%	0.00%	99.45%
166	剎車	述賓結構	0.52%	0.00%	99.48%
167	表決	述賓結構	0.37%	0.00%	99.63%

168	定期	述賓結構	0.24%	0.00%	99.76%
169	免疫	述賓結構	0.19%	0.00%	99.81%
170	努力	述賓結構	0.16%	0.00%	99.84%
171	標點	述賓結構	0.00%	0.00%	100.00%
172	保險	述賓結構	0.00%	0.00%	100.00%
173	表態	述賓結構	0.00%	0.00%	100.00%
174	裁員	述賓結構	0.00%	0.00%	100.00%
175	成人	述賓結構	0.00%	0.00%	100.00%
176	出身	述賓結構	0.00%	0.00%	100.00%
177	出神	述賓結構	0.00%	0.00%	100.00%
178	處分	述賓結構	0.00%	0.00%	100.00%
179	喘氣	述賓結構	0.00%	0.00%	100.00%
180	打針	述賓結構	0.00%	0.00%	100.00%
181	擔心	述賓結構	0.00%	0.00%	100.00%
182	導向	述賓結構	0.00%	0.00%	100.00%
183	丟人	述賓結構	0.00%	0.00%	100.00%
184	動身	述賓結構	0.00%	0.00%	100.00%
185	動手	述賓結構	0.00%	0.00%	100.00%
186	乾杯	述賓結構	0.00%	0.00%	100.00%
187	拐彎	述賓結構	0.00%	0.00%	100.00%
188	光碟	述賓結構	0.00%	0.00%	100.00%
189	具體	述賓結構	0.00%	0.00%	100.00%
190	開幕	述賓結構	0.00%	0.00%	100.00%
191	立足	述賓結構	0.00%	0.00%	100.00%
192	萌芽	述賓結構	0.00%	0.00%	100.00%
193	屏氣	述賓結構	0.00%	0.00%	100.00%
194	啟程	述賓結構	0.00%	0.00%	100.00%

195	讓步	述賓結構	0.00%	0.00%	100.00%
196	上癮	述賓結構	0.00%	0.00%	100.00%
197	＊伸腿	述賓結構	0.00%	0.00%	100.00%
198	生氣 1	述賓結構	0.00%	0.00%	100.00%
199	示意	述賓結構	0.00%	0.00%	100.00%
200	＊收工	述賓結構	0.00%	0.00%	100.00%
201	歎氣	述賓結構	0.00%	0.00%	100.00%
202	＊填坑	述賓結構	0.00%	0.00%	100.00%
203	填空	述賓結構	0.00%	0.00%	100.00%
204	退步	述賓結構	0.00%	0.00%	100.00%
205	＊消氣	述賓結構	0.00%	0.00%	100.00%
206	告辭	述賓結構	0.00%	0.00%	100.00%
207	問世○ 1	述賓結構	0.00%	0.00%	100.00%
208	＊獻身	述賓結構	0.00%	0.00%	100.00%
209	想像	述賓結構	0.00%	0.00%	100.00%
210	＊消炎	述賓結構	0.00%	0.00%	100.00%
211	循環	述賓結構	0.00%	0.00%	100.00%
212	延期○ 1	述賓結構	0.00%	0.00%	100.00%
213	摘要	述賓結構	0.00%	0.00%	100.00%
214	沾光	述賓結構	0.00%	0.00%	100.00%
215	占線	述賓結構	0.00%	0.00%	100.00%
216	著手	述賓結構	0.00%	0.00%	100.00%
217	＊著眼	述賓結構	0.00%	0.00%	100.00%
218	＊走火	述賓結構	0.00%	0.00%	100.00%
219	注意	述賓結構	0.00%	0.00%	100.00%
220	航太	述賓結構	20.4%%	0.00%	79.6%%
221	攝影	述賓結構	39.63%	0.08%	60.29%

222	投票	述賓結構	5.89%	0.13%	93.98%
223	命名	述賓結構	1.31%	0.19%	98.50%
224	犯罪	述賓結構	43.46%	0.24%	56.30%
225	聊天	述賓結構	10.63%	0.51%	88.86%
226	革命○1	述賓結構	35.66%	0.51%	63.83%
227	見面	述賓結構	2.19%	0.73%	97.08%
228	道歉	述賓結構	4.21%	0.77%	95.02%
229	啟蒙	述賓結構	48.85%	0.95%	50.20%
230	投機	述賓結構	70.64%	1.12%	28.24%
231	罰款	述賓結構	2.08%	1.49%	96.43%
232	祝福	述賓結構	3.57%	1.79%	94.64%
233	著火	述賓結構	0.00%	1.82%	98.18%
234	懷疑	述賓結構	0.00%	2.28%	97.72%
235	評價	述賓結構	12.66%	2.80%	84.54%
236	同情○1	述賓結構	0.00%	3.13%	96.88%
237	＊延時	述賓結構	0.00%	3.13%	96.88%
238	結婚	述賓結構	6.21%	3.23%	90.56%
239	哺乳	述賓結構	11.08%	5.41%	83.51%
240	投資	述賓結構	10.37%	8.74%	80.90%
241	加工	述賓結構	13.91%	10.16%	75.94%
242	跟蹤	述賓結構	1.15%	17.24%	81.61%
243	約會	述賓結構	0.00%	17.74%	82.26%
244	滿意	述賓結構	0.00%	21.89%	78.11%
245	備分	述賓結構	0.00%	35.71%	64.29%
246	入口	述賓結構	5.10%	36.05%	58.84%
247	討厭	述賓結構	0.00%	40.00%	60.00%
248	＊授權	述賓結構	7.50%	43.03%	49.47%

249	放心	述賓結構	0.00%	83.17%	16.83%
250	免費	述賓結構	0.00%	92.08%	7.92%
251	主持	偏正結構	99.49%	0.00%	0.51%
252	口譯	偏正結構	59.62%	0.00%	40.38%
253	粉刷	偏正結構	52.44%	0.00%	47.56%
254	客居	偏正結構	40.00%	0.00%	60.00%
255	中立	偏正結構	38.96%	0.00%	61.04%
256	油漆	偏正結構	33.33%	0.00%	66.67%
257	篩選○1	偏正結構	4.53%	0.00%	95.47%
258	後悔	偏正結構	3.85%	0.00%	96.15%
259	集中	偏正結構	0.00%	0.00%	100.00%
260	籠罩	偏正結構	0.00%	0.00%	100.00%
261	蔓延	偏正結構	0.00%	0.00%	100.00%
262	瓦解	偏正結構	0.00%	0.00%	100.00%
263	中斷	偏正結構	0.00%	0.00%	100.00%
264	* 面訪	偏正結構	0.00%	2.57%	97.43%
265	* 面談	偏正結構	1.85%	1.85%	96.30%
266	體驗	偏正結構	6.11%	5.00%	88.89%
267	武裝	偏正結構	91.70%	5.83%	2.47%
268	資助	偏正結構	8.19%	12.00%	79.81%
269	目測	偏正結構	0.00%	18.18%	81.82%
270	布告	偏正結構	0.00%	46.67%	53.33%

（附錄九的複合動詞都選自《國際漢語教學通用課程大綱》（修訂版）中的《常用漢語詞語表》）

後記

　　本書的資料材料和結論，有些是在研究生授課中與歷屆研究生進行過討論的基礎上形成的，有研究生以相關主題撰寫畢業論文，也有些研究生直接參與了項目的研究。

　　參與討論的研究生有：程麗州、余娟、廖煒（2007 級），王梅、江曉霞、殷婧（2008 級），吳丹、范婷、鄒佩佚、陳凌（2009 級），黃銘石、黃文平、鄧苗雯、方媛、王鶯燕（2010 級），唐芮、黃穎、賀蒙、時瑋鴻（2011 級），趙盼、楊建波、羅丹、喬一平、李斯琳、普雅娟（泰）（2012 級），李璐、張婷、李斐、鄭珊（2013 級），李向敏、侯曉蕾、劉晶晶、楊聰穎、何雨澤、金慧蘭、阮山英、蘇馨懿（2014 級），胡雪、李瑩、崔夢君、李倩茹（泰）、奈麗（印尼）、何治明、楊麗冰、易椇橦、王文琛、黃乙妃（2015 級），張晶晶、何謙、何遠萍、黃逸誠、張夢月、殷夢雪、樊鑫、尹媛、羅天才（泰）（2016 級），張麗、張航力、周春花、李姝漪、石言彬、李鴻哲、常海峰、涂玥、吳潔、宋安妮（泰）（2017 級），蹇元媛、范曉惠、周慧怡（泰）、鄒依陽、田婉芸、祁海燕、陶雯婕、鄭玲、白廣碧、王豐（2018 級），李敏、朱淋燕、陳文敏（泰）、王習習、宋雪晴、黃雪萌、

毛豔霞（2019 級），黃英、陳嬌嬌、廖乙璿、楊亞靜、龐修齊（2020 級），余夢雪、譚晰玥、朱虹平、陳筱葆、孫鑫、董鳳景、黃貽、李夏琳（2021 級）。

研究生以相關主題撰寫畢業論文的有，2010 屆廖煒《《現代漢語詞典》（第 5 版）動詞配例研究》，2011 屆王梅《《現代漢語詞典》（第 5 版）屬性詞配例研究》，2014 屆賀蒙《《現代漢語詞典》（第 6 版）兼類詞例證問題研究》，2016 屆李斐《內向型詞典與外向型詞典中離合詞釋義的對比研究——以《現代漢語詞典》和《商務館學漢語詞典》為例》，2019 屆何遠萍《基於配價理論對「VN〔＋身體〕」和「N〔＋身體〕V」結構的句法語義分析》，2020 屆張麗《現代漢語動名語素動詞直接作定語研究》等等。

參與四川外國語大學科研項目的成員有：張麗、周春花、李姝漪、李鴻哲等；參與重慶市教委項目的成員有：龐修齊，黃英，陳嬌嬌，廖乙璿，楊亞靜等等。

有些資料和結論，可能可存在完善之處，有待今後繼續深入挖掘。

曹保平

2022 年 4 月

國家圖書館出版品預行編目資料

國際中文教育常用含 V 語素複合詞句法語義研究——內外
互動與類例配合 / 曹保平著 . -- 初版 . -- 臺北市：蘭臺出
版社，2022.09
　　面；　公分 . --（小學研究；5）
ISBN 978-626-95091-7-1（平裝）

1.CST: 漢語語法

802.6　　　　　　　　　　　　　　　　　　111009005

小學研究 5

國際中文教育常用含 V 語素複合詞句法語義研究
——內外互動與類例配合

作　　者：曹保平
主　　編：張加君
編　　輯：沈彥伶
校　　對：楊容容、古佳雯
封面設計：塗宇樵
出　　版：蘭臺出版社
地　　址：臺北市中正區重慶南路1段121號8樓之14
電　　話：(02) 2331-1675 或 (02) 2331-1691
傳　　真：(02)2382-6225
E—MAIL：books5w@gmail.com或books5w@yahoo.com.tw
網路書店：http://5w.com.tw/
　　　　　　https://www.pcstore.com.tw/yesbooks/
　　　　　　https://shopee.tw/books5w
　　　　　　博客來網路書店、博客思網路書店
　　　　　　三民書局、金石堂書店
經　　銷：聯合發行股份有限公司
電　　話：(02) 2917-8022　　　傳真：(02) 2915-7212
劃撥戶名：蘭臺出版社　　　　　帳號：18995335
香港代理：香港聯合零售有限公司
電　　話：(852) 2150-2100　　　傳真：(852) 2356-0735
出版日期：2022年9月 初版
定　　價：新臺幣580元整（平裝）
ISBN：978-626-95091-7-1